太湖一雁・黃花劫

白羽 著

不與草 [illegible] 行，不與仇敵同活

【太湖一雁】

有一個五十來歲的行腳僧，號稱太湖一雁，
攜帶一個頭陀侍者，就在郊外荒山野寺中，掛單駐錫。
這位看似普通的化緣老僧，其實武功精湛，
是南荒中的祕密會幫的首領!

目錄

太湖一雁

目錄

黃花劫

整理後記

太湖一雁

第一章　檻中一虎

湖北襄陽府，是季漢諸葛亮躬耕高臥之地，在昔鐵路未築，這地方便是入豫要道，和河南南陽府隔省對峙，綰著荊、豫二州的門戶。府城人煙稠密，商賈輻輳，景物繁華，竟與省會不相上下。又值比年豐收，民生康樂，雖正當雍正朝，政尚威猛，屢興大獄，這襄陽府倒好像天高皇帝遠，依然安謐如常。這一天府衙起更，街燈已上，市廛間還是熙來攘往，茶寮酒肆，時聞絃歌，點綴著昇平氣象。但在府城的另一隅，卻夜暗天昏，正有一群可憐蟲，呼天籲地，呻吟於鐐梏鞭笞之下，求生不能，求死不得，度著人間地獄的苦楚。這一隅地，就是襄陽府首縣的監獄，牢獄中屋矮燈昏，一條狹長的甬道，兩邊對峙著黑色鐵葉子木門，門閂緊閉，便是一間間的牢房。牢卒們這時候正忙著，各個的挑燈籠，提皮鞭，將監房一間間挨次察看一過；時時從他們腳步聲中，透出鞭撲叱罵聲音和隱隱的泣聲。甬道盡頭處，另有巨大的柵門，門楣畫著像虎頭一般怪物，吞住了柵門，這便是死囚牢。獄吏馬修仁按時收封放茅，率領四個獄卒，挨號點名。獄卒各有職司，一個抱木牌，每到一監，就按木牌上所寫的姓名號數，大聲喝問。罪人一到獄中，便沒有姓名了，他的大名立刻變成某字的第某號了。從來獄吏之尊，古有名言，司獄儼然地指揮著獄卒，獄卒厲聲地呼名叫號，囚犯兢兢應聲報諾。每查點完一個監房，驗明無訛，另一個獄卒，趕緊過來，咯噔一聲，加上大鎖，不到次晨，不得特命，是不准再開的。這就叫查牢封號。

司獄吏馬修仁和四個獄卒，一號跟一號地查點過去，有的囚犯應聲稍遲，辭色稍差，輕者被喝斥，重者那持皮鞭的獄卒，就劈頭過來一鞭，立刻鬼哭狼嚎，慘不忍聞。這樣逐號查點過去，獄吏獄卒滿臉露出厭倦神色；這本來是照例公事，日日如此，年年如此，哪會高興得來？而且監房裡別有一種惡濁氣味，令人觸鼻欲嘔。

可是查到第七號監房，馬修仁和四個獄卒，頓時改換了一種神色，五個人個個臉上帶著一種緊張，這第七號監房的罪犯，囚首垢面，與眾無異；但是另有與眾人不同之處。一個年近五旬的囚徒，是個虬髯漢子；另外一個是年約二十四五的壯年人，卻好像柙中虎似的，蜷伏爪牙，猶帶棱威，都不似尋常百姓。

這虬髯漢名叫蔡江，是江湖上劇盜，作案纍纍，雖然幸逃誅戮，卻是終身難脫縲絏之苦；他是由斬監候，經過大赦，被判為終身禁錮。那個青年人，卻是奉旨嚴拿，罪名不測的欽犯，逃亡到襄陽府屬縣被捕。幾次研訊，沒有口供；因為是要犯，也不敢過用重刑，因在這裡日子不久。司獄吏和獄卒，對這樣犯人，可說是另眼看待，既不敢管束他過甚，也不敢監視他稍鬆，幾乎是逐日戒備著，怕他自戕，防他越獄，更怕生出想不到的枝節，比如勾黨炸獄，呼援劫牢。

獄卒把皮鞭緊握著，上前打開監門，兩個犯人釘鐐啷噹，聞聲全直起身來。持鞭的獄卒，小心盯著犯人的舉動，挑燈的獄卒高高地把燈舉起，照例地點了名。馬修仁藉著燈光，仔細看了看犯人身上，又看了看門窗，忽用和藹的顏色，向劇盜蔡江說道：「蔡江，你要好好地守監規，熬得出來的。你也是條漢子，不許胡纏。王頭管犯人，礙著你什麼事，你卻發瘋？再不許那樣了！」

劇盜蔡江濃髯一動，張開了大嘴，一雙豹子眼倏一開闔，灼灼發光，醜怪的面貌，忽然浮現出笑容，又眨了眨眼，向獄吏馬修仁道：「馬老爺，俺蔡江是個粗魯漢子，卻也最識好歹。你老爺十分抬舉我，俺斷不能給你老惹事。你老別聽王老標那個鬼種的屁話，俺多咱胡鬧來？俺在這裡有年數了，俺不是新來乍到，俺就是不受欺負，也看不慣狗子們欺負人。俺就是這顆六斤半，早賣出去了，俺現在還頂著它，算是白拾的，不打緊。」

司獄吏眉峰一皺，勉強笑了笑，罵道：「混帳！蔡江你又來了，王頭辦的是公事，你倒挑剔他，你就夠不上做難友的道理了。」把手一揮，蔡江往後退了一步，笑了笑，也不再言語了。

獄吏復向那壯年犯人道：「喂，三十六號，我們都知道你是個壯漢子。可是好漢子做事，明明白白，不要給辦公事的人找麻煩。你看這裡上上下下，待承你兩個，就算很夠面子，你就該安安靜靜地待著就是了。你怎麼在這裡亂說一氣，說的全是一切離經叛道、叛逆不軌的話，他們做公的當然攔你，不教你說。這也是監規，監牢本來嚴禁犯人私談，更不許煽惑人心；你怎麼見個人影，就信口胡呰，罵起朝廷來了？」那少年壯士，面色白而微青，時露憤鬱之色，有一種逼人英氣，仍不可侮。聽獄吏這麼說了，微聲答道：「馬老爺，我說的是句句實話，謀位殺兄的人，是不是衣冠禽獸？……」

這少年還要往下說，馬修仁忙掩耳攔住道：「我本來訓誡你，不教你亂說；你怎麼對我也說起這個來？」少年犯人笑道：「馬老爺不要害怕，一人做事一人當；言者有罪，聞者無罪，我是要說我自己的話，連累不到別人身上。」獄吏皺眉道：「你再這麼隨便說話，我只可把你挪到五十七號裡去了。那裡又暗又潮，我就把你一個人監在那裡，看你向誰白話去。這裡也有箍嘴的東西，我可要對不住你。」

少年犯人不禁一笑道：「馬老爺，你以為我故意講這些話，給你不心靜麼？不過我如魚骨鯁喉一樣，不吐出來不痛快。你要把我挪到單間獨囚，我更是求之不得。你要堵我的嘴，那也隨你的便，你可揣量著點。」獄吏改轉了話頭，漫問犯人道：「你到底姓什麼，叫什麼？姓趙，姓胡，姓劉，哪個是你的真姓？」少年犯人微微一笑道：「呼牛喚馬，任從公便，我倒很不在乎。案捲上派定我姓胡，監裡派定我叫三十六號，我就姓胡叫三十六號好了。」修仁道：「你是哪裡人？」犯人道：「大清朝的人。」

獄吏雙目一睜，隱蘊怒意。本想逐日與犯人閒話一會兒，可以勾出一點實情來；這個犯人年紀不算很大，卻是城府很深，竟一點不露破綻；口吻中還敢帶出嘲笑的意思來。這要是尋常犯人，他怎敢！無情的皮鞭早打上了。知府曾經一再親自提訊過他，問他：「允禟的次子，被人隱藏在哪裡去了？」犯人就連允禟這個人名，都裝作聽不懂，別的話更難鉤稽了。

司獄吏道：「三十六號，你是會武功麼？」那犯人笑著搖搖頭，獄吏道：「你監在這裡，我們奉公辦事，也沒有力量減免你的罪，也不忍用酷刑挫折你；我們都憐念你是個好漢；總而言之，你不要教我們為難，以後你口齒間，少要胡講吧，教上頭知道了，彼此不便。我聽說你打算越獄逃走，你可不要胡想，你萬萬跑不出去的。你想你乃是個朝廷要犯，這監獄裡裡外外戒備得很嚴很嚴，你就是插翅變作一隻鳥，也逃不開去；何況身上還帶著刑具？其實事有事在，你如果真沒有窩藏允禔的次子，案子自有昭雪之望。你看我們待承你，總算很刮目的了；我們不承望你感激，只盼望你光棍做事，不要給我們過不去。要知道給我們添麻煩，也就是給你自己找不方便。」末了的話，明明帶著一點兒威嚇。犯人立刻答道：「謝謝馬老爺的恩典，我心上明白的。至於越獄的話，那簡直是笑談，可又說回來啦，哪個犯人不想飛出去？誰還有這個迷，願意蹲在獄裡等候砍頭的？只可惜犯人還沒有插上翅膀，空有飛的心，沒有飛的機會。」

馬修仁微微搖了搖頭，這個漢子軟硬不吃；若不是府尊諄諄密囑，獄吏早就給他點苦刑，教這三十六號嘗嘗，看他到底身在監籠之中，還能啖人不成？獄吏重重哼了一聲，看時候不早，趁勢收篷道：「你只好好遵守監規，彼此都好。」又向劇盜蔡江道：「還有你。」蔡江答道：「我沒錯，馬老爺望安。」馬修仁道：「不是衝你一個人的事，這三十六號，總是新來乍到，你多照顧他點。你總是鋪頭了，你得替我多操一份心。」說罷，對獄卒道：「收封吧，後牢還沒查到哩。」

五個人退出來，獄卒咯噔的一聲，照樣把七號牢房上了鎖。紙燈前導，馬修仁率領獄卒，到後牢點名收封；卻另換了一種嚴厲的神氣，鞭笞哭叫之聲又起來了。

襄陽府是府縣同郭，縣衙大獄，共有二百餘號的輕重罪犯，牢房共三十餘間。修仁按名查點收封，暗囑獄卒，對這三十六號要犯胡英，太守有諭，須嚴加警戒，不得疏忽。獄外責令壯年快班加緊巡守，並且臨時由襄陽總鎮調來營卒一隊，協防大牢。

自從這三十六號犯人入獄之後，外面風聲驟緊，也不知從哪裡放出來的流言，說是這個名叫胡英的罪人，別看他年輕，實是江湖上一個有名人物：只怕他猛虎入陷，不甘籠絡，早晚會弄出事故來。襄陽府知府袁士輝，是政途中一員能吏，視民十餘年。所至以幹練稱，行事未免酷烈些，仕襄陽府正堂，尚未期年，不想突然遇上這棘手的案子。

這時候，朝廷上「奪嫡」一案，鬧得血淋淋的，許多宗室朝臣，被株連屠戮的很多。當清聖祖康熙皇帝龍馭上賓。皇太子早卒，皇四子胤禛，皇八子允禩，皇十四子允禟，結黨爭位，皇四子胤禛用陰謀獲得帝位，是為清世宗雍正帝，記恨爭位之仇，遂下辣手，慘殺諸弟。大將軍年羹堯，曾經參與奪嫡密謀，卻與十四子允禟私交甚好。雍正陰命年羹堯戕害十四子，年羹堯不肯，反上密本保奏。雍正大怒，又因別的關係，不久便把年大將軍賜死。

這個華山胡英便是年大將軍的門客。年大將軍料到狡兔死，走狗必烹，料到雍正殺完了親兄弟，更要殺害他奪嫡的功臣了。當他身任四川總督，忽然特旨調他為杭州將軍，便曉得殺身之禍已至，遂暗將次子年紹武，託付給親信武士華山胡英。胡英受了託孤之重，將紹武潛藏起來，亡命河南，四五年來幸未漏跡。不意第六年上，胡英為人所賣，以致失腳，落在獄中了。

告密賣他的人，並不是仇家，或者還可以說是同黨。告密的是當年大將軍府中的護衛，叫做汪長年。其時年大將軍正在羅致江湖上奇才異能的人物，禮賢下士，頗得了些人才。這汪長年倚仗將軍的威勢，又工心計，善於鑽營，居然發了財。禍作時，府中士吏也都星散，有的被官府拿去，以別的罪名處死。汪長年卻走了一步運，恰因母喪請假回籍，僥倖脫了大禍。他變姓名亡命潛蹤，也是埋首六年，幸無識者；不料風塵中遇見了胡英。他們舊本相識，故人患難相逢，起初念舊情深，彼此都無詐虞；但汪長年一路逃禍，家資耗失很重，眼下度日十分拮据。偶爾聽胡英說，年大將軍的二公子，被他救了出來並攜帶了不少細軟珍財。又說同僚們星散各地，感念故主之恩，雖當勢敗，還有非常的密謀。汪長年久在窘鄉，聽了這話，受家中人的慫恿，陡起負恩之謀，遂動告密之念，害得胡英由此落網了。

汪長年這一次告密，一來要洗刷自己的罪嫌，二來借告密之功，自己從此可以公然出頭，三來便是盼望得賞救窮。此時告變之風大熾，朝廷每每地拿犯人的資產充賞。汪長年貪財辜恩，竟到湖廣總督衙門告密。不說是窩藏年大將軍的次子，反說是允禟之子。總督大驚，立刻委幹員持密札，飭府掩捕。居然一舉得手，把胡英擒來，寄押在縣牢。卻是有一事不了，那主犯年將軍之子，竟沒有搜著，不知逃到哪裡去了。這案交派到襄陽府辦的；委員和太守密議，一面由委員馳驛回省請示，一面由府縣將要犯收押，嚴訊餘黨，追捕逃犯。於是胡英在縣監一囚經旬。

湖廣總督一聽主犯未獲，就不敢奏報請功，把幕府文案邀到內堂，商量本案應當怎樣處理。幕府說：「皇上明察，又最關心這件案子，東翁要等主犯捕齊到案，再行奏報；只怕萬一把這消息洩露到京中，要是內閣先問下來，可就多有不便。依晚生看，還是迅發奏摺的好，皇上見奏，一定欣悅。」總督皺眉道：「可是跟著皇上一定找我要那主犯，我卻沒有拿到。隨後將主犯拿到歸案，是很好了。萬一事情不順手，主犯捕不著，皇上要得緊，這可自尋苦惱；請功不成，反惹事了。」賓主之間，密計良久，還是暫不奏報，先命襄陽府把犯人提省親訊。料到府官遇上這種案情，必不敢嚴刑取供，不用酷刑，自然追究不出逃犯來。巡撫決計要自己親訊，又諭知襄陽府，解送犯人，沿路要嚴加防範，火速解來為要。這一番商議，乃是胡英被擒二十日以內的事。

胡英本名，並不叫這個，他這是假名。他實是少華山山畔的人，又是武當派有名技擊之士，真名叫華山虎孟英，這一次要起解，可就給襄陽府添了苦惱！搜捕孟英時，乃是知府袁士輝定下密計，仗著迅雷不及掩耳的手段，把孟英猝然誘擒。孟英絲毫沒有防到，所以官府方才僥倖得手。現在縣獄寄押，縣官固然是晝夜提防，恐怕出了意外；襄陽府為本案原辦，更是提心吊膽，這一回起解，更是遇到難題。在巡撫與幕友密議奏報之後，緊跟著就是知府與幕友密議起解之時了。而華山孟英，傲然囚處在獄中，早把生死置之度外。只要二阿哥逃出羅網，他想：「自己拼著一身傲骨，來受酷刑。」只可惜倉促被獲，沒得服毒自盡，滅口全忠！

但是消息傳播得很快，孟英一入獄，外面的同黨和江湖會幫，陸續得了信耗。官部掩捕孟英，儘管做得機密，儘管是帶同眼線汪長年，乘夜包圍了孟英的寓所，終於由近鄰口中，慢慢透露出風聲，於是孟英的死友，在幾日間，歷曆落落，趕來了四五個，另外還有邀著別的風塵人物來的，也有的溷入城中，也有的潛伏在郊外，很想伺機搭救這個華山孟英。

這潛蹤而來的外援，竟分兩派，一派是孟英的同事，是年大將軍星散在各處的死士。另有一派，竟是明末遺冑，要伺隙圖謀死灰復燃。苦於無機可乘，今見將軍的門客志在護孤，也與雍正作對，這些遺臣打定主意，要把孟英拉攏過來，要做一個道不同，不妨同謀的夥黨。現在來到襄陽城的，有一個五十來歲的行腳僧，號稱太湖一雁，攜帶一個頭陀侍者，就在郊外荒山野寺中，掛單駐錫。這隨行的頭陀，年約三十七八歲，面目醜怪，膂力很強，名叫什麼鐵丁，肩挑一口銅鐘，到城裡大街小巷，敲鐘募化，各弄亂串，說要重修這荒山的廢剎，老和尚太湖一雁，就敲木魚，喃喃誦佛，向善男信女求布施，也說是為了修廟，不知怎麼一來，惹得做公的注了意，兩個捕役，截著二僧，翻來覆去地盤詰，最後把他師徒逐出城外，好像還敲了一筆錢。但師徒二人縱遭驅逐，依然戀戀，仍在城廂以外，大小村莊，挨戶化緣。

據說這老和尚頗有道法，能夠畫符給人治病，施聖水給人消災。村莊人競相傳說，有的人便覺得老壯二僧跡近詭異，但事不干己，也沒人聞問，只有北關的一個地方，曾找了頭陀一趟，後來也完事了，大概也是圖了錢，便不根究，老壯二僧在襄陽城郭，方圓左右，出入募化。

忽一日，又來了一個年輕女尼，帶髮修行的模樣，不知他們出家人有什麼講究，竟逢人打聽太湖一雁老和尚的落腳處，有那閒人指告了她，她尋到老僧，同上山寺。也不知耽擱有多久，也不知他們說些什麼，臨出來時，有人瞥見女尼，眼淚汪汪，低頭急馳，隨後便不見了。

跟著湖北地方，竟傳出現了豆兒和尚，說是拍花的妖人，不但妖言惑眾，還拐騙小男弱女，開膛挖心，配賣蒙藥。有幾處城鎮，發現這豆兒和尚，到茶寮酒肆，說書館，雜技場，把一袋煮豆，施給客座，就便募緣；人吃了他的豆，據說是迷糊失心，不死必瘋，再不然，就跟了和尚走。這樣的謠言傳播出來，賣豌豆羅漢豆的小販，都吃了掛落，行腳僧人也受了嫌疑，誰也不敢給小孩買豆吃了。在襄陽城內外，有的人就指目這擔鐘化緣的二僧，疑心他必是豆兒和尚的一黨。卻也奇怪，自從謠言一起，自從女尼一到襄陽，太湖一雁師徒驀地銷聲匿跡了，似是聞風避罪，這謠似乎有因。

隨後在襄陽城內，又發現兩個異鄉口音的男子，總在府衙縣獄左右徘徊；一連三日，流連不走，東張西望，形色可疑。

六扇門裡頗有幾個高眼力的人，看出這兩個男子行止不對勁，就上前搭訕，試用話詐問他。經這一詐，到第二天，這兩個男子也不再露面了。

像這些情形，只有捕役下邊的人，略覺可疑罷了，襄陽府正堂袁士輝並不曉得。袁知府只知這是欽犯要案，沒想到外面有人營救。袁知府親自提訊華山胡英，究問餘黨，要尋允禵次子弘基的下落。這天開審，把胡英提到內堂花廳，先用好言誘訊。這個胡英口風很嚴，把真相瞞得滴水不漏，他只承認自己是安善良民，連年羹堯的名字也不懂。不想正在這時候，突在縣牢後街，抓獲了兩個夜行人物。這兩個人用全副掘洞的器具，正在挖掏大牢後牆，被幹捕擒獲，從兩人身上搜出一張年貌單，一張縣房圖；那年貌單，正寫著胡英的形貌和年歲。把這東西呈上去，知府和縣官嚇了一大跳，這才知道案情嚴重，獄中囚犯膽敢劫牢造反。這萬萬疏忽不得，除了加緊戒備，多調官軍，嚴防越獄外；袁知府連忙飭役，把兩個夜行人物押到，由袁知府隔別開親加訊審。這兩個夜行人，一個自承名叫黃友明，一個自承名叫謝林，也不知是否真名真姓。經百般拷問，兩個犯人只供認是小偷，再不肯承認和胡英通謀。

袁知府大怒，把胡英提出來，教他三人對質。這華山孟英看了看黃謝兩犯，情實不認識。袁士輝本是幹員，也知他們三人之間，未必認識，若是認識，就用不著帶年貌單子了。但是袁知府料定他們必是同黨，多方設計，要誘出他們的實供來，結果一番徒勞，三囚全是硬漢。知府氣得拍驚堂木，要用嚴刑，重加拷問。對於華山孟英，因是要犯，不敢過用刑法；對這兩犯，把夾棍板子種種嚴刑全都用上。兩犯受刑仍不肯招。

隸役一喊堂威，把夾棍收緊；兩犯人昏厥過去了，這一堂沒有問出結果來。

袁知府跟省中委員商議，隔了兩日，重複提訊要犯，和委員一同會審。這一回，由委員用好言誘導，對兩犯道：「你倆必是受了別人撮弄，他們不出面，支使你二人做這劫牢的事，你的同黨太不好了，他們的居心實在陰險。我看你二人也是一時痴迷，你若招出實底，本府定要從輕發落，不往重罰上問你，開脫你二人，你二人不要自誤啊！」黃友明、謝林笑道：「二位老爺，我兩人本是窮極無聊，才做這挖洞偷東西的營生，不想挖錯了地方，我們真不曉得錯挖到縣衙門了。我們是初犯，老爺開恩，下次我再不敢挖了。」

委員把驚堂木連拍，喝道：「你還要裝傻？你不怕皮肉受苦，你還支吾麼？」堂役再將重刑擺上，威嚇二犯。二犯破出死來，矢口不承認。

知府和委員又重提華山孟英。經反覆訊問，孟英一時失言，微露破綻，問官立刻啃住緊釘，孟英索性負怒供道：「你們也不必多照顧我了，我多謝二位老爺的盛情。你說我暗藏著允禟世子，我就算暗藏著了；這個事老實說，成則為王侯，敗則為賊寇，我早不想活著，你們殺了我吧。你二位不能做主，你們趁早把我起解。我是早就不要性命的了。你問我的同黨，我早沒有同黨。就有同黨，也被雍正威逼利誘一一收買了；我的同黨，只有我一個人。」

委員反覆詰問，不得真情，不覺動了火，喝命動大刑。袁知府有心攔阻，又不肯駁面子。兩旁皂隸吆喝一聲，將刑具給犯人掌上。孟英緊咬牙齒，挺刑不語，夾棍連滑，孟英面目變色，竟昏死過去。知府一見不好，忙將衣袖微微一擺，立刻停刑，掌刑的官役用藥物冷水噴救，半晌，孟英才緩過來，態度越發挺傲，至死不招。知府向委員示意，暫把孟英搭下去，再訊黃、謝，兩個犯人各受了兩夾棍。兩人受刑不堪，已然出了聲，卻是仍無實話；上了刑，連喊有招，刑具一下，又狡展抵賴。這一來，激怒委員，知府袁士輝竟攔不住，把三個犯人連夜熬審起來。一干鄰證，也連累受了刑。

這件欽案，要緊的是要尋主犯年紹武和允禟嗣子。袁知府派出許多番役，查店查街，一來緝逸犯，二來搜捉通謀破牢之人。堂上訊供，也加緊辦理，一連問了數堂，全在夜間。知府知道委員辦得過於操切。因為是上差，是巡撫的親信，他也不好明駁，只得委婉勸解，最好少用刑訊，萬一問出差錯來，案子便不好了結。不意刑訊之下，果然出了差錯，卻不是重刑拷死了人犯，乃是罪犯外邊同黨，趁著過堂，動起手來。

這一夜，府衙明燈輝煌，委員和知府又在內花廳，提出犯人熬審。把華山孟英和黃、謝二犯同時押到堂上，對面用刑，也是拍山鎮虎的意思，借此恐嚇犯人，逼取實供。更番上刑，依然不招，委員漸覺到技窮，正要另換非刑，忽然嘩啦的一聲響，一道青光自天而降，穿花廳直飛到公案桌上面，把筆筒朱硯打得粉碎。委員一聲慘呼，斜身栽倒在另一公案上。知府袁士輝嚇得站起來，又坐下了。全堂驚叫，齊喊：「不好，有刺客。」倏然見兩條黑影手握利刃，從花廳對面房上，如飛鳥掠空，翩然竄到堂前。花廳當時大亂，府吏以下書吏皂班，狂喊亂竄。燈影閃閃，人影紛紛，知府到底是把能手，拚命喊了一聲拿賊。邏卒應聲大呼，上前捕凶欲前又卻。這兩條黑影分明是兩個夜行人物，百忙中看不清真面目，只瞥見一身青色，明晃晃耍著刀。兩個刺客左右手又一揮，立刻浮起一層迷濛白霧，籠罩在全堂上，對面不見人跡。霧影中，恍恍惚惚，似見這兩個刺客撲奔了受刑的孟英。

知府驚悸亡魂，登時醒悟：「這不只是刺客，這是劫犯！」扯喉嚨又喊了一聲：「拿，拿！」忙亂中，颼的一聲，花廳西牆又飛躥下一個刺客。這刺客也是一身黑衣，身才抵地，回手摘取背後的弓，開彈弓一陣暴打，把官役邏卒打得亂撲亂撞。那先下來的兩個青色人影，在迷濛白霧中奔突，一個驅殺廳上官人，一個抽削鐵寶刀，俯身過來一扯孟英，噌的一聲，用力猛削鐐梏，可是咯噔一聲沒有削動。同時隱隱聞得訊話聲：「還走得動不？」華山孟英低聲說：「不行！」他遍體鱗傷，已難掙扎；刑具未除，逃走更難。

這時節，委員顛撲在地，有他攜來的跟班，冒著勇氣救主，把委員背起來，就跑入後堂。知府喊了幾聲拿拿，也抽身跑到屏風後。書吏官役逃的逃，喊的喊，花廳只剩下邏卒皂隸，被那持彈弓的刺客，一陣亂打，都打跑了。卻圍著花廳，一疊吆喝：「有劫差事的了，有刺客了！」也有大膽的奔出來傳呼救兵，催眾拿賊。

花廳後牆又跳出兩個刺客，一個提刀，一個張弓。乘著濛濛霧影，忙忙地一齊斬截刑具，背救囚犯，由那持彈弓的人開道。一共五個刺客，竟要當場劫救要犯，可稱為膽大氣豪。鐐梏太堅固，刀削不斷，忙用百寶鑰匙來開；無奈這鐐梏不只是份量重，鎖得緊，而且鎖孔全都灌了錫。費了很大力，僅僅銼折了腳下刑具，手上的桎梏再無暇來開，三個刺客背起了三個囚犯，喊一聲：「得手了！」

可是他們得手了，官軍也得信了。公堂上一亂，早就有人馳報府標和襄陽鎮兵，先有一撥人趕到，把官衙包圍，由外向內攻救。番役三班，護衙的標兵，將火把高照，刀矛弓箭齊上，一員武官催眾從後衙繞入，裡應外合，來拿刺客。

三個刺客背著犯人，兩個刺客用彈弓利刃，一個當先開路，一個斷後護友。頭一個刺客背走了華山孟英，一躍出了花廳，再躍上了花牆，更一竄便可闖出內堂。

藉著彈弓開道之力，頭一個人居然闖出去。第二人闖出花廳，一連三躍，竟未能搶上牆頭，刺客的彈弓把官兵打得七零八落，官兵的弓兵手也開了弓，一陣攢射，把刺客也給阻住。

第二人背著黃友明，三躍未能上高，只得循牆而走，第三人背著謝林，竟未能撲出來。反而折身向後走，奔向屏風內宅中。

百忙中，到底不能相顧，刺客散了幫。斷後的刺客忙返身援救，索性分道向外逃。

這樣一來，給官兵騰出展手腳的功夫，迎頭一陣亂箭，跟著刀矛兜抄，刺客踉踉蹌蹌，擇活路便走，越發地不能相顧。

第二個刺客貼牆而逃，突中一箭，囚犯黃友明惶急中，忙叫道：「快給我一刀！」這刺客不暇回答，背上背著人，手上揮動刀，把甩手箭連發，一抹地搶到二堂，突然又遇阻撓。再要退回，亂箭從背後如驟雨一般上上下下射來，這些弓手都藏在明柱後，穿廊裡，或倚牆隅，或閃在角門邊上，借物隱身，只開弓遠射。官兵道路熟，繞前繞後，左右逢源，這五個外來的刺客，僅持預先畫的房圖，道路生疏得很。幸而官衙建築大抵是一樣的，通通由四合房築合而成，他們匆遽中有路便走。黃友明見勢不妙，又催叫了一聲：「併肩子，放下我，你快逃命去吧！」嗍的又一排箭，黃友明哼了一聲，飲羽氣絕，頭向後仰，背救他的刺客登時見察，怪吼一聲，一欠身，棄屍在地，圓睜二目，急加驗看。黃友明耳門上中了一矢，致命之傷，確已無救。這刺客大怒，志在救活人，不是搶死屍，立刻騰身揮刃，向官軍拚命。官軍迎上來，長矛攢攻，為首小兵官忙督手下兵，先把黃友明的屍體提到，唯恐要犯屍體再被劫走，就勢梟首，以防意外，這刺客挾一團拚命的銳氣，居然衝開長矛，挺身一躍，飛上短垣，又翻身下跳，一抹地奔尋華山孟英。他的意思，救不了全數，也得把要緊的人物救出，方不虛此孤注一擲之功。利刃一順，連闖兩道院落，不見華山孟英逃走的方向，忙再飛身上房。突然聽見弓弦響，黑影中不能見物；急急閃跳，肩上中了一箭。不由得伏身往下一落，奔黑影中一竄，腳下一絆。黑影中陡又聽見譁然大叫，從角門撲出一小隊巡卒，嗍的一排箭。刺客揮刀招架，不防頭頂上瓦片飛下，幾個俐落的捕快，登高下瓦，連往下打。刺客顧上顧下，到底被數把撓鉤搭住，一扯而倒，身落在官軍之手。

第二章　群雄劫牢

官兵越聚越多，刺客不能猝然奪路，耗時稍久果然弄巧成拙。第三個刺客，背救謝林，竄到後堂。知府袁士輝驚慌失色，有一名跟班，在身邊攙扶他，他忙對跟班說：「快傳外班，快保護內宅，快防備監獄！」喊了這幾聲，知府自己鑽進偏廡，頂住了門扇，催跟班快去。他自己抖抖地扯破窗紙，向外探頭，忽有一條黑影跟蹤奔來。袁士輝明知這人影是刺客，他一聲也不敢哼；那跟班被逼出去呼救，正和刺客碰了個面對面，哎呀一聲，回頭要跑。斷後的刺客恰恰趕到，順手一刀，把跟班刺倒，然後護住了謝林，一抹地搶奔後宅甬路。背人的刺客在前，斷後的刺客在旁，錯落並肩，冒黑影急闖。連連穿行兩道穿堂門，迎面已有官兵繞道趕來，保護官眷。雙方抵面，唰的一排箭，唰的又一排箭，背人的刺客登時中箭，血流及踵。

兩人大呼，一齊協力，往官兵據守的角門硬衝。官兵七零八落，又射出一撥箭，再想抽矢上弦，刺客的刀已然劈到。官兵小隊不過十六七個人，登時潰散倒退。兩個刺客衝開這道卡子，出了角門，走上甬路。官兵在後追躡，兩個刺客急發暗器，打倒了兩個兵，殺開一條活路，居然奔出後衙。

偏偏不湊巧，二刺客中箭拔箭，帶傷狂奔，剛剛奔馳在府後街，突然與襄陽鎮標的大隊相逢。鎮標兵足有一二百，火光照耀，把這血淋淋的二刺客、一囚犯團團圍住。後衙也追躡出二三十個府標兵，各處巡卒也傳呼奔馳趕來。二刺客奮死力奪路，無奈外面的接應，已被官軍破獲，兩不相救，大事落敗。

兩刺客努力苦戰，居然潰圍逃出，又不敢敗回老巢。後面官兵苦追不捨。萬分不得已，奔入一家空宅，官兵立刻把空宅圍住。耗到天明，官兵縱火，把兩個刺客燒出來。囚犯謝林也在空房中搜出，人已半死。兩個刺客力竭被擒，傷重身死。

那華山孟英被頭一個刺客背出花牆外，落在平地。地方仍在府衙中，是府衙西跨院。這個刺客是華山孟英的舊友，名喚田元壯。田元壯的武功甚佳，背負孟英，奔到跨院，閃目一望，黑影中似沒有埋伏。立刻掠空一躍，意欲飛上偏廡。只是背定一個人，勉強翻短牆，還可努力，若躍登高廈，實在力不能及。他剛剛奔到這裡，官兵打圈巡緝，也迎頭堵上。喧噪聲中，人還未到，火光先照到。田元壯不能登高，正要走平地，撲奔南面的穿堂門。卻劈頭被官兵邀住，一陣吶喊，唰的一排箭；田元壯咬牙切齒，又退回來，官兵漸集，前前後後聚攏過來，平地揮矛，登高放箭。兩面截擊，田元壯顧前不得顧後，正在危急，黑影中奔來一條人影。還道是開路的同伴，不防此人是府衙的班頭，有名的好技擊，猝然迫近來，照華山孟英一鐵尺。孟英伏在田元壯背後，手上桎梏未除，無法自救，喊了一聲。田元壯已然覺察，旋身一躥，抬手一鏢，把班頭打退。

這班頭抖擻精神，退一步，復揮鐵尺，上前轉戰。燈籠火把照耀，弓手不敢再射，恐傷自己人，只打圈圍住。田元壯憑武力，很能鬥得過這班頭，只因背著一個人，刀法大見減色，竟拋不開這個班頭的纏戰。抵拒十數合，越加危迫；到了這時，那開路的同伴，挾彈弓已然闖出去，見危轉身來救，曳弦開弓，一連數彈，把班頭打得閃身倒退。乘此機會，兩人合在一起，各揮兵刃，張皇奪路。

這開路的刺客，是有名的神彈弓，北方稱他為連珠彈，生得長眉俊目，宛如女子，年已二十七八，外貌還像十八九歲的白面書生。他本姓朱名叫玉山，和田元壯是表兄弟。他們劫救孟英，和太湖一雁是兩碼事。只為早發動了幾天，風傳孟英剋日要起解，他們候援未到，又探悉府衙空虛，才猝來硬行打搶囚犯。他們終於落敗。連珠彈襄護田元壯，田元壯背負孟英，努力猛撲，把官兵捕役打得既退復聚，竟換上撓鉤手，就近來抓擄下盤。有的捕快和兵丁，又搬梯登上房頂揭瓦往下打。府標的弓兵也上了房，用弓箭攢射，堵住了出路。田元壯如怒獅一樣，指東打西，連傷兵卒，無奈敵人雲集，不能上高，若就平地奪門，連試數次未能得手。連珠彈看透情勢危急，候外援至今未到，只可拚命向外奪路。連珠彈把牙一咬，飛身上房，收起兵刃，拽開彈弓，認定東角門，一陣暴打，乒乒乓乓，把房上的官兵，堵門的官兵，打得沒躲閃，遂厲聲喝道：「元哥，快上這邊來！」這樣，連珠彈居高護下，田元壯掄刀平取，竟撲到東角門。

連珠彈身上，竟佩帶了兩個豹皮囊，滿裝了彈丸，每一皮囊袋，裝著一百二十粒彈丸，捨命這一暴打，官兵不敢上前，撓鉤手抱頭旁竄，只剩下那個班頭，還提鐵尺來擋。被田元壯狠狠一刀，房上連珠彈又照班頭後腦，連發數彈。班頭不能支，蹲身往開處一跳，連珠彈踴身跳到東角門牆頭上，騎牆而立，打裡打外，田元壯趨勢俯身一鑽，出了東角門。連珠彈翻身曳弓，照追兵連打數彈，這才奮身跳落平地，搶先一步，再給田元壯開道。連珠彈只憑這一張弓，兩囊彈丸，以一身兼管開路斷後，多仗著他和田元壯久已共事，頗收指臂呼應之效。

從東角門逃出一段路，到一長甬道，牆外趕到了兩個接應，撞倒了一堵牆，引領田元壯，逃出缺口，連珠彈也跟蹤逃出，官兵也跟蹤追出來，被這兩個接應，橫身阻擋，亂發暗器，只擋得兩杯茶時，田元壯竟得貼箭道，逃到街上。擇一短牆，由連珠彈朱玉山扶助，一躍上高。田元壯背負華山孟英，登上臨街的市房，這一上高，便得了手，展開夜行功夫，履險如夷，躥房如走平地，把官兵全落在地上了。夜暗星昏，田元壯前逃，連珠彈斷後，按預定之計，連珠彈故意往別處逃，把追兵誘到岔路上。這兵剛要改道，連珠彈立刻發彈弓，打他幾下，教官兵窮追自己。那兩個接應挨到時候，也往歧路上，且戰且走。借這機會，田元壯竟得鬆緩了一步，背負華山孟英，遠遠地逃到預定的潛伏所在。

這時候田元壯身上已經中箭，雖經拔下，依然沁沁出血，並且累得渾身浴汗。華山孟英唯恐兩敗俱傷，伏在元壯背上，再三催他放下自己，逃命去吧。田元壯哪肯答應。如今已將追兵甩落後面，剛才奪路尚不肯事廢中途，此刻眼見有了活路，雄心愈熾，且跑且說：「孟仁兄不要擔心，我們的密巢這就快到。」孟英道：「我們的巢是在城內，還是在城外？」田元壯喘吁吁說道：「就在前面，就在城裡。」孟英嘆道：「這樣說，還不能出城？田仁兄，我謝謝你的大恩，你還是把我放下來。你可以把我放在人家房頂上。你先歇一歇。」田元壯顧不得再答話，連說：「唔，唔，唔！」躥房越脊，仍往黑影沒人處躥奔。

躡足而行，踐瓦無聲，越過了一層層的房舍，眨眼到了一處地方。忽然止步側身向下一望，低說道：「到了，孟兄放心，我要往下跳。」從房頂一溜，滑落平地，正是一所臨街的小院落。

田元壯把孟英放在牆根，走到前面東舍窗前，剛要彈窗，前房頂上突現人影，喝問了一聲：「誰？」同時屋中燈火驟明。

有人喝問道：「回來了麼？」田元壯忙遞暗號，低聲道：「是我，回來了！」房頂的人也尋聲跳過來，兩面一對，驚說道：「田兄，是你，他們怎麼樣了？」田元壯喘息不已說道：「你別忙，你快把孟兄攙進去。」這人依言，急急尋到孟英，失聲說道：「連刑具還沒有除？……哦，孟仁兄，還認得小弟我麼？」

華山孟英早已支持不住，仰面一看，認得這人名叫楚良材，呼道：「楚兄臺，咳，我謝謝你們，我太對不住。自己不小心，勞動諸位！」這楚良材放下巡風的兵刃，立刻背起孟英，東舍門豁然打開，迎出一人。田元壯累得幾乎寸步難移，屋中人忙過來扶著他，一同進了東舍。

東舍裡只有兩個人，全都守燈沒睡。這燈光是用瓦器罩住的，外面剛有動靜，掀去瓦器，立刻透露亮光。屋中發出一種氣息。四壁陳列木格立櫃，原來是藥鋪。屋中人外表全像商店夥友，一人微有髫鬚，算是原居停，把華山孟英扶在床上，讓田元壯坐在椅子上，略問搭救的情形。田元壯搖頭道：「快想法子，給孟仁兄除去刑具，還得治刑傷。」楚良材也說：「田大哥也掛了彩。」田元壯道：「我不要緊。」

華山孟英到了此時，果然神色惡劣，強向眾人道謝，眼睛一睜一閉，似要昏厥。眾人忙找家具，給他破鎖。那年長微鬚的人說：「不好，先給孟英灌點藥吧。」眾人一面忙著開鐐，一面忙著拿藥。藥極現成，這裡本是一座小藥鋪，取了成藥，給孟英服用下去，開鐐也有準備，把自來簧如意鑰拿在手邊，先驗看鎖門。這一條粗巨的鐵鏈，套著脖項，垂下來綰住雙手，要截斷巨鏈，實非容易。要開鎖門，可惜鎖孔灌了錫，什麼如意鑰匙，也不能投簧。硬開既不能，借助火力，想要熔化了錫，鎖又緊鎖在脖頸手腕上。但是官府給犯人上這刑具，也自有打開之法，楚良材略知法門，從巨鏈上尋找了一段破碴口，由破碴口用力，墊上鐵墩，用力猛擠猛砸，這才把鐐梏解開了。孟英微呻一聲，頭上汗出如雨，昏死過去。眾人把孟英搭放在軟床上，蓋上棉被，教他慢慢蘇緩。容出這工夫，齊向田元壯詢問公堂劫犯的情形。

田元壯疲勞已極，裹創服藥之後，只是搖頭。反問楚良材：「連珠彈還沒有回來麼？」又點著人名，問這個弟兄回來沒有，那個夥伴回來沒有。他一問，楚良材便一搖頭，這些人顯見全沒回來，回來的只他一個罷了。田元壯道：「咳，不好，我得尋尋他們去。」五個人襲公堂劫囚犯，七個人在外巡風打接應，巡風露面的只見著兩個人，那五位也不知遇見什麼了，既未上前入府衙，也未退後返回藥店。田元壯情知不妥，站起來，一晃一晃，抄起兵刃要走。楚良材急忙擋住道：「這是小弟我的事。」田元壯道：「不然，我們還得保護孟仁兄，連夜出城，這事該歸你辦。」楚良材不肯，一指那有鬍鬚的人說：「出城之舉，可由韓世叔想法。你看你的神氣不好，你動不得了。」

楚良材留住田元壯，代往尋伴，他早已改變形裝，暗藏兵刃，趁天沒亮，忙往外走，一躥上房，先側耳聽，又定睛看，夜色深沉，風聲瑟瑟，府衙附近，隱隱浮起火光。凝神良久，分明聽見乍起乍伏的喧譁聲，更俯察近處，渺然不見人影。這一夜襄陽城內有非常之變，已可覺出。更鑼不響，漫漫長夜，只聽見狗叫。楚良材立刻跳到平地，奔上前去，決計要把連珠彈等尋回。

這邊華山孟英臥在軟床上，半晌不蘇，那年長微鬚的人名叫韓立青，以行醫為名，實是江湖一個俠客，所謂寒山醫隱的，就是此人。田元壯很不放心孟英的情形，韓立青說道：「你不要過慮，等我看看。」走過來，拿起孟英的手，暗診脈息，半晌說道：「脈息平和，不要緊的。田兄，我看你失血太多，面色慘變，你倒很該歇歇。」命那青年人抬來一床，催田元壯躺下。又命快煎兩杯參湯，給孟、田二人服用；又命年輕人，仍將燈火用瓦器扣上。然後兩人臥床，兩人倚案，坐在黑影中，聽候吉凶，等待劫犯眾人的續歸。

候過半個更次，連珠彈一行半個也沒回來；楚良材迎上前去，也不見返轉。還有他們的第二步接應，也沒有準時來援。

田元壯心中惶急，再臥不住，挺身坐起來，覺得精神略可支持，提了兵刃，出院上房，向四面瞭望。寒山醫隱韓立青也走出來，把長袍一提，躍上短牆，翻上房脊，一同向府衙那邊瞭望。直瞭了好半晌，方見一條黑影，從西南小巷奔來。方以為是劫犯的人逃回，及至迫近，才知是那太湖一雁的弟子名叫鐵丁的那個頭陀。

雙方抵面，從房頂跳下來，進入東屋。鐵丁道：「你們成功了，這不是華山孟英麼？」田元壯嘆道：「正是孟兄，這回事情只有一半得手，我們的人折失了好些。老師傅現在哪裡呢？」

頭陀道：「家師現在前作埋伏，他老人家進城數日，看出在內設法，不如在外面。他老本意，是要耗到孟兄起解，檻車行在半路上，再攔道動手。他老人家已然布置好了，想不到諸位竟冒險成功，直入虎穴，已將孟兄救出來了。由此看來，家師的打算，未免太小心了。」寒山醫隱道：「這都是連珠彈的險策，人雖救出，出城還是難，並且他們全沒有如時回來，正不知折了多少人哩。」

頭陀看了看孟英，孟英依然昏睡。頭陀問道：「他身上有傷沒有？」寒山醫隱韓立青道：「焉能無傷，傷卻甚重。幸虧沒有折筋骨，醫治不難。」頭陀鐵丁噓了一口氣道：「我給你們慶功。我這就趕緊折回，給家師送信，好教他遣散黨徒，不必在山坎設埋伏了。」喝了一口水，站起身要走。田元壯、韓立青一齊攔阻道：「且慢，千萬不要遣散。……你等等，我們想一想。……好了，我們還得請老師傅慨助一臂，請他老人家，率領幾位硬手，給我們幫忙吧。我們要出城，也是一道難關。」

頭陀道：「這工夫，就計劃出城麼？你們剛劫了要犯，立刻要走，不怕官捕打眼麼？你們最好是多在此處潛伏幾天，容得稍為冷靜，再乘夜逃走。」田元壯道：「我們本是這個打算，可惜連珠彈等全沒回來，還不知吉凶如何，但不拘如何，總得請老師傅親來一趟才好。」頭陀沉吟道：「這話很對，那麼我還得回去。並且，我這就回去，一到天亮，城門必嚴。告辭了！」

打一問訊，推門要走。華山孟英忽在床上呻吟了一聲。頭陀轉身止步，孟英竟拄著床，抬起頭來，說道：「鐵師傅也來了。我謝謝！」

鐵丁和尚復又轉身，挨到床邊，和孟英握手談了幾句話，笑著說：「你我可算是道不同正相為謀，我家師很想勸你加入我們這一夥哩。你好好養著，我不能再多耽誤，你看天不早了。」孟英道：「見了老師傅，請替我致意。」頭陀道：「那是當然，我還要請他來。」又向田、韓二人點了點頭，飄然出舍，一縱身上了房，穿房越脊，飛簷走壁，一徑翻城而出。城廂果然很亂，城門嚴扃，把城門的人不知哪裡去了，頭陀趁這機會，可說是來去自如。

華山孟英嘆息一聲，又閉上眼。田元壯、韓立青把頭陀送走，仍在進去出來的探望。同伴依然不歸，田元壯又要出去尋找，因為邀來這些人，很有地理不熟的。寒山醫隱道：「你好好歇著，讓我出去。」長袍馬褂，暗帶兵刃和一匣袖箭，一袋鐵蓮子，飛身越垣，從小藥鋪後院，跳到外面。黑影中，往各處轉，居然此行不虛。搜到一小巷，瞥見暗隅，蹲著一人，覺得此時此地，不應有人在此，忙挨了過去。未容挨近，這人突然一長身，明晃晃的刀影一閃，抖手發出一暗器。韓立青往旁一晃身，探手接住，口中忙發暗號。那人應聲答了一句話，跟著哎喲一聲，身軀一栽一栽，終於又蹲踞在地上。

寒山醫隱韓立青急忙奔過去，伸手攙扶。這人果是同伴，名叫王立庸，已然力戰負傷，不能動轉。逃在小巷中，果然迷途，不能尋回小藥鋪了。韓立青攙起王立庸，急往回走。剛走出一箭地，王立庸掙扎不動；韓立青驗看他身上，肋部重傷，血流不止，當時裂衫纏塞創口，竟捆不住。韓立青只得背起他來，奔回小藥鋪，沾了自己一身血跡，把王立庸放在床上，忙與舍中人代為敷治。王立庸略略神定，告訴韓立青，還有一個同伴，負傷躍上人家房頂，創口比自己還重，能把此人搭救回來才好。此時田元壯疲極臥床，剛剛迷糊過去，更無他人可遣，韓立青皺眉道：「也罷，還是我去。」脫去長袍，另換了一件，急急地尋找過去。

韓立青直摸到鼓樓附近，躍上人家房頂，細細尋看。距府衙已近，衙中喧譁聲音已停，內外火光星星點點，依然甚明。

獨有北關一帶，人呼馬嘯，似有大隊官兵。韓立青縱目極望，到底看不分明，因為相隔太遠，天尚未亮。低頭俯察民居，家家戶戶關門閉戶，一個宵行的人也沒有，好像全城已知有變。

最熱鬧的大街，商鋪櫛比，此刻也沒有開門板的。韓立青依照王立庸所說的方向，尋來尋去，這才又在一家房屋頂上發現一個人，橫躺在房頂上，手裡依然握刀。身旁漬著一片血，人已然說不出話來。韓立青向他遞暗號，他只點了點頭。韓立青搖頭嘆息，細看此人，原來是馬朝佑，乃是一個同黨晚輩，管打接應的，身上中了亂箭的攢射。韓立青把他夾在肋下，往鄰房一躍。這人家院落內，陡起了一陣犬吠，屋中人發出了咳嗽之聲，到底不敢出來探頭詢問。

寒山醫隱扶定此人，連連躥過數家民宅，到一僻巷，正要溜下平地，突然聽見隔有數道弄堂，有一陣人馬奔馳聲。寒山醫隱把身軀藏在屋脊後，側目下望。竟有一小隊官兵，打著燈籠，循街飛奔，各拿著兵刃。韓立青忙往下一藏，這小隊並不是巡緝街巷之兵，由一個小兵官率領，直奔北城門而去。韓立青窺明官兵趨向，這才探身出來，扶著所救的同伴，溜下平地，斜穿小巷，居然平平安安逃回小藥鋪，幸未被人發現。其實此刻街巷中，闃然無人。就有人一探頭，也趕緊縮回去。府衙的喧譁聲，火槍聲，是從來沒有的。人們全從睡夢裡驚醒，偶有兩個大膽的，上房頂眺望，看見火起，也嚇得出了聲，被家人喊下來。把街門嚴拴緊頂，唯恐禍變鬧到自家門。

韓立青把難友救回藥鋪，急施療治。田元壯再出去尋人，直到快天亮，連珠彈朱玉山倒回來了。輾轉苦戰誘敵，被他手誅數人。官兵越聚越多，他一退再退，被擠在城牆根，翻過民家房屋，才一路脫逃回來，殺得渾身盡血。寒山醫隱忙給他更衣，並囑咐他，轉瞬天明，千萬別露面，怕的是此番劫衙救犯，官府必要搜城。連珠彈朱玉山笑道：「不要緊，官兵真個搜來，我自有脫身之策，我自信還不致連累了居停主人。」他這一說，寒山醫隱倒沒話了。又看一看華山孟英，此刻稍微蘇緩過來，只是經過這些天的煉獄，人已失形，骨瘦如柴。頭上髮也滋長起來。寒山醫隱找了一把剃頭刀，給孟英剃頭刮臉，省得白晝落在人眼中，漏了破綻。

轉瞬天明，再沒有逃回來的人，自然是全失陷了，再不然逃出城外去了。在小藥鋪中，只有孟英、連珠彈和王立庸等兩個負重傷的同伴，共只四個人。果不出韓立青所料，天色大亮，全城戒嚴，城門四扃，不准出入，官兵軍森然布崗，各要路口都有兵丁把守，賊走關門，街市上十分緊張。人人交頭接耳，傳說昨天出了炸獄犯，捕快和官兵還要挨門挨戶地盤查，有人說查到北門了，有人說咱們這裡回頭就來查。風聲鶴唳。

一座襄陽城變成訛言百出，有人說府太爺被歹人傷了，有人說知縣已然逃跑。韓立青把孟英、連珠彈窩藏在鋪後面堆房，他自己出面，到街上掃聽了一回。未敢到城門口，遠遠觀望，只聽人說，是不准人隨便出入，連城外菜挑子，城內糞夫也不放出入。韓立青為人持重，不便多所流連，緩步回了藥鋪，向連珠彈、孟英低聲報告了。他們這藥鋪早有安排，居然趕築了一道複壁，忙把華山孟英和兩個受傷的同伴，一齊抬入複壁中養傷。就有四鄰商人前來談話，也看不破行藏。又請連珠彈也避入複壁，連珠彈搖頭道：「我用不著藏，只要外面有動靜，我可以上房。」寒山醫隱道：「上房不妥當，被人看見了。」連珠彈道：「我不能那麼傻，絕不會教人看見。」他只在後房一坐，要耗到晚上，仍去尋找失散未歸的同伴，等候失期未到的外援。

轉瞬過午，外面謠言傳得更凶，挨戶搜查的話，說得活現，可是並未查到藥鋪這邊來。韓立青派藥鋪那個年輕夥計，假裝買米，再出去察看風色。第一件，看一看到底挨戶盤查宵小的話，是否屬實。四門鼓樓，究竟何處被搜過，這藥鋪夥伴也是同黨，登時點頭會意，悄然出去了。

隔過一個時辰，夥計轉回，說是北門確已搜查了；南市地面最雜亂，也都搜查了。但搜查的不是民宅，不是正經商店；但凡茶寮酒肆，店房澡堂，全是官人注意的地方，都被捕快光顧過了。聽說真有人落網，聽說在一小店內，抓去了三四個嫌疑犯。又聽說在一家民宅房頂上，抓獲一個要犯，渾身是血，手拿兵刃，韓立青、連珠彈聽罷，一齊動容道：「不好，這又是誰？」

兩人納悶，要派夥友再去訪問，又恐怕訪問太緊了，勾出不妙來，想了想，只得忍住：「且候援兵到了再講。」

到當天半夜，華山孟英蘇緩過來，田元壯也恢復了勞累，二人向韓立青打聽一切。外面情形越來越緊，他們的援兵沒來，官兵的援兵已然大批調到了。街面鋪戶也都提早上板，跟著聽說官捕挨門搜戶，在前邊街上拿去了許多人，小藥鋪也受了波動，田元壯、連珠彈還要乘夜出去，尋找同黨，韓立青再三勸住：「你要多加小心，千萬別出去了，外面風聲實在不對。還是等候太湖一雁師徒，再想辦法。我們此時應該避斂形跡。」

連珠彈道：「我們只做了一半，雖然救出孟兄，像這樣困在城中，也不妥當。」韓立青道：「經過幾天，熬過頭陣風色，再想第二步辦法，此刻實在不能魯莽了。」連珠彈、田元壯想了想，暫且依言。

到第三天夜間，孟英呻吟臥榻，似睡不睡，忽聽外面似乎進來了人，睜眼一看，夾壁牆漆黑，低聲向外招呼了一聲，韓立青提燈陪進一個人。孟英凝眸觀看，這來人是自己的同黨，名叫蠍子劉熹，是他當年教拳的啟蒙師傅。師徒患難相別，已然數年，此刻聞變趕來急難，是冒著險爬城進來的。因為他們不只是舊日師生，還算是同黨。蠍子劉熹依然那麼精壯、短小幹練，如鐵人一般，孟英卻瘦成一把骨頭了。孟英問道：「劉老師，難為你老，怎麼進來的？外面聽說搜查正嚴。」劉熹道：「城裡街上果然很緊，但是我聞訊已遲，不能不來。我還約來幾位朋友，此刻都留在城外。我在半路上，已然聽見襄陽府白晝閉了城門，我想老弟必被好友救出來了，我恨不得插翅趕來，不想到底落後。」又向韓立青、連珠彈道謝道歉：「小弟落在後頭了，教諸位偏勞。」二人忙道：「我們辦得太冒失，失陷許多朋友，實在對不起江湖上的朋友。」

當下蠍子劉熹問明現在的情形，遂與韓立青、連珠彈，田元壯，商定出城的計劃，預備五日內，救出孟英，計定立刻告辭，他說：「城外的朋友還等我的回信，我得返回去，省得他們等急了，再生枝節。」出離屋門，一擰身上了房，一溜黑影，直投城南而去。

這裡，在櫃房中，仍只停留著連珠彈朱玉山，田元壯睡在後面堆棧中的床上，寒山醫隱到夾壁牆，給受傷的人敷過一遍藥，便轉到前邊鋪房去了。連珠彈湊到棧房裡，與田元壯和許多藥材相伴而眠，頗嫌藥味熏鼻。又加堆棧潮溼，先時疲勞已極，尚可安枕，這一夜竟然失眠，心中有事懸掛，越發轉側不寧。直過了四更，方才漸漸闔眼。突然聽見有簌簌的聲音，連珠彈驀地一驚，翻身起來。月暗星黑，正在上半月，忽一眼隔窗瞥見對面屋頂，似有一點火光一閃。

連珠彈立刻一躍下地，側耳細聽，只聽環藥鋪有人腳步聲響，再細聽院中已然聚攏了人，跟手院中院外屋頂，街門，同聲一陣暴喊，連珠彈不及再穿長衫，幸虧是和衣而臥，立刻往木床上推了一把，又抓了一把，田元壯愕然跳起來，正待問話，外面又喊了一聲：「拿賊！」連珠彈立刻一竄，踢開後窗，一道白線，穿房遁走，田元壯大駭之下，也想破窗向外急逃，不幸遲了一步，剛抄起枕下匕首，使被撓鉤搭住，首先遭擒了。

裡外黑乎乎，蹲著十條人影，伸出丫丫叉叉幾柄撓鉤，田元壯已然失手，大叫併肩子快走。連珠彈早已穿窗而出，登時院中一陣大亂。埋伏的人影立刻跳起來，大呼：「差事出來了！」正是官兵大舉前來緝盜，正不知如何漏了風，官兵把藥鋪連四鄰，一起包圍得水洩不通。連珠彈大吼一聲，張皇四顧，格開刀矛登上牆頭，往四面一望。想不到官人如此大舉，竟來了二三百名兵捕。情知此時不暇救友，但當出力自拔，再作後圖，他便狠狠叱一聲，揮兵刃往房上一跳。房上有幾個兵，見狀來拿。被他奮刀奪路，踢倒一個，砍倒一個，一溜煙走了，追兵不放鬆，連珠彈展開夜行術，衝破重圍，跳到小巷一轉，又上了房，登時沒在黑影中。

華山孟英，在夾壁中，擁被養傷，已然睡熟，驟覺耳畔微有異響，眼前忽忽發亮。他便心中一動，還未容凝眸看清，外邊喊聲大作，夾壁內明光照眼，早奔上來一夥番役，把孟英撲床按住，努力掙扎，終被縛牢了手腳。其餘受傷的同伴王立庸等，也跟著遭擒。藥鋪先生連夥友，恍惚也沒逃開，俱被一網打入。外面推來檻車數輛，把華山孟英一干人等，重上刑具，推入車內，立刻刀矛擁簇，押到府衙；沿路亮出隊伍，先頭部隊淨街。因為出過錯，戒備極嚴。華山孟英張目四顧，田元壯、王立庸、馮朝佑，全都受了自己的累害，心中萬分難過；囚徒中獨不見寒山醫隱韓立青，還有連珠彈朱玉山也沒在數。

官兵前呼後擁，足有二三百名。孟英長嘆一聲，二目緊閉；二番落網，定無活路。大丈夫有死而已，可恨的是無端牽害了好朋友！

當天過堂，時已五更。知府袁士輝大概是「因公出缺」，再不然那天受了驚，得了病。這回訊供，連上次的委員也沒有上堂，另換了一個有鬍鬚的文官，一個四十多歲大胖子武官，把孟英和那兩個負傷的同伴一齊押上來。這一次不比上次，只問了問姓名，好像驗明正身，便即了當，不多研訊了。跟著在府衙押了三天兩夜，立即裝上囚車，起解進省。

第三章　攔山救友

起解這一天，正當初秋七月二十四日，天剛破曉。府衙傳諭淨街，押犯出城。沿路營汛關卡，已趁三天的空，先期行文知照，「仰各一體嚴加護送」，因為是「案關欽犯要件」。華山孟英囚在檻車中，也不知一同起解的有幾人，把他緊卡在囚車中，前面只有兩輛囚車，在他身後還有幾輛，他便看不見了。

二百多名官兵解送，兩員武官押護，弓上弦，刀出鞘，如臨大敵，如檻猛虎，一路上特別關防。也再講不起全案破獲了，只就現獲之犯，先解到都省，於是逢站打尖，遇鎮落店，官兵必然先派妥員開路，十分小心，絕不疏虞。於是第一日，一路無阻，當午打尖，到晚落店。第二日一路無阻，當午打尖，偶爾遇見了一個賣傘的小販，當晚落店，又遇見一個賣傘的小販。

第三日出店起解，又碰見了一個賣傘的。官軍登時大怒。趕過去幾個兵弁，拿馬棒一陣亂打；把那賣傘的打得抱頭告饒，逃竄到一邊去了。

到晚照常住店，占據一處大店房，大院舍。官兵連店門都把守起來。次日早晨登程，仍舊派出打前站的官兵，在頭段路上開道。第四天一早，續走了一段路，行近荊山。華山孟英在囚車中，被初秋的驕陽，曬得頭腦昏昏的，口乾舌燥，有求死不得之苦。多虧押解的官役都不敢虐待他，一路上未致受辱。

落店投宿，官役也是照樣拿好茶好飯服養著他，唯恐怕要犯在路上有了不測。那受傷的兩個難友，王立庸與馮朝佑，更是傷勢危殆，全都面容慘淡，似要斃在路上。押解官人都很擔心，省裡委員裹傷隨行，坐著馱轎，當時跟帶兵武官黎都司嘀咕了兩次，要把犯人提出囚籠，另抓轎車押運。這省裡委員正是在大堂受刺的那一位，當時受傷未死，被跟班背到後堂。事後經袁知府延醫調治，雖未有早占勿藥，卻不致死在府衙。知府只受虛驚，已知此案毀了自己的前程，仍得坐鎮府城，料理善後，故此只派吏目，隨同省委，起押犯人。開囚車的話，吏目不敢做主，兵官也不敢做主，省委也不肯擔沉重。此刻省委自己，卻是坐在馱轎中，是襄陽府特給預備的。那帶兵官和吏目都湊到省委面前，向他討主意：因犯人的神色變得太不好，再有一兩天，真怕死在路上。

省委受了傷，本已惱怒，認為這一趟苦差，險些喪命，有點怨天怨地。吏目向他請示，他搖頭道：「我的差事，就在提取犯人進省，我並不管護犯人，你們自己看著辦，就是犯人死在路上，我照樣可以銷差。」要開囚車，本是他的主意，現在他又這樣說。帶兵官黎都司不敢頂抗他，可也不悅，繞著彎子描說：自己奉命護送要犯，只要犯人不跑，路上也沒人來劫，自己的差事便交代了。要說把犯人提出來，乃是好意，替大家設想，其實犯人死在囚車中，我們綠營一點兒也不受處分。那吏目也背後說出怨言，府臺派我來押差事，差事死在半道上，只要不是服毒，不是自殺，我微末小吏，也受不到什麼處分。

如此他們幾個人各把自己的責成推開，連官兵和捕快，也都有一番表白，都說責成不在我這裡。其實他們全明白，犯人僥倖沒事，大家都不落褒貶，犯人當真死在半路，他們全都咎有應得。可是破封皮，開檻鎖，出囚犯，責任本來太大。空商計一回，結果還是催促囚車快走，還是不敢開囚車。

又走了一程，計程九天，已然走出五天。遙見前面路上，一帶長林豐草，掩著一座小山嶺。官兵前隊穿林登山，省委兵官押著囚車在後，展眼來到山麓，再進便是盤山的棧道。山路隨形逼窄，迂迴盤旋而上，險如羊腸，車僅容軌，人剛並肩。

前隊小校返回來報告：「前山山勢很險，檻車通行，請加小心。」黎都司早已看出山勢險阻，策馬回頭一望，檻車七八輛在後，省委的馱轎更在後，忙吩咐帳下傳令卒，向省委報告一聲，也對護囚車的番役關照了一聲。然後督隊分兩廂夾護，前呼後擁，往盤山道上開。

檻車由下而上，駕轅的馬力不足，番役官兵慌忙過來，幫助著車手推挽。車手搖鞭打馬，兵役在車後推送；山形愈聳，車行頓慢。……忽然間，後嶺道山凹中閃出一個黃衫遊方僧人，踉蹌過來，合掌當胸，只誦佛號：「阿彌陀佛，施主老爺，善哉，善哉，貧僧要……」

要字沒說出口，撲過來如狼似虎的兵役，老大馬鞭馬棒，照遊僧劈面便打。其餘官兵也一聲斷喝：「躲開，躲開！」

這遊方僧竟不躲開，攔住了車前馬頭，一口一個阿彌陀佛：「貧僧要向施主募化一點東西！」一個小校喝道：「你們不要打出家人！喂，和尚，你偌大年紀，不要我打。你睜眼看看，這是什麼事情，豈是布施你的人麼？大野地裡，你要募化什麼？」

那遊方僧哈哈一笑，伸手一指檻車，說道：「施主老爺，貧僧要向諸位募化這個……」

他的口氣似乎要募化囚車，兵卒譁然：「這一定是欽犯的黨羽！」齊聲吆喝，撲過許多人，把遊僧抓住。遊僧並不支吾，一個勁地口誦佛號：「阿彌陀佛，阿彌陀佛！貧僧要向施主募化這個！」

省委在後邊馱轎上看見，不由得心中大詫，探出身來，仰面問道：「前面亂什麼？」番役官兵一齊稟報：「攔山過來一個遊方和尚，要向囚車募化，恐怕是欽犯的黨羽。」省中委員忙道：「把他押過來，不要教他跑了！」遊方僧不等推搡，竟口誦佛號，挨了過來。帶兵官已然縱馬趕到，喝問：「你出家人偌大年紀，你怎麼作死？你要募化什麼？你要募化囚車？」

這遊方僧果然鬚眉皆白，年紀老邁，兵役擁簇著他，他一點兒不怕，直走到前面領隊小兵官馬前，口中仍誦佛號。兵官勒住了馬，重複喝問：「你要幹什麼？」

老僧合掌道：「阿彌陀佛，出家人的本意，是要向施主老爺募化善緣。」說時又回手一指檻車，小兵官登時拔出刀來，喝道：「你再說，你要募化什麼？」

老僧朗然道：「阿彌陀佛，貧僧是要募化這車。」

兵官兵卒互相顧盼，忙往四面尋看，道：「你你你青天白晝，你要募化囚車？」

老僧驀地一張目，驀地一闔眼，合掌說道：「不錯，然也，貧僧是要募化。施主老爺，貧僧年老，步履艱難，我是要向諸位老爺募個善緣。你們可不可以把貧僧捎在囚車上，把貧僧帶過山那邊去。貧僧老了，走不動了，這山道爬不上去了。阿彌陀佛，施主老爺，布施布施吧。我只借你們這車，爬上山嶺，就夠了。」兵官兵役劍拔弩張，把老僧的突如其來，看成意外之變。不想瞪著眼問來問去，老僧要募化囚車，不過是募借囚車代步，好便上山。這遊僧如此年老，想必是遊方來到山坎，力竭半途，好容易看見有過路車來，故此攔路求告。這也是在情理之中，並非怪事啊。

但是，轉念一想，如此曠山，如此荒野，前不著村，後不挨店，突如其來，會出現這樣一個人物。僧人就便到處化緣，也從來沒聽說誰家僧道會向官人，衝著囚車，募求代步的。但是，再轉念一想，如此荒郊，四顧無人，看此老僧，鬚眉皓白，而且是隻身一人，寸鐵無有。就便他是劫道的大盜，也不會人單勢孤，只憑一己，硬向二百多名官兵手中，劫奪要犯。

但是再想到要犯身上，上次已被匪黨闖衙劫過一回，如今一路行來數日，人人恐怕出錯，可是竟未出錯。現在正行上這凶險的山道中，正到了容易出錯的地段，偏偏遇上如此的一個年老僧人，能夠說他不可疑麼？

押犯車的官人，上上下下，心中都有一番猜想。帶兵官為防意外，厲聲喝道：「膽大的僧人，這麼不睜眼，還不快滾開，來人呀，趕開他！拖到一邊去！」登時身邊隸卒，蜂擁而上，把老僧拉拉扯扯，連推帶打，往旁邊趕。老僧竟仰面跌倒，哎喲不止，動彈不得。隸役們揮馬鞭往起來打，老僧抱頭哀叫，一口一個阿彌陀佛，身子躺倒處，恰恰阻擋囚車的通行要路。

正在擾攘中，陡然聽山峰那邊一陣怒吼聲，深宏無比。群卒驚顧，聲在林間。眾人禁不住各相顧問：「這是什麼叫喚？」

一人說道：「好像是老虎？」驀然間又一聲大吼，細辨像虎嘯，又不像虎嘯。山腰間陡然有人哀呼救命。

群卒愕然，倏見一個美貌的短衣女子，從山坎斜坡飛奔過來，一步一跌，連滾帶爬，且跑且回頭，口中不住亂叫：「救命，救命呀，老虎，老虎！」

群卒惶駭，急道：「不好，真有老虎！」登時亂竄起來，擠成一團。小兵官和後面押隊的黎都司也各吃驚，旋即大喝群卒：「快護住囚車，開弓，開弓！」隊中有一馬兵把總，有一步兵什長，武功有幾下，立刻亮出兵器，喝道：「哪裡有虎？」

那押隊官黎都司，也是襄陽鎮特選出來的好將校，把隊伍調派好了，心神略定，急忙勒踏鐙，摸了摸鞍下順掛的槍，摘肩上弓，壺中箭，挺身一望道：「深山裡面也許有虎。」群卒膽小的亂了一陣，膽大的抽弓搭箭，旋即亮好陣勢。齊抬頭往山坎上注目。那美貌女子磕磕絆絆，向這邊掙命，是乘勢往下溜，一滑一滾，兩隻腳朝了天，原來是一雙大腳。眾人的眼光由女人腳上越過去，直望到山坎高林中。林中吼聲，越吼越近，眾人側耳細聽，果然像虎嘯。

那押隊官黎都司，唔了一聲，又轉臉看囚車。此時前哨開路卒已越過山嶺，往嶺後走了。後隊還在山麓，正往上開。那老僧還在地上，挨了打，泣哭撒賴的，不曾起來，群卒已無暇驅逐他，一齊看那美貌女子的驚慌掙扎。那女子雖然驚惶，心神不亂，到底向人多處奔了過來，遠遠地揚手喊叫救命。

這女子踉踉蹌蹌，直奔到黎都司面前，合掌求告：「老爺救命！」恰恰擋住馬前。都司喝道：「女子閃開！」女子似驚悸亡魂，應聲一晃，幾乎栽倒。女子年少貌美，黎都司不免垂憐，訊問道：「可是有虎麼？虎在哪裡？」女子已然腰肢連閃，又撲到馱轎囚車中間，向省中委員磕頭禮拜的哀叫：「老爺們行好吧，我爹爹叫老虎追上了。」

群卒不禁發問：「虎在哪裡？」一言未了，隨又聽見一人大喊救命，果然是一個村老漢，背負小包，從林間斷崖後竄出，沿山道往囚車這邊奔來，一滾一跌，一滑一兩丈，又一跌一滾，爬起來，澀著嗓子狂喊：「救命啊，救命啊！」跟著就在老漢現身處的後面，起了一聲猛烈的大吼。

群卒惶然睜大了眼，凝視林邊斷崖。

那老漢踉踉蹌蹌，也向囚車這邊奔來。女子狂喊：「爹爹，爹爹，快上這邊來！老爺們，快行好救命吧！哎呀，老虎出來啦！」

又一聲巨吼，突從斷崖亂草之上，出現了毛毵毵大物，遍身黃毛黑紋，護犯之群卒與押隊的兵官，各個一震，有的失聲，「真是老虎，不好，要跳過來！」卻還隔著斷崖。

馱轎中的省中委員嚇得閉了眼，卻又瞪大了眼，催馱夫：「快快！」意思是快往回跑。

黎都司也害怕，趕忙地再吩咐群卒：「預備，放箭！」弓箭手一律搭箭。長矛隊一律圍護檻車。又命人催前隊，趕快回來。但欲催前隊，必須在斷崖下透過，受命的小卒焉敢犯險？

而且恐怕人近老虎，更惹得老虎撲下來，豈不更壞？

那老虎憑據斷崖，鬥大的頭顱往下探，望見這邊人多，好像也知敵己之情，往下一躥，似要撲過來，相距稍近，又止步不動，反倒退踞在一塊大石之後，驀地仰頭，大吼起來。

黎都司和部卒，見這虎剛一撲，立刻不約而同，嗍的發出一排箭，自下仰射，距懸崖尚隔數十丈，當然射不到，全落在崖下了。那虎大怒，陡然人立起來，掉頭髮威，吼聲如雷，又挨到崖邊，那樣子躍躍欲下。

逃命的老漢，就在崖下，嚇得哎呀一聲狂叫，失足跌倒，身子一翻，順著山坡，骨碌碌滑下來，直滾到羊腸小路檻車停放處前面一段路，方才頓住。驚恐過度。好像不能言，不能動了；仰面拉叉，躺在那山道邊。老虎立即垂崖下瞥，好似到口之食，必須撲下來，才能獲到。這老虎把身軀一抖，重往下望了又望，把尾張爪，一陣發威。那山崖上亂石被虎爪刨蹬得紛紛亂墜，夾雜著一聲一聲的吼叫，震耳欲聾。石塊下墜，順山道往下滾，群卒一看，竟有鬥大的巨石，把當道通行之處阻住。

正是猛虎攔路，檻車不得通行。如要通行，必須把老虎打死，或者把老虎趕跑。這老虎竟通人性，也知料敵，也知避箭，一路示威怒吼，反正不撲到利箭射程所及處。人與獸就此拒住了。

斷崖下是老漢，像死屍似的躺在那裡。囚車旁是老僧，也嚇得一個勁地念佛。囚車前是美貌大腳女子，哀求官老爺救命：「你行好積德，教他們把我爹爹拉過來吧。他嚇昏了，老虎一躥就把他吃了！」

黎都司眉峰緊皺，正待發命奪路打虎，陡然又聽一聲長嘯，其聲淒厲。在斷崖對面，也是一座斷崖上，眼望不到處，又出了怪嘯。群卒齊喊：「這邊也有虎！」

虎字未絕聲，對崖怪嘯大作。這邊斷崖的虎猶未去，也應聲大嘯。群卒越發驚怪，正不知道這一嘯，還要引來多少虎，若把虎群引來，全不得活。省委叫了一聲：「快退回來吧！要命，要命！從來沒見過這等事！」府中吏目也嚇得黃了臉，連說：「近處一定有獵戶，快傳獵戶來打虎。」群卒一齊恍然道：「對呀，我們只會殺賊剿匪，要打老虎，可是的，還得去傳獵戶。」但是獵戶在哪裡呢？誰去傳呢？

黎都司忍不住怒道：「你們這些懦夫！你可知道人怕虎，虎也怕人。你們預備了，跟我上前，我不信，一排箭準把老虎射走！」

群卒全有難色。虎要是受傷，必要害人；虎不受傷，只怕射不走。黎都司一迭聲催逼，忽然間嘩啦的一聲響，空谷傳聲，又有一種怪嘯，驟有一個彪形赤面大漢，順著迂迴的山坡，繞從官軍的背後，如飛奔來，大叫：「好畜生！我可捉住你了！」眨眼奔來，手提大鐵椎，鐵鏈很長，腰間還有虎叉，口還打著呼哨，滾滾如飛煙，將來打虎。

押隊官人一齊大喜，全說：「是獵戶，是獵戶！」又一人說：「獵戶快來，怎麼才一個人，一個不夠！」

一個獵戶誠然不夠，這裡現形的是一隻虎，聽聲分明是一對虎。對崖虎嘯一聲跟一聲，只不見虎出頭，猜想許是一牡一牝。但就是一隻虎只憑一個獵人，也怕不行；何況至少有兩隻虎？群卒正在高叫，不料這彪形大漢剛剛出現，忽又從側面，也聽見嘩啦一聲，山坎深草中，突然又竄出三個彪形壯漢，各持虎叉、鐵椎，一齊奔過來。這便有四個獵戶了。

押隊官人個個歡喜，盼望獵戶越多來越好，一齊招呼道：「獵戶快來！」前頭那個赤面獵戶大吼道：「來也！」他回頭一掃，抬頭一望，掉頭往四面一巡，三腳兩步，飛奔到官軍隊裡，直撲到囚車前邊。官兵剛說：「那邊有虎，你往那邊截！……」

出其不意，這獵戶竟狂呼一聲，舉起大鐵椎，不打虎，打囚車，照那護檻車的軍卒，唰的狠打下去。

椎下處，血濺山腰，登時死了些個押囚官兵。

赤面大漢運手中椎，揮霍亂打，把群卒打得張皇失措，亂竄亂喊：赤面大漢怪吼一聲，踴身一躍，到了檻車門前。領隊小兵官大叫：「不好了，有刺客，快拿劫犯賊！」小兵官挺腰刀，將赤面大漢拒住，不教他撲近囚車。

當此之時，那被毆倒地的黃衫遊方老僧，正嚇得對虎發抖。鐵椎一揮，陡現神威，這老僧倏地挺身一躍，朗呼：「阿彌陀佛，青字亮亮！」把右手一張，白光如游絲二閃，小兵官哎呀一聲，栽倒在山道之上。

黃衫老僧左手一揚，黎都司的坐騎怪嘯一聲，突然人立起來，把黎都司掀在地上。

黃衫遊僧哈哈一笑，把黃僧袍掀起，抽出白燁燁一把短劍，撲入官軍中，亂刺亂劈。

黎都司恍然大悟，駭然大驚，中了人家的假裝猛虎攔路劫犯之計。仗他武功可以，滾身爬起，拔出腰刀，喝命部下，快快快拿賊人護囚車，一迭聲怪叫：「老虎是假的，不要怕！」

赤面大漢正要襲檻車，黎都司跳過去，兩人交了手。部下小兵官，一齊拔兵刃，拼性命護差事，並且自救。群卒亂竄，前隊奔回，後隊趕上來。這劫囚車的群雄，老叟、遊僧、女子、獵戶，先後發動，爭先恐後地動手。那後出現的三個獵戶，運用虎叉，由下邊奔到，取出利器，要開囚車，被官兵冒死命阻住。

劫囚車的人是從兩邊往當中擠，官兵陷在欲逃無路的局面下，竟出乎意外。團團打轉的苦鬥，囚車竟打不開。那被虎趕逐，跌倒在地的老叟，臥在地上裝死，此刻突然緩轉，大吼一聲，響若銅鐘，把背後小包打開，內有兵刃，立刻大展身手，越過人叢撲奔囚車。

那美貌大腳女子，此時當然不再哀求救命，托地一躍，從襟下拔出利刃，照那省委心窩便刺。省委驚叫一聲，仰面栽在馱轎中。美貌大腳女子提刀一看，竟撲奔黎都司。黎都司正與赤面獵戶苦鬥，女子替出了赤面獵戶，她自己獨戰，這黎都司是綠營有名的教官，本領頗強。赤面獵戶騰出身子來，便可以運大鐵椎，砸破囚車，負救孟英。

雙方亂竄亂打，官兵隊中弓箭手，竟射出幾支利箭。後出現的三個獵戶，方欲助砸檻車，見亂箭傷人，忙抽出一個，揮動虎叉，突入弓箭手隊中，擾得他們不得開弓。

黃衫老僧略略地驅逐官軍，便也撲奔檻車。赤面大漢運大鐵椎，搶砸第三號囚車。第三號便是華山孟英。那老漢便奔第四號囚車。黃衫老僧首先躥到，用利劍，要削斷檻車大鎖。這五輛囚車應該同時砸破，同時把受傷的囚人背走，方不誤事。

可是他們前來攔路救人的群豪數目也不多，一個人須兼做攻打官兵，背救同伴兩方面的事情。當下大家紛紛動手，和官兵絞在一處。

那美貌大腳女子，竟似鬥不過黎都司，她只提一把匕首，黎都司竟取一支槍。美女子裹不住黎都司，反被衝得倒退。黎都司兩眼通紅，見兩頭都有賊人，自知性命難脫，便咬牙狠戰，分明是拚命。那背小包的小老漢騰身一躍，如燕子掠空，直落下來，倏然飛起一腳，正踢中那個什長的肩頭。什長怪叫而倒，老漢立刻直搶到黎都司的身畔，替下那美貌女子，把黎都司纏住。

美貌女子抽出身子來，也奪取群卒一支長矛，把群卒亂挑亂刺，與那四個假獵戶協力，逐殺兵隊；容出工夫來，以便一齊努力搶砸囚車。但是官軍尚在負隅死戰，出乎意外的猛勇。

黃衫遊僧用力砸打檻車，忽從背後射來一箭。黃衫遊僧耳聽八方，急轉身一劍，把飛箭打到一邊，險些傷了檻車中的囚人。

黃衫僧頗覺奇怪，官兵為何這麼勇敢？挺身一望，才知自己這邊人，把上山路阻住，把下山路也擋住了，官兵被截在當中，羊腸小道險峻異常，他們逃無處逃，自然擠在一處，拼用全力，苦鬥不休了。黃衫僧忙打呼哨，招呼同伴讓出一條活路，好容官兵奔逃。同時那白髮老漢也看到這一點，也正吆喝假獵戶，不要這樣兩面堵截。獵戶醒悟，稍稍放鬆了一步。這群官兵，本像蚱蜢似的，擠在當中亂蹦，如今一看下山路已然無人攔阻，也不用商量，不用招呼，竟有一半人，齊打夥的且戰且走，奔向山道下面去了。那府衙中的隸役，更是不濟事，逃得更快。把個黎都司甩在山坎，兀自護囚畏罪，破出性命，與這群亡命徒死鬥，還有那個把總，還有一個記名守備，自知檻車被劫，罪在不測，全都拿出渾身武功，力戰群雄。那黎都司望見群卒奔潰，急得大叫大罵，眨眼間還剩二十來個散卒遠遠地放箭。

劫車群雄七手八腳，將檻車砸開。如電光石火，把犯人抱出車外。黎都司一見這情形，怪吼一聲，與那記名守備，雙雙奔來搶救。驀地聽山坎上又是一陣驚天動地的虎嘯，竟見那只猛虎人立而行，飛躥過來。黎都司吃了一驚，雖知虎嘯是假，也不由得心慌。稍一疏神，被那美貌大腳女子跳上來，刺了一刀。二十來個散卒忙來護官，黃衫老僧又一揚手，白光過處，散卒跌倒了兩個，其餘的人不由得嚇得倒退。黃衫僧又打了一個呼哨，那猛虎像人似的奔過來，竟到華山孟英面前，立刻口吐人言，叫了一聲：「孟仁兄，多受凶險了！」扭身一蹲，把孟英抄起，往背後一背，立刻奔上山坎。其餘負傷的三個囚人，同時由三個假獵戶，也背起來。黃衫遊僧，白髮老漢，大腳美貌女子，赤面運椎的獵戶，立刻同時全吹起呼哨，立刻向官兵虛一鬥，抹轉身形，保護著那前行背人的一隻虎，三個獵戶，繞上斷崖，絕塵逃走。

黎都司肩上挨了一刀之傷，尚不甚重。省委嚇得半死伏在馱轎中，府吏嚇倒在山道邊，劫囚群賊已然逃走，要是追趕還來得及。無奈黎都司獨力難支，部下卒潰散多半。正在著急，那敗卒逃到山下，勾來附近駐軍，加緊趕上山來。那前鋒開路的兵，也兜轉回來。二百多名兵，加上駐軍，又復聲勢一振。黎都司滿面是汗，心中焦躁。歹人區區八個人，竟把差事劫走，這罪名自己如何擔受得住？當不得暴跳如雷，把部卒用馬鞭連打，喝命快追。二百多名兵，受傷的不過七八個人，被嚴令所逼，迫不得已，聯合駐軍，立即分為三隊，大舉搜山。

但是劫奪囚車人，預有布置，官兵登上斷崖，遍尋不見人影。只在一座山神廟內，發現了一支短前。乃是官兵流矢，射傷了假獵戶，假獵戶逃到此處，方才拔箭敷藥。敷藥已畢，幾個人替換著，從預定地點，逃亡下去了。

檻車全都被打開，人全被背走，可是救活了的，只有華山孟英和田元壯兩個人，其餘起解的人犯，身負重傷，半死不活，遇救逃亡，又一路顛頓，竟死在半途。

第四章　荊山洞英雄結盟

華山孟英，被那假虎背救，一路逃亡，先藏在一個山洞中。官兵滿山查搜，竟未發現山洞的祕道，劫車的人預有計劃，另遣兩個故意露出馬腳，引誘著官兵，往歧路上追趕，其實劫車群雄只奔出六七里，便潛藏起來。

潛藏的地方，正是黃衫遊僧太湖一雁和尚的祕窟，就在荊山畔。華山孟英，出生入死，自從遭擒，兩番被救，今日雖得活命，心中仍極難過。而且刑傷沒有養好，一路起解，被山風日光吹曬，身上發寒作燒，行在山坎，人已昏迷。假虎負救他時，他只睜眼看了看，以後就人事不省。

也不知昏迷了多少時候，及至神志清醒，睜眼一看時，陰沉沉一座山洞，在他面前站立的，乃是他的師傅蠍子劉熹。孟英雖是硬漢，如今飽受挫折，見了師傅，也不由得淒然落淚。

問起同伴來，方知寒山醫隱韓立青，當日並未落網，田元壯已同救出，正在隔洞。至於連珠彈朱玉山，竟沒了下落。還有檻車中兩個負重傷的同夥，王立庸和馮朝佑，甫出囚籠，人即絕氣，已被太湖一雁等，把屍體埋在荊山中了。

華山孟英嗚咽有聲，向劉熹道：「弟子生趣已盡，實不想活了！倒為了我一人不小心，害得好幾位同志，因此殞命。那個裝老虎，背救我的，到底是哪一位呢？」

蠍子劉熹安慰他許多話，又告訴他，當日設謀，全是太湖一雁所為。那個假老虎，正是江湖上有名的虎牙童剛，他善裝虎吼，唯妙唯肖。那個美貌大腳女子，便是崇明島靈尼妙爪法師。孟英聽了十分感動，就要趨謝，問他們這些人現在何處？

劉熹說：「你好好養息著吧，你太苦累了，況且身上還有刑傷。我們武林中的朋友，感謝的話不必出口。他們此時正忙著引誘官兵，往歧路上走，也沒工夫和你細談。」

華山孟英滿腔心事，一身病痛，只得依言，臥床養傷，暫且由蠍子劉熹服侍。過了兩天，太湖一雁和妙爪靈尼方才回來。這太湖一雁上人鬚眉皓白，武功精湛，是南荒中的祕密會幫的首領；他的身世，頗為詭祕。那妙爪靈尼是個俊美的女子，名為女尼，實未削髮，只是一雙大腳罷了，飛行術很高，據說是一員武官的後代。奪嫡之變，她父也慘被加害，妙爪法師一怒，投身在江湖會幫中，要替父報仇；因為她的父親死得很慘，又很冤枉。妙爪靈尼知道她父親是死在何人手內，一心要行刺雪恨。殊不知仇人手下頗有能人，給他護院，妙爪行刺未成，反被活擒。她又是女子，生得又美，這些護院的武師對她不免侮辱，仇人看見這個貌美的女刺客，也動了色情，可又不敢留下這隻雌虎。妙爪不幸落在這樣的羅網內，原本是報仇不得，拼卻一死；哪知仇人不教她死，她不免飽受挫辱，欲死不能。這其間驚動了一位俠隱，使是太湖一雁。竟施奇計，把妙爪靈尼救出群魔之手。妙爪女尼自以一個清白女郎，為復父仇，受此大恥，當時痛不欲生，就要自殺。太湖一雁微微一笑道：「姑娘，這一來你可就如同匹夫匹婦自絕於溝壑了。大義為重，小節不足計較，你受了群醜的惡虐，這好比教蚊蟲咬了一口。你不必太自輕生，你更當拿這身體，專心矢志來報大仇！」太湖一雁向妙爪說了一回法，妙爪女尼含淚聽了竟在佛前立誓，帶髮出家，誓不嫁人。遂加入了太湖一雁的祕密會幫，成為一員健將。

在妙爪靈尼出家之後，又過了兩年，由於太湖一雁的介紹，她到崇明島，投拜雪山老尼為師，受了佛前三戒。所以妙爪女尼乃是先出家，後皈依的；既皈依，卻仍然帶髮。她本要削斷青絲，太湖一雁把她勸住，說是你留下這撮頭髮，遇事很有用處。在我本幫中，你還是留髮為是。將來要用你這一撮青絲，做好些事哩。妙爪女尼素本多智，聞言醒悟，遂不復剃度，遇上化裝打探的事，她便可以喬為少婦，喬為少女，裝作同黨的家眷，果然大有益處。

太湖一雁把妙爪收為黨羽，旋又看中了虎牙童剛，這虎牙童剛真是獵戶出身，善裝虎嘯，力能搏擒猛獸。太湖一雁此次攔山救人，便多倚賴童剛，假裝老虎，才把官軍矇住；然後乘亂取事，才得救了孟英。那喬裝父女，遇虎呼救的，便是妙爪女尼和那位老江湖，名叫柳泉的。

這柳泉老人，乃是華山孟英的前輩，蠍子劉熹轉邀出來的朋友，也是江湖中的一個孤蹤怪客，總之，這一回在半路上搭救孟英，太湖一雁實為主謀。太湖一雁認為孟英和蠍子劉熹，在武林中都是條健將，他安心要收服這師徒二人，作為自己的幫手；把兩幫化為一幫，勢力自然增強。蠍子劉熹要救愛徒，在這荊山，原沒有落腳處。結果，仍由太湖一雁，引領他們，到了這座山坎，鑽入這座山洞。這山洞是上古時代，初民山居所開的洞穴。秦漢大亂時，又有逃難的人民奔入深山，重新開掘了一次，所以山洞口很小，內堂很大。倒不是神仙的洞府，也不是高士的求仙窟，實是遊獵的古人的山舍罷了。古人巢居穴處，最怕虎狼襲來，更怕仇敵殺到，所以建築這種洞，選擇地點必很幽僻，更要依山環水，可汲可登，而且定必築有前後的隧道，為的是萬一被仇敵大舉襲來，不能抵抗時，居民便可以走道地逃命。不但狡兔要營三穴，上古的人民也要營三穴，或者更多。不過這種小洞久無人住，必然塌壞，往往出入口迷離難尋，裡面霉氣更大。數年前，太湖一雁雲遊至此，無意中發現了此處的洞口，起初尋幽探險，後見內中石室石床可居，他便心中大喜，以為此處若沒有仙人，也定有異人。遂與徒弟鐵丁，費了許多日子的工夫，打通舊隧洞，深入舊洞府，又燃柴，投雞，試驗內中有無毒氣怪獸，是否可住。漸漸掘通之後，新氣流通，洞中的毒腐氣，被太湖一雁想一個法子，買來萬子爆竹，點著了，投到洞內，乒乓一響，空氣震盪，又入燒柴煙，竟將溼氣去掉不少，慢慢的可以住人了，太湖一雁大喜，遂與鐵丁，住在洞口稍裡一間石室內。師徒逐日到外探索，越來越見得這座洞實在很大。一雁初是好奇，等到尋不見洞中地仙，只發現洞中人骨，他便有些失望。隨後他又有意把這裡開為祕府，遂又傳來黨羽二三人，大事經營，購辦鹽米，作為久居之計。這洞府既是古人之窟，因此才發現一洞，接連便發現了六七個洞，洞與洞全有隧道通著。收拾好了以後，居然可住三四百人。這荊山，原是上古荊蠻後胤的故墟，太湖一雁一行只覺得這隧道工程太大，若非神仙洞府，人力豈能造得？他們並不曉得古人日日奔忙，只有衣食住三件事，而且子子孫孫開闢，經過數百年、數千年，自然工程可觀了。太湖一雁和他弟子，全都詫異，各處尋找，希望遇見異人，到底沒有尋見。

太湖一雁決計在此地，設立祕窟，還想把本幫總窯遷到這裡，可免官人物色，但是住長了，立刻發現此洞交通不便，鹽米供給不足。此時又不比古時，雖在山中，狐鹿已少，只有小兔。若想山居自隱，仍不能夠，太湖一雁只得將原議作罷，姑且把這地方算作支窯。但也有用處，去到深山無人處，鑄鐵造兵刃，官面上發現不著。況又是僧人，山腳下平民見了他，也不覺得可異。太湖一雁遂留下同黨，專在此地鑄造兵器，出頭露面，進城買糧，仍打發出家人出頭；居然一住三四年，沒被人發現。現在他們打算營救華山孟英，恰好用著這山洞了。任憑官軍大舉搜山，也沒有搜著他們的蹤跡；因為他們早在入口存下戒心，不留一點兒形跡，這地方真成了理想中的逃罪藪。

華山孟英在洞中養傷，外面官軍搜山。太湖一雁指使眾弟子和妙爪靈尼、虎牙童剛等，故意地露出一鱗半爪，把官兵誘到別處。他們直等到官兵去遠，方才抽身回來，進入洞府。打定主意，在半月之內，不論何人，絕不許出頭，只派一兩個人，在半夜出來巡風瞭望，他們早已辦好糧臺，汲下飲水，預算是夠五十天。他們就是燒柴做飯也暫時停止，為的是炊煙一起，必被官兵望見，既望見人煙，定要尋來。他們早已辦好乾糧，數十天內不起火，照樣足飲足食，太湖一雁安排好了，這才引領妙爪、童剛，和孟英師徒見面。孟英要下地叩謝，頭陀鐵丁忙過來按住，說道：「家師早說過了，先給你治傷，過半個月才教你下地，你不要客氣。」

孟英只得伏在床上，向一雁叩謝，又向妙爪靈尼、虎牙童剛道勞，問起田元壯，一雁答道：「他現在隔洞，由柳泉照應著了。」那妙爪靈尼向一雁說道：「我久聞孟英的大名，只道他是前輩英雄了，看他今年不過三十幾歲。真是聞名不如見面。」

鐵丁道：「孟師傅在江湖上傳名已久，一定從十幾歲上，便露鋒芒，所以才有這樣大名。孟師傅的名頭，比他的令師還大。」

說著一笑。孟英道：「慚愧，慚愧，我吃虧就在這點。」妙爪道：「豹死留皮，樹死留根，孟施主在北方名震一時，往後我們盼望跟孟施主合起手來，做一些事業。」孟英不禁抬頭看這妙爪靈尼，只看外表，年約二十二三歲，果然生得美貌，兩隻眼十分銳利，透露光芒，兩道長眉也似稍含煞氣。再看太湖一雁，穿著短僧服，童顏修眉，神光盛旺，只一看便知內外功俱臻絕頂。

一雁閒閒地跟孟英敘話，也微微透露出兩家聯手的意思來，但並未往下深談。倒是妙爪靈尼忍不住，竟先講出來。孟英此時精力未復，未遑深想，當下只說：「小子的性命乃是雁師傅救活的，今後一息尚存，當報大德。老師傅如有用我處，我決萬死不辭。」一雁聽了這話，向妙爪施一眼色，教她不必再追了。若要正正經經地勸孟英合夥入幫，須等他傷癒之後。

眼時孟英的心情，一來掛念遇難逃生的幼主年紹武，二來懸念為救己而不知下落的韓立青、連珠彈……這些人的生死，至今不曉得，孟英吋心如搗，恨不得自己傷痊強壯起來。人家救自己，自己再去救人，才合乎江湖上的義氣。

光陰荏苒，一晃半月。華山孟英漸次傷痊，只有一條腿不甚得力，下了地，走起路來，一瘸一拐。孟英不由得嘆了一口氣，向師傅蠍子劉熹說：打算再過幾天，便去尋找幼主年紹武，劉熹說道：「你還不明白一雁上人他們師徒的意思麼?他實要勸我們師徒，加入他們一夥，故此費這大力，營救我們。他連日已對我透出一點意思，我已然明白他們是怎樣的作用了。他們走的路，跟我們不同，可是他們要跟我們一塊兒走。不是跟我們一塊兒走，是教我們跟著他們的大幫走。我認為他們說的那層道理很對，我是決計要跟他們合手了，我打算就此跟他們加盟。老弟，我看他們十分器重你，比對我還重，你心上怎麼樣呢？是不是就跟他們合手？」

孟英默然良久道：「丈夫做事，要有始有終。我生受年大將軍禮待，擔負了託孤重責，我怎好半途改轍呢？」劉熹笑了笑道：「據他們說，你這舉動近乎匹夫小義。他們也替你打算過，你在眼前，是急要尋找幼主的下落，他們願意替你查找。他們要借重你的，是要請你做引線，把山東群雄陶方城、胡開等，全數拉到他們幫內。他們知道你和陶方城是換盟弟兄，又知你救過胡開，胡開十分感激你，總想出力報答。一雁上人的意思，只要把你邀入夥內，那麼陶方城手下幾百人，胡開手下那幾百人，全可以借重你的力量，拉了過來，加入他們同盟之中。老弟，他們把你看成秦叔寶、孟嘗君，能得到你的臂力，江湖上的人物，全衝著你，撲奔他們來了。」

蠍子劉熹說的是實情，華山孟英比較名望大，固然是他武功好，最要緊的還是他眼界寬，交遊廣，他在南陽隱居，才暫與江湖隔絕。可是他剛剛犯案落網，江湖上人物知道了確信，立刻紛紛傳說，居然有兩撥人趕來搭救他，他的為人，頗得武林人士的愛重，好似一塊磁石一樣，很有吸引人的力量，太湖一雁決計要把他拉攏過來，拉他一人，勝過別人一千。只是孟英走的路和一雁截然不同，孟英志在感念舊主之恩，力救幼主。太湖一雁卻是存心隱微，另有異圖。一雁既將蠍子劉熹說服，跟著就要順說孟英，卻先煩劉熹道達本意。當下孟英聽了，低頭尋思。他要等傷痊，去尋幼主，一雁卻欲請他傷癒之後，立赴山東，去找陶方城。

太湖一雁也給孟英設身處地，打好主意。只要孟英能夠動身，那麼尋找幼主年紹武，尋找連珠彈、韓靖、都可由一雁派人擔承。等又過了幾天，孟英已然下了地，頗能掙扎著走路了。太湖一雁擇了一天夜深，屏退眾人，只偕妙爪靈尼，把孟英邀入另一石室內，低聲和他講道。一一直講了兩個更次，還拿出許多別的東西，都指給孟英看。

孟英當下詫然，聽完一雁這番話，心中怦怦欲動，妙爪靈尼也在旁幫說，曉以微言，請他入盟。到了第三夜，太湖一雁復又說法，這一次把蠍子劉熹、虎牙童剛，也都邀來。一共五個人懇談竟夕，又拿出一些圖冊來，給孟英看。華山孟英如夢中聞雷，這才曉得太湖一雁的聲勢竟十分的大，現在江湖流行的祕密會幫，好像是妖言惑眾，原來骨子裡也和太湖一雁祕有勾結，他們立下決心，要把明朝已覆的山河，重由清帝手中奪回。他們和明末遺老暗通消息，還有運河道上，那些個鹽梟、水寇，活躍很凶，據說這跟一雁也有淵源。

於是，經過了三通夜的對談和會議，華山孟英到底入彀，答應了加盟，立刻擺上香案，太湖一雁已預備好了，白雄雞，黃表紙，紅燭，盟單，七七四十九個茶杯，八八六十四個石子，列成祭壇，擺好香堂，蠍子劉熹，華山孟英，全都九叩首，三插香，三啜血酒，做了一雁的幫友。

孟英將從此泰命入魯，訪問陶方城，訪問胡開。太湖一雁也派人兩撥，一撥尋訪孟英的幼主年紹武，年紹武一時竟無下落。一撥尋訪連珠彈朱玉山、韓靖；只一去，很容易地將韓靖尋獲，獨有連珠彈朱玉山，竟一個人另殺開一條血路，另走一條歧道，另有一種離奇的遇合了。

原來那天，連珠彈沒有逃開，被困在襄陽城內，沒得出路。

他無計可施，跳入民宅，忽遇見一個奇女子，把他藏匿起來。由這女子的叔父所設計，將他化裝，保救出來。於是他另有際遇，直到半年後，他方得知華山孟英，太湖一雁，蠍子劉熹，群雄聚首，重掀起大浪。

第五章　當頭棒

連珠彈朱玉山，為人生得美秀而文，貌似女子，卻有一身很好的武功，夜行術既精，又善打好幾種暗器。他的外號叫連珠彈，就因他用銅彈子打造一百零八顆串珠，遇見仇敵，信手打去，百發百中。他還會甩手箭，子母鴛鴦膽；他和田元壯，合力營救華山孟英，可惜做得緊了一步，後援未到，忽聞謠傳，要犯孟英一名，已奉到諭札，就地正法，不再起解了。田元壯、連珠彈朱玉山非常焦灼，竟冒險動了手。援兵未到，人單勢孤，弄得大功未成，孟英已出虎口，又落法網。連珠彈援助著田元壯，把孟英救出府衙，官兵追緝不捨，連珠彈忙與二友，轉身迎堵官兵，往北且戰且走，容出空來，讓田元壯穿小巷，上房頂，逃到藥鋪。連珠彈自己仍用暗器，逗弄官兵追趕自己。田元壯在當夜竟得逃開，奔到藥鋪，他和孟英連珠彈，先後在藥鋪內潛藏，要等風聲稍緩，即便翻城遁走。

無奈官兵驟失要犯，焉肯甘休，次日立即閉上城門，祕密地挨戶搜檢。數日後，官兵包圍了藥鋪，把孟英重行擒獲，連累得韓立青也一同落網了，田元壯也當場被捕，唯有連珠彈朱玉山，夜半聞耗，踢窗逃走。不過形跡已露本城守將駱振祥竟督隊追捕，半步不肯放鬆。官人隊中更有十多個高手捕快，也會飛簷走壁，把連珠彈緊緊盯住，連珠彈上房，他們也上房；連珠彈跳下平地，他們也跟蹤跳下平地，竟綴得十分緊。連珠彈大怒，忙抽兵刃，轉身索戰，這些捕快忙即退下來，立即湧上數十名箭手，由守將駱振祥提刀指揮著，紛來攢射連珠彈。

官人似有拿捕快大盜的好計劃，竟這樣死追不退，瞄住逃犯的蹤影，不跟他鬥力，只跟他耗時候，逃到哪裡，綴到哪裡，只要轉眼天亮，連珠彈就逃不開了。

法子非常歹毒，連珠彈頓時覺察出來，狠狠大叫，抽劍猛砍，眨眼間傷了數人，衝開了步隊弓箭手，一路亂竄，逃到歧路上。守將駱振祥勃然震怒，竟抽槍帶馬，由親兵營挑燈保護著，一路緊綴下來，仍撥小隊，抄小巷在前堵截。連珠彈回頭一望，知道逃不開，立刻咬牙切齒，翻身回撲，直跳到駱振祥的馬前，手起劍落，砍下馬來。群卒一見主將落馬，登時嘩亂，有的亂竄，有的放箭，有的奔來搶救長官。連珠彈一不做，二不休，順手一劍，把駱振祥的首級割下來，卻在一旋身之際，中了流矢，正在後肩胛，連珠彈回手拔下，抽身一躍，上了民房。

主將陣亡，群卒失了指揮，登時追迫不緊，連珠彈這才長吁一口氣，手摀箭創，腳下如飛，連穿過數處街巷民宅，脫開了官人的眼，然後跳下平地，伏身急馳，躡足穿巷，又飛身躍上民房，忽高忽低，專往黑影中奔逃。末後跳上人家一道後院花牆，伏身聽了聽沒有動靜，望瞭望院中沒有燈光，他就再翻身跳到院牆裡面。

連珠彈朱玉山這一回若不是手戕守將，仍恐逃不開。卻因此挨了一箭；究其實也算是事逢湊巧，府衙中的官人抓住了一個倒運的替身鬼，把一個起夜的人，當作了逃犯。將這人射倒擒獲，直等到拿火亮一照，發覺此人衣服打扮不像，又沒有兵刃，又是一個老頭子，他們連忙捆上這個老叟，重來搜捕連珠彈。連珠彈這工夫早已連挪了數道小巷，另奔進一家後院了。

這地點正在東城。連珠彈朱玉山逃到東城小戶人家，卻喜是外面無人跟綴，院裡面也沒有動靜。連珠彈便借此機會，撕衣襟裹住箭傷，把人頭也包起來，喘了一口氣，然後張目注意，先觀察這藏身處，究竟是什麼人家。

連珠彈越牆跳進來時，本出於急不暇擇。只要這戶人家沒有火亮，沒有狗叫，他便要硬往裡鑽。院主人只要一聲喊，他再趕緊往鄰院裡跳。如此輾轉逃跑，他已越過不計其數的人家了。匆遽中，也不能留神吉凶禍福，到了這時，只能撞大運。

連珠彈身上溼漉漉的，濺著殺人的鮮血和自己身上的血，料想一到白晝，寸步難移，遂先決計要摸到民戶人家，借件衣服更換，並須重裹箭傷，但必須避免打草驚蛇才好，這只有暗偷的法子了。連珠彈痛不可忍，滿頭大汗，喘息略定，忙看了看附近形勢，躍上牆頭，登上房頂，借房脊隱身，挨戶端詳。側耳偷聽，找到路東一家，牆最矮，院最小，料到住房必少，便急急地四望無人，悄悄地來到小戶門前，把手一拍，忽又止住，左右一望，恰巧小門樓左邊牆角處，立著一塊上馬石，便登上去，攀牆內窺。西房三間算是正房，兩側北房南房各兩間，彷彿還有後院，只有北房隱隱透出燈火，想內中人口必然不多。

連珠彈又扳牆上去，輕輕一跳，已到院中，正要移步撲奔北房有燈光處，卻聽正面西房，有人重重咳嗽一聲，那聲音怯怯的，好像本就沒有睡著。

連珠彈朱玉山不管，一直奔到北房窗前，窗前燈影一亮，屋中也發出痰嗽聲音，這一聲過後，卻好半晌沒有動靜，朱玉山提劍四顧，躡腳溜到牆根，側耳聽時，屋中似有微響聲，院外遠遠還聽得鼓樓那邊，喧噪聲乍浮乍沉，朱玉山便將刀交到左手，伸出右手，沾著唾沫，把紙窗弄破一個小洞。往裡一窺，只見北房室中，一盞孤燈，燈前站立一個衣服不整的妙齡女子，扣著衣紐，兩眼睜得大大的，滿面驚疑愕愣之色，歪著頭，直勾勾地望著窗格。這女子好像已聽見外面有人撕窗，嚇得她手抖抖的，倒退一步，失聲驚叫了一聲。回望床頭，床頭上還有一個小孩，蒙頭沉睡，連珠彈朱玉山看明了屋中情形，戶主十分單弱，可以強入借衣，正想挪步，猛聽背後又有聲響，那正面西房裡，忽然有一個蒼老聲音，大聲叱道：「誰呀？」跟著重重地咳嗽了一聲，俄而發出一種輕微的響動。連珠彈朱玉山急忙轉身，西房裡，忽又閃出火亮，好像打火鐮，把燈點上了。連珠彈朱玉山輕輕踱過去，北房中那個女子虛怯怯地叫道：「叔叔，叔叔，是什麼響？」西房中那個蒼老聲音，打了一個呵欠道：「許是貓吧。」停了一停，又有一個模糊不清的聲音問道：「福子他爺，什麼呀？」說話的腔調，像是個老女人。

連珠彈朱玉山試探著挨到窗前，聽這老婦的聲音，分明有點害怕。老頭子說道：「外頭好像有誰喊了一聲。」原來驚醒老頭的，不是連珠彈朱玉山，卻是那個女子的驚叫。連珠彈朱玉山弄破西房窗紙，往裡面張望，燈影搖曳裡，又是一個老婆子，坐在床頭，揉眼打呵欠。地上站著一個老頭子，不知彎著腰做什麼，看那樣子，似要找件傢伙，拿著出來查看。連珠彈朱玉山如旋風似的一轉，把全院的虛實看明，眉頭一皺，計上心頭。退後數步，再打量院內出入路口，再進一步，打量門窗，看見窗臺上，放著一隻醬菜小簍，一隻破碟子，還晾著一雙舊鞋。連珠彈朱玉山便將破碟破簍取在手中，先唔的叫了一聲，跟著假裝小貓兒，喵喵地叫了兩陣，把小空簍破碟子往庭院中一丟，骨碌碌的啦嚓一響。他又裝貓叫了幾聲，立即躲在西房夾道中，他想這可以矇混過去。卻不揣自己並非黑道人物出身，這等裝貓變狗，弄得南音很不像，一番做作，反倒露出馬腳。

那老頭子，立刻側耳留神，眼望窗戶窺望，忽看見窗紙破了一個小洞，登時明白，把燈忽地吹滅。這時連珠彈朱玉山藏在夾道中，還想再耗一會兒，等屋中人睡著，便來實行他那偷衣改裝，天明闖關的計策。他一探頭，看見西房燈滅，又聽那蒼老聲音道：「沒有什麼，是小貓打架。」更大聲說：「祿姪女睡吧，沒有什麼呀，是小貓打架。」又叫道：「祿姪女，祿姪女，吹了燈睡吧。」

北房那個女子，這時候眼望著窗戶，正在害怕，忽聽她的叔叔如此說話，猶疑一陣子，應道：「叔叔這不是吧，你老得出去看看。」那老頭子做出睏倦呵欠的聲音，只叫道：「孩子，我聽見啦，是小貓啊，還打了個碗呢。」

北房中的少年女子半信半疑，聽了家中人答話，膽子才大些，心神也稍鎮定，果然依言吹滅燈光。不大工夫，西房鼾聲已起，這邊房中女子也似摸摸索索，重上了床。連珠彈朱玉山忍耐了半晌，覺得時候差不多了，便放膽鑽出夾道，撲奔北房，立刻動手。忽想北房中的主人，是一個少年女子，覺得深閨弱質，倒好震嚇，這是該下手的地方。但又恐深夜入戶，人家是個姑娘，自己未免於良心有愧，更決定徑入西房。明知西房是一明兩暗三間，必然人多，自恃武功，又在難中，也就顧不得，在院隅丟下所帶的包囊，躡腳走過來，扭頭四望，院內更無別聲，就便動手。捫著西房門縫，輕輕一推，自然推不動。從腰中抽出小刀，插入門縫，慢慢撥弄，連珠彈朱玉山的出身，並不低微，他簡直不懂得做賊的營生，只顧自己動手，卻沒留神屋中人，已然暗有動作。

西房裡的老人，早偷偷伏到窗臺，順著連珠彈朱玉山挖的那個窗紙小洞，往外瞧窺，正瞧見黑乎乎的一個人影，拿著明晃晃的一把劍，從夾道溜出，往北房走。北房中是老人的姪女宿處，這老人不覺又驚又怒，料想此人必是走黑道的賊匪，還恐他竊財之外，又來採花。

老人氣得打戰，便悄悄推醒老婆子，低說有賊。老婆子嚇了一跳，一把抓住老頭子，不教他動。老頭子急得附耳低言，告訴了幾句話，用手一指北房少女的宿處。老婆子無法，這才抖抖地穿上衣裳。老頭子摸了一把刀，一根木棒，將木棒遞給老婆子。老婆子又抄了一把剪子，哆哆嗦嗦，避在屋門後。老頭撫著心口，悄悄開了屋門，摸到隔壁兒婦房內，恰巧大兒子剛剛歇宿在家，又恰巧這間屋子只有格扇，沒有屈戌兒。老頭推開格扇，摸著大兒子的腦袋，捂著嘴使勁一推。大兒子睡中一驚，雙手啪的一揮，把他父親打了一掌，口說：「誰呀？」一翻身要爬起來。老頭子忍痛低呼道：「祥兒，是我。」大兒子使勁把他爹的手擺脫開，昏頭昏腦地問道：「幹什麼，幹什麼？」

老頭子忙按住他，低聲道：「院裡有賊了！」大兒子猛吃了一驚，不由得又掙扎著要跳起來。

老頭子掩住他的嘴，附耳告訴他道：「我看見有一個賊，正在這裡撥門，瞧光景大概是個小偷，你快起來。」隨將設計禦賊的法子，低低說出。大兒子揉揉眼神志漸清，穿上衣裳，摸著一根鐵棍。父子兩個悄悄藏在深堂屋門後。老婆子把兒媳叫醒，也穿好衣服，一同藏在裡間。當這時候，連珠彈朱玉山用小刀劃撥門閂，已然漸漸撥開一道門，屋門裡老頭子和他的大兒子，各拿著傢伙，側耳聽著，兩顆心怦怦跳，連嘴唇都打戰。朱玉山又費了一會兒工夫，將兩道門閂都撥開了。竟不再游移，伸手推門。門扇吱吱地發出微響，已然推開尺許寬的門縫，便徑直探頭往裡窺看。黑影中，只見堂屋闃然無人，便抽出利刃，把門完全推開，邁步進去。才邁進一步，那老頭子很勇敢，把手中木棒高舉，從門邊閃出，一聲不響，唰的猛往下砸。朱玉山忽覺寒風襲面，才待側身橫劍招架，大兒子的鐵棍同時唰的落下，用盡氣力怪叫一聲。朱玉山頓覺轟的一聲，耳鼓齊鳴，眼冒金花，同時覺得腦後腰後，受著意外襲擊，如雨點驟降，噼啪亂打。他久戰力盡，身又負傷，更不能支持，這鐵棍恰打中要害，正當頂門。朱玉山撲地栽倒，知覺頓失了。

他竟似落在陰溝中，把船弄翻了。

等到還醒過來，身子被捆在地上，屋中燈光明亮，一個老頭子，一個壯年男子，手拿棍棒，都立在身邊，那北房中的少年女子，也穿齊衣服，扶著一個老婆子，在內間屋門裡站著，挑著門簾向外探頭，滿面露著驚詫之色。還有一個少婦，一個小孩，藏在屋中，那老頭子用木棒敲打連珠彈朱玉山的大腿，喝道：「你這惡賊，別裝死了，你叫什麼名字？是哪裡人？你在哪裡犯案了？又跑到我這裡來做什麼？」朱玉山十分懊喪，看見擒拿他的，是一群老弱殘兵，尋常百姓，不由得轉怒為笑。想了想，答道：「這位老丈休要錯疑，我不是賊。」

那壯年男子怒罵道：「你這東西，你看看你渾身的血跡，手裡還拿著凶器，你肩膀上還有傷，你不是賊，不是小賊，是殺人放火的大強賊！」說著回過頭來，對他父親說：「咱還不如搜搜他哩。」老叟拿棍子比著連珠彈朱玉山的頭，大兒子便過去搜檢朱玉山的周身。竟在衣袋裡翻出幾兩銀子，一條手巾，一張襄陽府官衙和牢獄的房圖，用紅筆勾著出入線道。又在院裡，搜出連環彈朱玉山藏著的那個包囊，老頭父子心想這必是賊物，誰知打開一看，竟是血淋淋、鬚眉纏繞的一顆人頭，婦女驚喊，父子齊聲叫道：「這是殺人凶手，呔，你跑到我家裡做什麼？我們和你既無仇，又無恨，素不相識，你卻來撥門挖戶。是何道理？你莫非要栽贓陷害我家？」大兒子越說越怒，拿手中棍，照連珠彈朱玉山重重打了幾下。連珠彈朱玉山不覺激怒道：「你們不要動手，我是男子漢與你們無仇，我也不是匪人，我乃是為報深仇，才行凶殺人。我殺的不是良民，我殺的是貪官汙吏。你問我為何到你家，實不相瞞，我是借道。我是找你們借兩件衣服，好改裝逃走。上天在上，我與你們素無認識，我何必陷害你們？我現在誤落在你們手裡，現在只有一死，你們把我送官好了。你們休要如此無理，你們不該這樣侮辱我，士可殺不可辱，你這位當家的，正在壯年，對付一個不能還手的人，就不該這樣亂打。喂，天下的事未可知，殺剮由你，我也不恨，只是你們不該這樣作踐我！」說時聲色俱厲，眼中冒火。

那老頭子聽著愕然，他的大兒子也不覺停住棍子，不能再下手了。老頭子眼看著那顆人頭，喝問連珠彈道：「你說實話，你殺的到底是誰？你殺了人，為什麼提著人頭，跑到我們家挖窗戶撬門？」這時府城鬧劫獄犯的事，已然轟動。這家宅主已然猜出來，可是竟沒有膽量敢於說破，只一味催朱玉山說實話。朱玉山仰臉道：「我不是說了麼，我是來借衣裳，我殺的這顆首級，就是……」老頭子道：「就是誰？」朱玉山咳了一聲道：「我就是死，也要死個明白，絕不落個賊名，我告訴你們吧，我殺的就是你們這裡守城的軍官！」老頭子父子大吃一驚，忙道：「你這話可真？」連珠彈道：「你們看呀。」

父子兩人俯下身，端詳那顆首級，毛髮蓬蓬，目張眉豎，神情慘厲，細加辨認，果然是本城守將駱某的頭顱。老頭子情不自禁，把人頭踢了一腿道：「你這萬惡的奴才，也有今日！」

由內間屋探頭的那個青年女子，剛才一看人頭，嚇得退入室內，這時聽說是本城守將，覺痛快異常，竟奔出來，問道：

「叔叔，駱小鬼真被殺了麼？」低頭望著那顆人頭，又怕看，又想看，到底教她的哥哥，那個男子舉給她看了，她憤憤地說道：「這真是那個奴才的首級麼，我怎麼，我怎麼看著不像呢？」壯年男子道：「不錯，真是他。他的頭長在他的腔子上，是一個模樣，教人割下來，當然會改了像。你瞧這個可惡的鷹鼻子，一定是他沒錯了。」說罷，把人頭抛在地上，女子卻伸纖足，踢這人頭道：「奴才，你也會惡貫滿盈了，謝天謝地。」

當時這一家，欣喜異常，痛罵一句，謝天謝地一句。朱玉山被捆在地上，心想這家想必定是這守將的仇家，不覺心思一轉，打了主意，生出僥倖心來。正要開言，那老人已然改了聲氣，問道：「喂，我說你這漢子，你怎麼殺的他，你跟他有什麼仇恨？」朱玉山料到說出，或有意外的遭逢，也許得活，也許中了計。事到如今，也顧不得許多，就編了一番假話，自承與這死人頭有深仇大怨，現在方才得機行刺，有眉有眼地說了一遍。又說剛才自己得手之後，濺了一身血跡，城內又偵騎密布，不能混出城外，打算悄入民宅，竊取衣服。準備改裝之後，先找藏身之所，後謀脫身之計。不想無意中碰到府上來，教你們受驚，很是抱歉，卻也出於萬分無奈。

末後又說自己生本宦裔，志切復仇，才出此一舉，實不懂夜行人的做法，所以失著，被你們狙擊擒拿，這是真情，我早抱必死之心，現在殺剮存留，一任尊便，最好你們把我殺死，免得交官刑訊，多受折磨。說罷嘆一聲道：「我算死無遺恨了！這顆人頭你們費心給埋了罷，我本要投棄，因恐牽害了良民，一直帶到這裡，現在全完了！」

老頭父子留神聽了，不覺相顧無言，半晌老頭才盯問一句道：「你說的可是真的麼？」朱玉山道：「人頭在此，怎麼會假！」老頭子點頭，把大兒子叫到屋內，私相計議了一會子，然後出來，對連珠彈說道：「外面人聲沸騰，可就是你們這案件發作麼！」朱玉山點頭，老頭子尋思一回，又問道：「可是我怎麼聽說是府衙劫了獄呢？又聽說府衙出了刺客。到底是怎麼回事？」連珠彈朱玉山道：「這個，我們跟這死的有仇，就因他把我胞弟陷在獄中，故此我們不得已方才劫牢……」老頭子道：「哦，你們好大膽，你們簡直是反叛啊！」老頭子對他大兒子說：「這件拖累官司，事關叛逆，我們卻打不起。我們要想個妥當法子，把他送官不送官呢？」

連珠彈朱玉山忙插言道：「這些貪官惡吏，慣會掠功，你們真要捉我獻官，他們難保不反咬一口，把你捕犯的人當窩主辦哩。」老頭哼道：「這倒不見得，可是我何苦呢。喂，姓朱的，我若把你放了呢？」

連珠彈朱玉山道：「那全在你，我說我如何感恩圖報，未免人心隔著肚皮，但是我們也不能無故陷害對己有恩的人。」

老頭點點頭道：「我只怕你走不妥當，再被別人擒住，那時候，追究出來，私縱凶手的罪名，我卻吃不起。」連珠彈朱玉山連忙發誓道：「皇天后土在上，你老人家當真釋放了我，我就是再被擒拿，絕緘口不言，就是刀鋸加身，我也不能恩將仇報，把你一家好人洩露出來。」

老頭聽了，又與大兒子唧唧噥噥商量一回，又進屋內，把老婆子和少年女子聚在一塊兒商量一遍，都以為連珠彈朱玉山替自家報了仇，應該放了他，這是一點。又想到當真把連珠彈朱玉山擁送官府，勢必跟著過堂，連珠彈朱玉山若一一歪嘴，自己是有身家的人，真受不了拖累。何況自家本與駱某有仇，更怕駱家的人反咬自己。反覆核計才議定，出來說道：「時候不早了，以速為妙。」便一齊過來，替連珠彈朱玉山撥去綁繩，低囑道：「朱某人，這就憑你的良心了，我們決計放你，我們一家的吉凶禍福，可就全繫在你的舌尖上了。」先解縛，隨後把連珠彈朱玉山扶起來。

連珠彈朱玉山感激萬分，等著把手腳血脈活動過，便起身對著老頭子深深一揖。隨又下拜道：「大恩不言報，願求老丈的姓名。」老頭子剛要答言，只聽屋裡嚶嚀叫道：「叔叔，你老快進來！」老頭子應聲進內，那少年女子囑咐道：「叔叔，咱們可是拖家帶眷，住在這兒，好比在人掌心一樣，你老人家千萬別說出真姓名來。這個姓朱的是殺人凶犯，自己避禍還來不及，想來他不會賣了我們，可是還怕他無心流露出來。你老人家仔細想一想，我看還是不必說出咱家的姓名來。」老嫗也說：「姑娘的話很對。」老頭子聽罷，很覺有理，遂點頭走出來道：「我說朱爺，咱們是意外遇合，常言說擒虎容易放虎難，你也就不必打聽我們姓什麼。我們也是在此浮住，不日就要回南，你現在患難中，未出虎口，我說出姓名來，與你無益，與我倒有害；就沒有害，也未免懸心。請你不必問了，你逃你的性命去吧。」

連珠彈朱玉山意外被釋，心中感切，還是堅求姓名，以安銘戴之情。老頭子人很爽快，就說道：「算了罷，你要強問我，找也會假揑一個姓名告訴你，那是何必呢？」連珠彈朱玉山這才丟了，又轉身對那壯士男子下拜，又要請老夫人小姐出來拜謝。老頭搖手道：「事情危急，你不走我們不安，少敘虛禮吧。來來來，你這走不出去，你不是來借衣裳麼，我已給你找出一套衣裳。你快打扮好了，乘夜逃命吧。」

當下領著連珠彈朱玉山到廂房空室，教連珠彈朱玉山把血衣換下，連那把刀和暗器都強留下，都用火燒燬。拿出一身短衣，一件長袍，教連珠彈朱玉山換上。燈火輝煌上下照看，連珠彈朱玉山襪子上也有血跡；只得另找出一件中衣，又給他換上，以至於襪子靴子，都細心查驗，把血跡拭去。連珠彈朱玉山後肩胛的傷口，仍然浸血，也代他先行敷藥包好。那個壯年男子卻將燒燬的沒把刀片，也砸壞了，要投入井中。老頭子道：「且慢，你丟在牆角好了，這就是劈柴刀，咱們還能用。」

看著連珠彈朱玉山打點已畢，又贈給兩串銅錢。

連珠彈朱玉山受領贈物，重新拜謝，正要告辭邁步，老頭子忽然側耳聽了聽外面，倒吸了一口涼氣，連連搖頭道：「你就這樣，也怕出不去城，外面好像還有動靜，一定是搜拿你的。離這裡不遠，有處曠宅，依我之見，你可以乘天色未明，悄悄爬進去，暫躲一兩天，等風聲稍定，我再設法通知你，你再設法出城，比較妥當。」

連珠彈朱玉山想了想，此刻必然是閉城大搜，出是出不去，卻是藏又恐怕藏不住，精神又太疲乏，不覺面有難色。老頭子卻饒有智計，解說道：「我告訴你，那處曠宅就在我家房後，相隔不遠。

那裡本是一家顯宦的私邸，後來那官得罪了朝廷，滿門被抄。父老相傳，他家的夫人小姐，都聞凶訊，唯恐受辱，在宅內服毒自盡，到現在已有三四十年了。因為冤魂不散，時常有白衣女鬼，在空處哀哭，還聽說嚇死過一個人。這裡的人，都知道是所凶宅，沒人敢住，所以一直空閒起來，年久失修，荒草亂生，越發顯得陰森可怕。你若是有膽量，莫若乘著天色尚黑，徑去藏在那裡，我想是最妥當不過的。絕沒人去搜。就算有人去搜，你也可以設法躲避，因為那裡有一二百間房子哩，草長得一人多高，實在很容易躲，不容易尋。朱爺，你意下如何？」

連珠彈朱玉山此時急待脫身離開此處，好去打聽同伴的吉凶，連忙說：「好好，老丈替我想法，定然穩當。只是萬一出不來，這幾天飲食卻是難辦。」老頭道：「這個你儘管放心。」

教大兒子拿來一個口袋，盡家中所有的乾糧，都給他裝上。獨有喝水卻不便，老頭尋思一回，姑且用一隻酒葫蘆灌滿清水，交給朱玉山道：「這足夠明日一天間飲用的了。」老頭子和朱玉山又商量一陣，約定了種種暗號，把守將駱小鬼的首級包了，教朱玉山提著，預備掩埋；老人拿了釘子繩子，悄開後門，溜到空宅牆邊。老頭子便要拋繩插釘，教朱玉山上牆。朱玉山悄說不用，竟飛身跨上去，向老人父子一擺手，自己一直跳進空宅院內。

只見這空宅廣廈層層，亂草叢生，足有一人多高。幸在城內，沒有狐鼠，除了暮鴉鼬鼠外，不過是些草間小蟲。朱玉山一直走進宅內，恰當後園，果然此處茂草深僻，朱玉山一個人藏伏在內，外面一點查不出。朱玉山提著乾糧和水葫蘆，獨自一個人，在這陰淒淒的空宅中，尋找藏身妥處。又值深夜，傷處疼痛，心中茫然難過。只是生死交關，顧不得許多，一路分草擇路，穿過荒園，找最幽祕的一個小院內，四面靜聽，並無異聲，這才把駱小鬼的頭顱，掘坑掩埋了，自己找到兩扇破門，放在草棵後面，將身放倒。

這一夜過度奔勞，雖然身在虎穴，朱玉山竟支持不得，不一時昏昏睡去。直到次日午間，被驕烈的陽光曬醒，連珠彈翻身坐起，覺得腦後棒傷，肩胛箭瘡，隱隱灼痛，渾身也鬆懈無力；幸虧沒往城外逃，就逃也怕翻不出城牆。遂將乾糧水壺取出，飲食一頓；緩了緩力，自己給自己敷藥裹創，慢慢溜出小院，輕輕地往全宅各處探看。但見苔草滿防，積塵滿戶，一陣陣霉溼之氣，衝人欲嘔；這宅子實在空閒已久，恐怕不止三四十年了。朱玉山悄悄到各處勘探一回，全院形勢已明。挨到黃昏時候，爬上院心一棵大樹，借枝葉障身，偷往外面窺看；竟看到街衢上，猶有防卒布崗把守，果然是戒備森嚴，與前日不同。連珠彈看罷不禁著急；而且最覺奇怪的是，這一夜會沒有更鑼。躍下樹來，姑且躺在石階上；約莫到二更左右，已是那老頭子約定的時間，連珠彈這才溜到院牆根下，傾聽一會兒，外面靜悄悄的，竟沒有一個行人腳步聲音。又挨過許多時候，估莫三更已過，猛聽啪嗒一聲，從外面投進一塊磚頭來，連珠彈急忙溜到牆根，信手折取一根干樹枝。等外面第二次投進磚塊的時候，忙照著投來的方向，把樹枝遠拋出去。按照昨夜約定的暗號，外面拋磚三次，裡面投枝兩回，然後連珠彈站在牆根，等候動靜。

第六章　亡命客

那個老頭子，真是個奇人，他果在三更時候，冒著大險，親帶著長子，提著水壺乾糧，表面上假裝起夜，實地裡前來接濟逃犯。牆外火光一閃，聽得老人重重痰嗽一聲，便將東西用繩投繫過來。外面這父子一聲也不敢響，裡面的連珠彈當然一聲也不敢言語，雙手接過來，把空壺空袋，照樣投繫到外面去。僅僅的應聲也咳了一下，如此傳送了兩次東西，方才聽見外面低聲說道：「袋裡有火鐮，有字條兒，多加小心，不要透亮，我們走了。」連珠彈立刻離開曠宅牆下，奔到空屋中隱僻處，將火鐮火紙敲著，把蠟點上。借這燭光，細看字紙條，卻只有寥寥七個字，是「風緊，不可出，聽信」。這意思是警告連珠彈，不要亂鑽，怕萬一忍不住，出來窺視，洩露了蹤跡，反倒不美。

連珠彈看罷，暗暗點頭。當此性命交關之際，過信人固有危險，不信人也怕有禍害；思索一回，只得依著這不知姓名的老人的祕囑，伏在曠宅，靜聽回信。越是心有所盼的人，越覺光陰過得太慢，前後只度過兩天三夜，把連珠彈圈得如熱鍋螞蟻一樣。可是借此耽擱，他的箭傷便好得多，覺得手臂可以上下自如了；偏偏又是右手，仍不能持劍用刀。腦後棒傷卻見痊可。挨到第四天夜深，才見那個隱名老人，丟進一個包袱來，包袱中是一套儒巾儒服、一錠銀子、半串銅錢，另外一包藥末，包著一張字柬，說明藥末用法。至於一切改裝出走的步驟，約定時間，是在次日；卻只給連珠彈預備下這點路費，不但兵器沒有，連行囊也沒有。原來那老人連日刺探，備悉湖廣大吏已獲警報，有一位幹員奉命馳驛前來查辦。老人料想屆期必然更緊，打算就在大員到府以前，打發連珠彈逃走。

卻喜襄陽城中，趕將囚犯起解；從翌日起，白晝已經解嚴，居民已準出城入城，不過盤詰之兵，還沒有撤。這老人非常熱心，又非常細心，與大兒籌劃了一回，悄悄通知連珠彈，替他規定了出走的日期。連珠彈這一夜沒有安睡，挨到四更時分，換好衣裝，儒巾儒服走到院牆根，聽候動靜。不一時外面投進石頭來，前後投來三次，連珠彈借此得知外面並無他人，急忙掖起袍襟，躍身竄出牆外。兩腳落地，垂襟拭土，看那個老人正在巷口，神色極其不安，遙向連珠彈一點手，老人轉身提杖徐徐走開。

朱玉山照約定的計畫，兩人各不關照，在路上一前一後，一靠左一靠右遠遠相望，低頭走路。連珠彈扮成書生，做出瀟灑的樣子，算是早起出來閒遊。那老人赤著腳，衣衫不整，手扶竹杖，提著一隻小籃，算是清晨起來上街買菜。老人前行，連珠彈在後跟著，好像各走各路，直奔北門。此時天色剛亮，城中雖已解嚴，街上行人還是很少。約走了一頓飯的時候，路上遇見一個巡防營兵，好像是收更回隊的。老頭回頭看看朱玉山，朱玉山神色不動，比老人還鎮靜，老人又往前走，忽遇見熟人，叫道：「趙老伯好早，上哪裡去？」老人站住腳，支吾了幾句，朱玉山借此才知老人姓趙。

趙老人與熟人點頭說話，朱玉山不好跟著站住，只得往前走過去，到一小鋪門前，回頭尋看老人，趙老人提杖跟來，遠遠咳嗽一聲，微微把頭一擺，緊走了幾步。連珠彈故意流連落後，讓老人前行，仍舊跟著走。轉了幾道彎，距離北門已然不遠。趙老人走近北城，尋到一家茶館，站住了，大聲咳嗽了一陣。

這是暗號，連珠彈便搖搖擺擺走進茶館，擇一副靠門口的座頭，側身坐下了。茶館中喝早茶的很不少，單有一角落，聚著許多茶客，盡穿短衣服，好像是行販們，借此地集會。這些粗漢說笑吵鬧，看到改裝的連珠彈走進來，似乎這地方本不是秀才模樣的人該光顧的，人們都拿詫異的眼光看他。連珠彈自從同伴落網，肩胛中箭，盜衣又腦受棒傷之後，實已元氣大傷，即如此刻，遇見猜疑的目光，他竟未免氣沮，又很懊惱；這一來自己覺得似乎太膽怯了，側臉慢慢地向外尋看。趙老人正向自己這邊遞眼色，先咳嗽一聲，衝著連珠彈微微點了點頭，老人轉身往街上那邊去了。按照密計，是把連珠彈放在這裡候信。連珠彈勉強做出沒事人的樣子，端坐在茶館，茶博士過來沏茶，挎籃賣早點的，賣燒餅包子的，不斷過來叫賣，連珠彈照著一般茶客的模樣，也買了些吃著。不一時，趙老人挎著一籃鮮菜，從北門買回來，好像累了，走進茶館，花兩文錢，沏了一壺粗茶，喝著歇腿；擇的座頭恰跟連珠彈相近。又過了一會兒，趙老人的長子從一道斜巷繞來，匆匆從茶館門前走過，並不進來。

老人喝著茶，兩隻眼早已瞧著外面。忽見長子走過，急忙把手一擺，又咳嗽一陣；連珠彈同時也悟會了，忙站起身，叫茶博士會了茶錢，眼望老人，雙手一拱，又微微一點頭，面現感謝之容，張了張嘴。老人急忙將頭搖了搖，露出不許聲張的意思。連珠彈微微示意，轉身出離茶館，抹過橫街。到前面街頭牆角，老人的長子，正在那邊等候。面對臨街磚牆，假裝看那牆上的房帖；卻眼光斜溜，一望見連珠彈出來，便低哼了一聲，拔步前行。相隔一箭遠近，連珠彈慢慢追隨在後，如針引線，徐徐相引，不一時來到北門。連珠彈在路旁找一棵大槐樹，就在樹蔭下站住，彎下腰去，假裝緊腿帶，就此偷眼往後面張看。朝陽已出，街上行人匆匆往來，數日前的大變，此刻好像漸復常態；唯有街頭要口，還駐著兵，遠遠地站住些行人，似是看熱鬧，不知看什麼。再往城門洞一望，那裏城內外，竟有數十名防營兵列隊把守，比前數日增多不止一倍。出城進城的車馬依然很多。

連珠彈已然改了裝，臉上又塗上黃黃的顏色，半舊的長衫，褪色的儒巾，配上這臉色，頗像個窮秀才。城中出入的人又多，他徐踱而行，當時竟似乎沒引起人家的注意。府城的武將既已殞命，臨時攝印的武吏，倒是久涉宦場的營弁，認定賊走關門的辦法，徒擾民心，無濟於事；因此一經攝印，便稟承大吏，下令解嚴，只在暗中調遣，潛布下密探，凡客店妓館，閒雜地方，均都撥派幹捕踩訪。又從防營士卒中，挑選六十名強明幹練的精卒，改裝巡邏；像關城搜檢這些辦法，都下令停止了，認為這是打草驚蛇。那大員騎驛前來查辦，也是這個主張；故此在表面上倒查得鬆了。那趙老父子，就利用這個機會，做出偷放凶手的計劃來。

老人的長子，當先探路；老人在後伴送，保護著連珠彈，來到城門口附近。老人的長子看清城門出入便利，並不盤查刁難，他就頭也不回直進城洞。忽然背後來了一輛糞車，長子說道：「好臭！」掏出一方藍布手巾，用來掩鼻孔。不知怎的一來，手巾掉落在地上；長子道：「咳！」連忙俯身拾起，緊行幾步，走出城外。

後面儒服巾，懨懨病容的連珠彈，一眼瞥見墜巾拾巾，急忙直起腰來，放膽踱過去；口中喘息有聲，只顧低頭進城洞。

兩旁好像有十幾隻眼睛看著他，他毫不瞻顧，一直出離襄城。

到了城外，北門外兩旁市房，齷齪異常，有腳驢騾車上前兜攬；連珠彈吐了一口氣，心中自慶脫出虎口，不禁回頭一看，後面恰有兩個青衣同行。連珠彈急忙回過頭來，重往前看，前面竟不見那老人的長子蹤跡，後面也不見老人的行跡，朱玉山心中未免稍涉遲疑，卻也不好住腳，只放慢腳步，順著北關大街的車轍印，徐往北行。

過了那道護城壕上的破石橋，離開了關廂，前面又是兩排土房，高高矮矮不等。再望過去，便是一片青葱的田畦，已然是北郊以外了。當中夾著土道，縱橫兩條；路旁樹下，仍有茶攤果挑。朱玉山又走出一段路，方才看見那老人的長子，恰在茶攤矮凳上閒坐著；他算是出城走乏了，在那裡歇腿，連珠彈心上一放鬆，上前拱手道：「勞駕，往三間房怎麼走？」老人的長子，故作不相識，仰臉答道：「一直往北，逢十字路口，再往西拐。」朱玉山道：「有多遠？」長子道：「唔，二十六七里地吧，你老去麼，何不雇個腳？」正說著，後面兩個青衣人物，居然跟蹤趕到，由背後接聲道：「哪位上三間房？」朱玉山急忙回頭，上下打量一眼道：「是我打聽打聽。」一個青衣人忙接言道：「你這位先生，可是想往三間房去麼，我們正好同道，我們上三間房。」

朱玉山心中驀地一動，看了青衣人一眼，徐徐說道：「不是，不是，我不過是閒打聽。」青衣人互遞眼色，隨口答道：「哦，你老是閒打聽麼？」兩人又自相問答道：「唉，咱們歇歇吧，不走了。」

竟也在樹下，涼快起來。

老人的長子，神色一變，扭過頭去，一聲不響，乘隙對連珠彈瞥過一個眼色；他自己緩緩站起來，跟茶座兒閒搭訕兩句話，慢慢往西南走。繞過一段小巷，四面無人，回頭望瞭望；這才倒抽了一口氣，心頭懸懸的，踱進城去了。老人的長子如釋重負，如出險地，卻又一步一回頭，十分放心不下，走進剛才那個茶館裡，擇副座頭坐下，遠遠地盯著城門。心想若有一變，連珠彈必被捉回，在這裡盡可看得見的。卻好這工夫，他的父親也緩緩踱回；父子打一打招呼，便在茶館佯作品茶，暗候吉凶。

轉瞬間已經過午，連珠彈並未回頭，兩個青衣人也不見回轉。父子二人暗想：此事實在弄險，卻也勢到如今，無可奈何。出了茶館，回家告訴妻子，全都懸著心，不知是福是禍。

這分明是一件飛來的奇災，既不敢把逃犯捆獻官府，恐被仇家反噬，那只有私行釋放一招不可了。私放之後，自然又有私放的危險，不過趙氏一家的人全想連珠彈就算失腳，也許不會供出自己來。有此一念，大家略放寬心，哪知道這時候連珠彈在城外，真個就遇見了意外！

那兩個青衣人啃住連珠彈，只是逗留不走；四隻眼一上一下地打量連珠彈，搭著與連珠彈說話。越說越緊迫，到後來竟叩問起姓名住處：「出城有何貴幹？」公然盤詰起行藏來歷了。

連珠彈此時赤手空拳，又當白晝，情知這兩個青衣人問得古怪，便做出驕蹇的樣子，置之不理，心想趙老人的長子，已然避開此地，總不至於連累了他家，這兩個我倒要小心對付。這兩人究竟怎麼回事，還不敢斷定；想了想，竟仰著臉，不再搭理這兩個人；旋又站起身來，溜蹓躂達，往北信步走去，走了兩三箭地，藉著轉彎，扭頭一瞧，那兩個青衣人，不出所料，果然也不歇腳了，竟往後面遙遙綴著。

朱玉山吃了一驚，忙低頭察看周身，竟不知何處，漏出破綻；沒奈何折往西走，兩個青衣人也改道往西，寸步不離，把朱玉山看住。朱玉山不覺心慌，若是手中有兵器，肩胛不受傷，他此時恐怕早要動手。現在好比虎落平陽，又離城太近，只可讓他們一步。朱玉山兩隻腳不覺加快，昂然舉步緊走，且走且偷瞧。兩個青衣人忽緊忽慢，綴在後面，竟半點不放鬆。

朱玉山不由得大怒，仍不肯魯莽，誠恐遺禍於趙老人，自想我不要動氣動手，太任性了。這樣打算，腳步不停，不一時走到一處三岔路口，一道往北可到三間房，一道往西北，另外一道可回府城。朱玉山便走上西北小路，心想抛一抛看。

不意他這一改路，更動人疑。這西北直通亂葬崗子，並非大道，輕易沒有行人。那兩個青衣人越不放鬆，簡直踵後背追上來，一左一右，盯住朱玉山，越發寸步不離。朱玉山又擇一條小路，斜岔過去，撞到一段崎嶇坡崗，蹲下來假裝大解，那兩人公然守候在路邊。朱玉山到此地步，已斷定這兩人形跡尷尬，必是捕皂，卻猜不透自己如何露出馬腳。事已至此，只好冒險砸碰，站起來緊繫腰帶，往北急走下去。那兩人抄道緊跟，前後相距不到一箭地。

前面一段高崗，橫著一帶樹林，回望四面，地勢隱僻，並無人行。朱玉山搶上高崗，極目遠眺，林崗掩映，正是好地方；立刻止步不走，躍上土崗，投向林邊，容兩人近前，突然面現怒容，叉腰一站，厲聲斥道：「喂！你這兩個放著道不走，緊綴著我做什麼？」兩人豁地錯開身，一遮前，一對面，嘻嘻笑道：「奇了，皇家大路，許你走，不許我們走麼？」朱玉山無言可對，怒視良久，突然轉身，眼望林內，旁看四面，冷笑一聲，拔步走入樹林。那兩個青衣人都忍不住，從兩面一抄，緊截幾步，當頭攔阻道：「站住！」連珠彈朱玉山倏然一閃，卻又凝身，急翻轉頭來，伸手一摸腰帶，青衣人齊退一步，四隻眼就眼看腰帶。朱玉山頓然醒悟，身畔並無武器，兩手手臂垂下來，將面容一整，抗聲發話道：「你們要幹什麼？」一面說，邁步又要走。兩個人登時放下面孔，也往四面一望，也覺四面無人，正好發作，厲聲道：「喂，朋友，別做作了，跟我回去。」

搶上一步，兩人中這一個紫臉膛的，兩隻手伸張如箕，橫在曠林前，那一黑面孔的，側身而立，緊盯在逃犯身旁，似乎就要用武。連珠彈朱玉山急急將兩眼一輪，四面形勢早已瞭然，卻又穩穩的，估量對手，放緩聲音道：「你們教我回到哪裡去？」

紫臉漢子大聲道：「回到城裡去，你從哪裡來，還回到哪裡去，少裝糊塗！」連珠彈朱玉山冷笑，半晌道：「為什麼回城？你這兩人跟我一道，莫非要訛我麼？」這一個黑面人哼了一聲道：「訛你，為什麼訛你，不訛別人？……」朱玉山道：「哈哈，你憑什麼訛我？」這一個紫面人道：「憑這個！」說時嗖的掣出袖口中法繩來，那一個黑面人，也唰的拉出鐵尺來，澀聲道：「爺們就為這個要訛你，哼，訛的就是你！」朱玉山目瞪口呆，果然自己露出破綻來了；眉頭一聳，捺一捺火氣道：「兩位可是官差？」兩人道：「你倒明白，少說閒話，一個字，走！」連珠彈朱玉山後退一步道：「到底為什麼，鐵尺法繩，當不了拘票，我不是怕唬的人，我還要請教你們正經的，我犯了什麼罪？」

兩人一陣狂笑道：「老爺做事，向來吊兒郎當，我們唬的就是你們這路人，你向我要拘捕人的簽票，你配麼？你還敢拒捕麼？走！」朱玉山打一躬道：「不是那麼說，平白無故，無根無據，我怎生跟你們走。你說是官差，我可惜一向沒有領教過，請你拿出點憑據來，我好照辦，只憑一條繩子，一塊鐵片，當不了什麼事。」兩人互相顧盼道：「還是根硬棒兒哩。喂，告訴你，我們是府衙門的密捕，你說你到底走不走罷？若要不走，不要裝假，快說出不走的道理來。」

連珠彈朱玉山明白了，他們不只是辦案，還是想發財。連珠彈笑了笑，說道：「二位的來意我明白了，但是我不打算走，因為我心中沒有虧心事。」黑面人唾道：「呸，過來吧。你虧心不虧心，別跟我說，有地方說去！」兩眼一瞪就要動手逮人。

那紫面人攔住道：「慢著，咱們倒聽聽他的。」轉過來詢問連珠彈：「相好的，放明白些，你想不走，你打算怎麼照顧我們哥倆呢？」連珠彈說道：「你們何不早說，這個好辦……」假裝作探囊掏錢的姿勢，兩個青衣人各提鐵尺，含笑相候，不再那麼洶洶了，不意連珠彈猛然將長袍一挽，長袍襟一掖，突然伸掌，照那紫面人胸前一推，出其不意，掌力十足，紫面人仰面跌倒，哎呀狂叫，鐵尺落地。連珠彈捷如飛鳥，急彎腰拾起，嗖的一個箭步，搶奔樹林。

黑面人大吼一聲：「好賊子，膽敢拒捕。」急掄起鐵尺，慌忙追截。紫面人一個鯉魚打挺，躍起就追，朱玉山左手提著長袍，右手拿著鐵尺，一頭鑽入林深處。兩個青衣人居然腳程不弱，緊緊追進來。朱玉山竟掩藏不迭，偏偏這樹林，乃是墳園，中有隙地，倒成了鬥場。那個黑面人搶上一步，掄鐵尺便打，朱玉山急往斜竄。那個紫面人跟蹤趕到，急伸手一抓，朱玉山長袍大襟，隨身勢飄展，恰被捋住。這個一揪，那個一掙，刮的一聲，長袍扯成兩半。黑面人翻手一鐵尺打來；朱玉山忙往旁一躥，腳下忽然一滑，急拿樁站穩。敵手的鐵尺挾銳風砸到，朱玉山忙將奪來的鐵尺往上一格，噹的一聲，火星亂迸。連珠彈負傷氣虛，氣虛則心急，心急反倒力猛；如狂風般擰身掄鐵尺，對紫面人撲來，唰的一下。紫面人鐵尺被奪，赤手空拳，急往後退，一疊聲喊叫：「夥計快上，秧子扎手！」黑面人趕緊揮鐵尺擋住，紫面人抽身急退，跑出十幾步，眼望大路，高喊拿賊。只喊了幾聲，恰巧時野無人，又值逆風。那邊朱玉山且戰且張望，忽聞喊聲，不覺大大著急，咬咬牙，將長袍扯落，手中鐵尺，嗖嗖嗖沒頭沒臉，對黑面人猛攻。黑面人支持不住，哎喲一聲，叫道：「好賊子，好狠！」原來肩頭上，也挨了一下，不禁痛極大喊：「夥計快來。」

紫面人顧不得呼救，急急折取一根粗樹枝，抓了兩把碎石塊，二番搶進墳園。這時候黑同伴，正被對手打得倒退。那朱玉山兩眼瞪視如燈，牙咬著嘴唇，鐵尺翻飛，胳臂越痛，越顯出拚命的架勢。那黑面漢一失神，被連珠彈劈頭砸下一尺。黑面漢極力招架，被對方一轉手，唰又打下來，驟然失神，措手不及，鐵尺下落；正打在黑面青衣的手指節上，不覺哎喲一聲，鐵尺墜地。這黑面人耳邊轟一響，撲地栽倒。朱玉山立下毒手，鐵尺再一下，黑面人慘號一聲昏厥在地。朱玉山又復一下，正打在黑面人腦門上，立刻腦漿迸裂，血濺斃僵。

連珠彈朱玉山急急彎腰，把一柄鐵尺也奪過來，抓這機會，站起身回頭便逃跑；自知傷勢未癒，不敢戀戰。紫面人剛繞到林這邊，急忙振吭喊叫：「好賊，拒捕傷人，要跑，要跑！你們快來截住他！」拿著樹枝，緊叫，卻不敢緊縱過來。朱玉山跑了幾步藏在大樹後。那紫面人，只聽見夥伴撲地慘號，未知人已腦裂氣絕，此刻溜過來，到黑面人所處一看，鮮血四濺，腦漿橫流，立刻怪叫一聲，將眼一尋。看北面樹後，露出一角藍衫，便大轉繞過去，極力往遠處藏，唯恐連珠彈朱玉山再毀了他。朱玉山一不做，二不休，索性躍出樹後，倒尋回來，一對鐵尺照青衣人上下亂打，只七八個照面，將紫面人手中樹枝打斷，紫面人心驚膽裂抹頭便跑，朱玉山斷喝一聲道：「咄，哪裡跑！」趕上去又一鐵尺，正打在紫面人項際，復一下，紫面人狂號撲地。朱玉山更不猶疑，照準腦袋，連連狠鑿，眼見這一個滾了滾，嘶喘了喘，也隨了同伴，氣絕身亡。

連珠彈朱玉山連殺死二役，伸伸腰，張皇四顧。曠郊外近處無人，便竄出林外，又往前後眺望一回；第二番投入林中，彎下腰去，剝那兩個青衣人的衣服。把黑面人屍體翻動，卻已血染衣衫，不好穿用。只從身上翻出二個腰牌，上有孫得福的名字，是襄陽府捕快；又有一些銀錢和一套捕盜文書。玉山全取過來，又去剝紫面人，也搜出一個腰牌，名字是施萬順。一時將兩人的外罩衣服全剝下來，又看看自己，儒巾猶在，藍衫已碎，鞋也劃破。恰好裡面人的薄底靴，尺寸彷彿，就也剝下來。忙了一陣，喘息有聲，心慌肉跳，越發覺得趙老人一槓子把自己打昏了，精神上已受了大傷。目望兩屍，思量著必須埋屍滅跡，才能走得乾淨。卻是手頭只有兩把鐵尺，自己僅僅帶著一把裁紙小刀，是趙老人給預備的，試了試，實在不能掘土挖坑。便在林叢中尋了一遍，恰有一座荒墳，旁有一個深坑，就將兩具死屍，一個一個提來，投入坑內，匆匆蓋上一層浮土，撿些亂草，掩在上面，又撒了一些浮土。急忙把自己脫下來的血衣一卷，一徑離開鬥毆地點。心想選擇一個幽僻地方，重行更衣改裝，火速逃走，邀援救友為要。卻不道猛回頭，看見樹林南角，探出半個人臉來，卻又一閃隱去。

朱玉山吃了一驚，更不暇揣想，立刻飛奔過去尋看，究竟深草長林，繞走那邊，四面搜尋森林內竟不見人影，往來查勘數遍，依然沒有動靜。急又撲出林外，往遠處尋，只南面小道上，遠遠望見三四個行人前行兩個，好像過路客；後面隔開一箭地，又是一個農人模樣的中年男子，手頭拿著扁擔板斧；後面還有一個小孩子，全看不出是否從這墳林內走出來的。玉山凝望一刻，看北面東面西面，雖有行人，卻相隔甚遠；呆站了一會兒，倒不得主意起來。也就抽身回林，把破藍衫脫掉，換上那套公門中的青衫，鐵尺儒服等物，不敢輕棄，都包在藍包袱裡。匆匆收拾俐落；又四面張望一回，覺得暗中似乎無人窺察，便放心大膽，繞出墳林，不奔正北，折到西北面，尋小路只顧走去。

連珠彈慌不擇路，飢不擇食，一路信步順道亂走，到夕陽落山的時候，奔到一個所在，前面橫著一條清溪，旁邊靠著三五十家住戶的小小漁村。朱玉山至此，又飢又渴，來到岸，掬取清水，喝了一頓，隨即尋找飯館。這小小漁村，當然沒有飲食店，只尋著一家豆腐房，帶賣火燒、煮豆、白乾酒。朱玉山掏出錢來買了一些，吃飽後稍歇一會兒，向賣豆腐的老人打聽路徑；才知此處地名叫做柳河溝，離襄陽才四十多里。朱玉山亂走了一陣，自覺奔出去，至少有百十多里，原來走了不少冤枉道。朱玉山問明前邊的去處，尋著渡船，過了清溪。一面走，一面想，在豆腐店中問路，那幾個閒談的鄉下人，上眼下眼，不住打量自己，莫非自己身上有什麼破綻麼？想到這裡，低頭望著自己，似乎無什麼破綻。他卻忘了一點兒，自己穿著公門衣服，談吐還像尋常百姓那麼謙和，教人看了覺得不倫不類。而且他更不該把腰牌掛在腰帶上，原是解人疑，反倒引人注目，官中人誰也沒有這麼明掛的。他雖然久涉江湖，獨與官府隔閡，多加小心，反倒多露破綻了。

在他走後第二天，地方上便已發現兩個公差的屍身，被野狗拖出來嚼食。第三天城裡衙門中，發覺二役未來應卯；恐其逃亡，便已派人四處偵察，竟尋到柳河溝；從這裡探明如此這般一個當地的公差，形色倉皇，好像是枉在本地當差，連附近地名都說不清，豈不是大笑話。官人得此線索，又發現死屍，立即緊綴下來。連珠彈在前邊跑，官人在後面追，相隔只有三天。當下朱玉山從柳河溝，緊趕出八九十里路，看天色已黑，前面恰有一座小村鎮；料到必有客店，空身人卻不敢投宿去，只得繞過去，好容易在僻靜地方，尋到一座小破廟，四望無人，把門撥開，將供桌上的浮塵擦去，搬一塊大石，把廟門頂住，就這樣住下了。奔波力疲，這一夜直睡到天色大明，方才醒轉，只覺得渾身骨頭疼，左肩胛也似發炎。連珠彈心中憤恨，想不到挨了一箭，受了一悶棒，覺似拔去了自己的真魂一般。掙扎起來，找個地方，尋了一口水，又往前走，卻不知暗中已有一個夜行人，亦步亦趨地綴著他。

前面有一座市鎮，連珠彈向人一打聽，地方叫樊家屯，還沒有離開襄陽府地界。連珠彈這一陣亂奔，正不知走了多少冤枉路。落荒續往前走，忽然想起，距此地不遠，在豫南僻邑境，記得有一個武林人物，名叫魏季芳，乃是個鄉下財主，生來好武，專喜與江湖上人物交結。「我落得這樣狼狽，衣履又不整，神色又憔悴，我莫如投了他去，假館休養幾天，只要歇過這一口氣，我再設法搬兵求救……」

連珠彈這樣盤算，這才沿著沙河，透過豫南，又北越伏牛山，直投魯山縣境而去。於是在一個月之後，他竟勾結了魏季芳，又聯結豫北綠林，大舉地鬧起來，給雍正手下地方官，添了許多麻煩。並且朱玉山透過伏牛山時，遇著一個女強盜唐亞男，就是在墳林暗窺他的那個夜行人。唐亞男故意向他挑隙，兩個人動了手，「不打不成相識」，兩個人竟議起嫁娶的事來。

這女強盜，正是有名的女賊。靠著這唐亞男的牽引，朱玉山這一幫，竟與冀南大盜結成義盟。

第七章　三羊開泰

那華山孟英在傷癒之後，和太湖一雁，也正式結盟，又加入太湖的水路豪客楊邦子，遂創立「三羊開泰金龍會」。

「金龍會」的用意，是扶保墜淵失位的潛龍，也故意寫作興隆會，以免官人注意。華山孟英竟立為副盟主，正盟主自然是太湖一雁了。等到孟英體力完全康復之後，太湖一雁請他收復山東的豪客陶方城和蘭陵公子，以壯本幫聲勢，因為孟英是山東人，自易著手。孟英應諾，立即攜伴改裝就道。

這時各地伏莽迭起，有的真是與清廷作對，也有的只是尋常的教匪亂民和劇寇流賊，卻是亂民劇賊都和明末的遺民通氣。這時候要數江浙鬧得最凶，魯南豫西也很不安靜。只有北方，在清朝舊疆之內，較為平穩。

清世宗雍正帝，為人嚴刻，大駕巡邊時，曾遇上刺客，雖沒有刺傷他，卻也嚇了他一跳；他為此大怒，便採治亂國用重刑的法子，狠狠地屠戮一陣；連富戶良賈也多被累。無奈越斬殺，反叛他的越多；江淮魯豫，閩粵一帶，竟有七處大幫的強寇，儼然割據山寨。在這七處強寇以外，還有一些坐地分贓的土豪。這些人本是歹人，明末遺臣卻會巧用他們，不惜給他們以一種名義，教他們籌兵籌餉，許下他們，匡復以後，一律封侯拜將。他們這些土豪流賊，本不知君臣大義，但只痛恨清世宗的酷刑重戮，又可憐明崇禎失國自殺，又有種族之見，因此也頗有不平之論。明末遺臣由此巧加引誘，結果他們一齊歸心於故君，切齒於新朝了。

這裡面就有海州地方的一個土豪，他的名字叫一縷毛楊開。

這一縷毛楊開，可算是第二路土豪，手下有七八十個無賴潑皮，做著鼠竊狗盜的營生，暗地納給楊開的供奉，受著楊開的庇護。一縷毛開有一座店房，一家當鋪，還有賭局、娼窯，都倚著他的胳臂根，才能開業。但楊開實是一個吏員出身的人物，略會技擊，而不甚精，居然招賢納士，上則結交官府，下則交往竊賊，手眼很闊大，勢力頗為雄厚，消息極靈通，好像朱家郭解一流人物，只是行徑更為卑汙。

楊開在本地並沒家口，只包著一個妓女，綽號叫老迷湯的暗娼，他好像是及時雨宋公明。他比宋公明更為刁鑽，為人卻有俠氣，揮金似土，好友輕財，每每借端暗中支使人，和官府搗亂。不知怎麼一來，被金龍會看上眼，派了幾個說客，祕密把楊開勸服，也經過加盟的手續。以後，便教他專蒐羅海邊一類的草野人物，兼承辦水陸交通消息的事情。楊開居然做了露臉的事，在加盟不久，便給金龍會立了一件奇功，由他探出雍正派心腹大吏，到江南督造海船，預備剿捕海盜蔡牽；楊開勾結船工，把首批造的大船，放了一把火，給燒得片板無存。雍正大怒，要加罪監工大吏，監工大吏早已畏罪吞金自殺了，其餘地方官和工匠之類，因此獲罪的很多。雍正餘怒不息，又派了一個心腹宦官，帶同工部掌理土木的官，前來視察船廠，船廠已不可用，只得另行徵調木材改地遷廠，重新修造。海緝捕盜之事，雖然到底實行，竟因楊開這一把火，又延期兩年。

金龍會諸友，嘉賞楊開這一件奇功，把他升了三級，封以爵號，在本幫頗有說話的地位了。可是華山孟英與他只慕名，還沒有會過面。當下，孟英由豫入魯，繞道來到海州。

華山孟英只帶著一個助手，扮作商販，又像是兩個保暗鏢的鏢客，兩人悄悄來到州城，投入一家客店。

孟英住店，向店家暗暗打聽一縷毛楊開的為人和住處，這原是訪問幫友，卻不知這店房正是一縷毛楊開的店。華山孟英一味地刺探楊開的行藏，店中人心中一動，偷偷地檢查行李，摸出包袱內中有兵器。店夥急忙報告司帳，司帳急忙過來，假裝開店簿，繞彎子盤問孟英。孟英答覆完了，司帳又設法單調開孟英的從者；從者答的話和孟英答的話原是捏好的詞，並沒有什麼不符。但到底瞞不過有心人，孟英二人假裝買賣客商，竟不懂這項買賣的行情。司帳登時大疑，急忙回櫃，私和掌櫃商量，派一個走街，火速給楊開送信。說是由打燕京來了兩個客人，自稱販賣皮貨，並沒有貨物隨身；自說是由北方來，卻又是山東東部的口音。情形可疑，言談古怪，他們又極力刺探咱們東家的行藏，顯見是北庭燕王的走狗，來調查燒船一案的來了。一縷毛楊開正在賭局，看人要錢斂頭；聽見了這個密報，丟下賭具，穿上長袍直裰，又詳細問了一個遍，把來人的形貌，身帶的行囊武器，一一問明；便冷笑了一聲，懶懶地踱到店房。他說道：「我身上沒毛，我教你們挑出毛來，我就算栽！」他是書吏，卻滿口的混混話。

華山孟英這時剛從街上次來，尋找幾個人，全沒有找著；他把從者留下，在那裡替他尋訪。正是潛伏六年，人事無常，故鄉情形已然大變，孟英的老朋友都不知何處去了。孟英回轉來，一縷毛跟到那號店房中，便向孟英舉了舉手道：「客人貴姓？從哪裡的？可是找楊某人麼？」華山孟英見楊開眼神盯住了自己，心中就不悅，自己前腳進屋，楊開立即綴在自己背後，也不打招呼，硬闖入屋內，他心上更是疑怒。又見楊開穿著直裰，衣襟不掩，像個紳士，頗帶匪氣；看似店中人，又像官面；黑瘦的身形，兩隻眼珠白多黑少，一一的閃動，淡淡地生著幾根睫毛；嘴上稀稀幾根髭鬚；不等讓座，就坐下了，眼仰望著門問話，那神氣比閻王還厲害，簡直像小鬼。華山孟英心下怫然暗想：「我這時候什麼也不怕了。這東西到底是幹什麼的？」孟英按住氣，用好言語回答，跟著還是打聽楊開。容對方問完，便反問道：「貴處楊某人，有一個朋友，托我給他帶來一封信，因為這個，我才打聽他，我不是閒打聽。」

楊開道：「哦，原來如此。……信在哪裡，請你拿出來。」

華山孟英把楊開看了一眼，說道：「信在這裡呢，可是，你老是貴姓？」楊開如果自承認姓楊，也就完了。他偏偏不說，笑了笑：「我麼，我姓任，你是受朋友所托，給姓楊的帶來一封信，我也是受楊某人所托，替他拿信來的。請你費心，把信找出來吧。我可以轉交給他。」

華山孟英瞪了他一眼道：「這信很有關係，敝友託付我，要當面交給本人。」楊開道：「本人，本人又是誰呢？我就是本人。」孟英道：「你閣下姓楊麼？你剛才不是說你姓任麼？」楊開道：「不錯，我也姓任，也姓楊。姓楊的朋友，當然都是人，都姓楊。我也姓楊，你老兄也姓楊麼？我說你老兄，一個勁地打聽楊某，到底有什麼意思，只管對我說。近來外面不大消停，求幫告助的太多，楊爺早就不在這裡了，他的事完全託付了我。你老兄真要是找他有話，不管是有信也好，沒信也好，你只管掏出真格的來，對我開誠布公地說，我自然還你一個痛痛快快，你何必繞著彎子，東問人，西問人，打聽人家私事做什麼？你又不是做公的，就是做公的，可惜楊某沒犯法！」說罷，站起身來，把手一伸，道：「拿出來吧。」

華山孟英也站起身來，喝道：「你這人是怎麼說話，你找我要什麼？你教我拿什麼？」

一縷毛楊開道：「你拿著什麼來的，你就把什麼拿出。文也罷，武也罷，信也罷，刀也罷，你既敢來到我們這裡，你一定是有點道理。請你只管施展，我這裡接著。」

華山孟英聳然一動，忙把自己身上看了看，自覺沒有什麼可疑：「怎麼這小子一進門，就拿話擠對我，莫非他是做公的，我已然露了白不成？」

一縷毛偏偏也是這樣想法，兩個人心中全有病，全以為對方要刺探自己，要詐自己。

兩個人驢唇不對馬嘴，越說越僵，假使孟英一見面就通暗號，也就不致吵。假使楊開先把他們本幫中的手勢做一下給對方看，也就不至於你疑我，我疑你了。兩個人好像天生不投緣，孟英不喜楊開這種僀懶樣，楊開又不滿意孟英的傲骨抗爽氣概，兩個人越說越翻腔。偏偏孟英的從者還沒有回店，只剩他二人抵面爭論，越弄越擰，連個化解的也沒有。孟英憤然立起身，楊開憤然一拍桌子，兩個人躍躍欲動。

華山孟英懸崖勒馬似的，把怒氣又一按，想起來一句話，喝問道：「我這人有點不識相，你不要看錯了人，你可知道三羊開泰麼？」

一縷毛楊開道：「這個？」抬頭看了孟英一眼，哼了一聲，說道：「什麼三羊開泰，你這傢伙有話不早說，你快給我報個家門來。說得對好眼相看，說得不對，你就別想走出去了。你瞧我這裡是能教你隨便撒野的麼？」孟英也犯了脾氣，說道：「你要我報家門，你先等一等，我要先聽聽你的，你可就是……」

把頭髮往上一掀道：「你大概是這個，你不要隱瞞了吧？」一縷毛楊開不禁一縮脖頸，卻又怒目而視，將頭一晃，兩手亂擺，抗聲說道：「咱爺們這麼對咬不成，我說你跟我這邊來。」手往門外一指，身軀往前一上步，伸手來抓孟英。華山孟英，微微冷笑，往後一退步，左手一撥，右手一扣，立刻把楊開的腕子刁住。兩個人登時一較勁。楊開道：「你敢動手！」孟英道：「我就不敢動手！」只一摔，又往外一推，把楊開直搡到屋門，若不是門框擋著，幾乎跌倒出屋外。華山孟英哈哈大笑道：「叫你們姓楊的來吧，你這東西，我看也就是嘴皮子成。」

一縷毛楊開驀地瘦臉通紅，把衣服一甩，一躍出這房，搶到院心，大聲吆道：「你這東西要作死找打帳。」這麼一鬧，司帳和店夥，早已伏窗根，聽得真切；立刻打一暗號，搶著上門板，招呼打手；又擺開了爭碼頭、鬧賭坊、打群架的樣式，所有店中寓客，一一囑告。

華山孟英事迫臨頭，一點兒不怯，好在自己沒有攜帶什麼太多的關鍵之物，只有會幫中兩件祕符，已藏在身上貼肉處，又一封密信，局外人也看不懂，照舊仍留在包袱內，他就昂然邁步，來到店院當心，寸鐵不帶，空手叉腰一站，抵面叫住楊開道：「你到底叫什麼名字？你是開店的，還是店外的混混？快說實話。」又招呼了一聲店家：「店家快來，這個人是幹什麼的，為什麼欺負過路客人？找到客人屋內，胡說亂道，還要動手打人，難道沒有王法麼？」

孟英口中這樣叫，眼光四注，早已看清店家的舉動，分明庇護著這個突如其來的人。他不知此人就是楊開，楊開就是這客店的東家。當下孟英看見好幾個店夥換了短衣，拿了短棒，遠遠地堵住出入路口，楊開已然進了櫃房。在店院旁門，通著一個大曠院，像個把式場；場中擺著刀槍架。內中正有兩三個武師模樣的人，向孟英招手道：「你好大膽量，敢來擾鬧店房。

看你也像行家，你過來咱們比試比試，這裡有的是刀槍棍棒，你愛使哪樣就使哪樣。」一齊叉腰戟指，向華山孟英叫陣。華山孟英冷笑道：「你們這一群東西，青天白晝，就要欺負孤行客。我倒不怕你們，可是要跟我動手，你們還不配，我要找你們剛才那位。」

話猶未了，背後已然有人答了話，道：「你要找我，我還要找你呢。」華山孟英回頭一看，正是一縷毛楊開。楊開已然換上鬥架的衣服，還同著一個穿短打的夥伴，兩人從櫃房一同出來。那短打的稍為靠後，楊開搶先步，向孟英一指，說道：「咱們場子裡見。你不要怕，我知道你誠心來找是非的，咱們按江湖道上的規矩。只要你掏出真的來，我們絕不會真打你的。」

華山孟英連說：「好好，場子裡見！」大踏步走到把式場。

一縷毛楊開帶領夥伴，在旁盯著，也走進來，喝命場中人閃開。於是場中的武師，和店內的打手，打圈散開，都倚著牆根立著。放出當中空地方來，讓孟英走到核心。孟英向楊開點手，楊開一抱拳，往前一上步，兩個人展開身手。一縷毛楊開用急三槍，猛向孟英衝擊三次，孟英沉著應付，微微側身，用一臂護身一臂還擊。楊開用的是行者拳，孟英用劈掛掌應敵，兩人一來一往鬥了五六個回合，不見勝負。楊開立刻加緊招數，一招緊似一招，一拳猛似一拳，攻多守少，一味猛擊，手下處全奔孟英要害。孟英凝眸蓄力，預備以少敵眾。兩個人影倏前倏後，屢進屢退，又走了幾個照面，一縷毛暗暗佩服，心想：「這個人大概有來頭。」他也改為緩招，由急轉慢了。但是孟英至此，已將敵人數招理清，斷喝一聲，陡將拳風一變，嗖嗖，如雨打殘荷，如風吹敗葉，盡力向楊開加緊反攻，楊開閃轉騰挪，避實乘虛，無奈孟英的門戶封閉很嚴，行招很快，楊開想尋隙進攻，卻無瑕可擊。只不多幾招，孟英便把楊開裹在核心，在楊開的前後左右，全變成孟英的拳影。

一縷毛楊開遇著勁敵，一面支持，一面覺得對手發招太快，變招難測，自料勢不能敵。連忙抖擻精神，竭力相抗，漸漸頭上見汗，眼花繚亂起來。華山孟英微微一笑，突然間，故意漏了一招，容得楊開合身撲過來，他就驀地一旋身，繞到楊開背後，喝一聲：「打！」楊開喝道：「少要弄詭！」也霍然一轉身，下著腰，攏著雙拳，要來破解敵招。哪知孟英則打出一拳，突然收回，卻將身形一偏，一個翻身跺子腳，照楊開猛踹去。楊開繞身一躍，閃開這一腿，就勢矮身還招，伸一腿也向孟英打去，孟英微微一挫身，足尖點地，雙臂一振，憑空躥起五六尺來。楊開見狀大喜，心中暗道：「你跳那麼高做什麼，自找倒楣！」急忙進步矮身，倏地又一腿掃來，孟英冷笑，右腳尖點左腳面，施展燕子飛雲縱，凌空拔起，輕飄飄落在楊開左側，伸二指照楊開身上一點。楊開打個冷戰，半身發麻。孟英趁勢進身，雙手倒撮住楊開的腰肋，伸右足抵住楊開的後腰，喝一聲：「去！」雙手單足同時用力，一縷毛楊開竟如斷了線的風箏似的，直飛出去。

一縷毛卻也了得，落下時，用力一掙，左肩頭找地，一滾身跳了起來，幸未受傷。還恐怕孟英追打，急忙轉身護住要害，把肉厚處亮出，準備挨打的架勢。華山孟英哈哈大笑，反倒退了一步，說道：「領教過了，足下這一路就地十八滾真高！」竟不肯再動手。楊開滿面通紅，也哈哈大笑道：「朋友真是來者不善，善者不來，我說……」眼光往四外一看，又往那邊店房看了看，這時隨從楊開一同來的那個壯年人，立即撲過來，其餘兩個武師也要動手群毆。楊開連忙喝住，只教壯年人過來。

那壯年人緊一緊腰帶，飛身一躍，直落到孟英面前，雙拳一抱道：「朋友很有兩下子，我來奉陪幾招。」抵面站住，握拳候鬥。

華山孟英看望這些店中人，心中也有些著急，咬牙切齒道：「你們打算用車輪戰，好，我也不介意，你們只要不嫌丟人，只管一個跟一個的來。」壯年人向楊開使了一個眼色，楊開做了一個手勢，壯年人立刻答話道：「請賜教吧！我們會的是英雄，一定按照江湖道走，絕不能欺負孤身客。請！」左手一晃，右手劈面一拳，直撲上來。孟英急忙招架。深慮久戰吃虧，改了速戰速決的辦法，把拳風一展，略略理清敵人招數，便展開心得的拳術，壯年人往前一撲，孟英身軀不動，單臂往外一封，唰唰唰，速還三招，就勢一轉，轉到壯年人背後。壯年人轉身招架，砰的一聲，惡虎掏心，壯年人眼冒金花，後背早著了一拳，踉踉蹌蹌，往前搶了好幾步。壯年人急忙翻身招架，鳳凰單展翅，叭的一聲，斜肩帶臂，又挨了一掌。壯年人急忙撤身，雙足一頓，竄出五六尺，未及轉身，華山孟英早如影隨形，跟蹤而至，喝一聲：「著！」矮身形一個掃堂腿，直奔下三路掃來。壯年人十分慌張，自知不好，急忙盡力拔身一躍，躥起三四尺，剛剛躲過這一腿。不防孟英左腿收回，右腿又掃出來，喊一聲：「倒下吧！」壯年人忙繞身再跳，哪還來得及，剛叫道：「不好！」咕咚一聲，也仰面跌倒，和楊開一樣。

華山孟英挺身站住，手指這人道：「對不住，請起，請起！」話未完，楊開向那兩個武師一使手勢，兩個武師雙雙下場，分左右撲過來。孟英嗔道：「你們真個要倚多為勝？」兩個武師不答話，楊開恨恨叫道：「你猜著了，我們回頭還要請教請教你的兵器呢。」孟英怒道：「你不覺無賴麼？」楊開指著自己鼻子道：「在下正是有名的無賴，倒叫閣下猜著了，誰教你跑到這裡來呢？」兩個武師，一個高，一個矮，神情都很精強。

那個高身量的先搶到孟英左邊，絲毫不客氣，掄拳就打。矮身量的跟著搶到右邊，照樣欺身進招，兩面夾攻，把孟英夾在核心，拳風嗖嗖如驟雨急降。

華山孟英哼了一聲，心說：「那可不行，要教你們圍住，我準得毀在故鄉了！」倏地一矮身，趁敵人未到，猛迎上去；以進為退，一縱身跳出圈外，兩個武師全撲了個空，孟英旋風一轉，早轉到矮身量武師的左邊。趁敵人轉身應招。還沒有站穩，孟英金鵬展翅，反手一拳，矮武師忙用左臂一封，右手金蜂戲蕊，奔孟英打來。這時那高身量武師，已然追到孟英背後。黑虎掏心，也一拳打來。孟英身法好快，驀地往下一撲身，兩個對手的拳招都落空，忙搶一步，猱身探爪，伸二指奔矮武師璇璣穴點來，矮武師招已發空，收拳不及，急將足跟一點，一矬身縱回四五尺。孟英腳尖點地一滑，怪蟒翻身，轉過身來。不出所料，果然此時那高身量武師，已然用金龍探爪的招數，探單臂直奔孟英的後腰。孟英急側身形，左掌護身，右手照敵人手腕投去。高個拳師急將右臂往回一圈，未及還招，孟英真真假假，喝一聲：「著！」反臂雙風貫耳，直抵敵人雙太陽穴。高個武師用童子拜觀音，由胸前雙手一合，白鶴亮翅向外一分，正待變招還攻，哪知上了一個當。孟英趁敵人雙手向外分之際，自己雙拳也不收回，一縱身，低頭向前撞去，高個武師，噔噔噔，倒退了好幾步，方才站住，只覺咽喉發甜，胸前如火燒，似乎傷了內部。

楊開在旁望見，忙命打手過來，把高個武師攙回櫃房。這時場中只剩了矮身量武師，這人的功夫穩健，見孟英用鐵頭的功夫打敗自己的同伴，他一聲不啊，唰的一個虎跳，直撲到孟英背後，要狠狠照後心一拳打去，忽地挾有一股勁風，直沾到孟英衣襟，孟英以孤掌鬥雙敵，已然防到，忙用怪蟒翻身，金鵬現爪，一掌向背後打來。矮武師滿想一招成功，偏逢孟英變招迅速，忙撤身塌腰。用孔雀抖翎，試展一招，倏地變為綿裡腿，一腳飛來。孟英收招斜身，往後一跳，二人復又錯開。孟英心中著急，想道：「早點把他打發回去吧，我不能戀戰。」身形一變，葉底偷桃，跟著雙風貫耳，力劈華山。矮身武師撤身退步，野馬分鬃往外一封，搪開兩招，第三招躲不開了。失聲一叫，把頭一側，被華山孟英平掌一推，仰面跌倒。突然間一縷毛楊開悄然趕到，猛從背後抓住孟英，叫道：「朋友，算了吧！」華山孟英一心取勝，欲避不及，忙用大脫袍，想化解這一招。

一縷毛楊開早二臂用力，欲將孟英舉起拋出，自好轉轉面子，殊不知孟英武功精熟，眼看著孟英被舉起來，楊開厲聲喝道：「你歇歇吧！」跟著聽見沉重的聲音答道：「不見得！」眾人只覺得眼前一花，凌空飛起一人，緊跟咕咚一聲。眾人急看時，楊開坐在地上，孟英卻安然地立在七八尺外，眾人大驚，原來孟英被舉起時，伸手向楊開臂下一觸，楊開頓時左臂發麻，左臂當時往下一垂，孟英乘勢彎腿，向楊開肩下一蹬，借力使力，直飛出去，輕輕落在地上，那楊開冷不防被這一蹬，暗算人沒有成功，反倒失招跌倒。

第八章　一縷毛一隻鷹

華山孟英動了怒，過來又要打楊開。矮身武師已然負愧跳起，急忙過來攔救，兩個人又復交手。輾轉數合，孟英突然一掌，又擊中敵人。敵人大吼，向楊開叫道：「扎手，扎手，車輪鬥不行，簡直群毆吧！」店中人早已躍躍欲試，聽說一喊，四面站立觀戰的人，立刻蜂擁過來，向兵器架上，抄取木棍，要用亂棒，毆打這個孤行客。

此時由店前院奔來一人，向楊開打手勢。楊開忙向眾人喊道：「你們打圈圍住他，不要傷他，回頭我還要和他見個真章。」楊開匆匆直奔到前院，華山孟英見狀，恐怕楊開要借仗官府的力量，來捉弄自己。不由得震怒，他決計要走，偏偏跟他來的那個從者還沒有回來，也許回來了，已被店中人扣留在前面。孟英急展辣手，要衝出重圍。剛往外一闖，有兩個打手正當面前，立刻動手邀戰。頭一個打手，抖手一棒，照孟英腰肋打來，孟英不往旁躲。往前撲，一縱身直搶到敵人懷裡，左手把木棒援住，右手一晃，下面一腿將敵人踢倒，木棒已然奪到手中。第二個打手大叫一聲，直撲上來，其餘的人也譁然大噪，竟不顧店主之誡，紛紛進攻，要把孟英亂棒打死。華山孟英手疾招快，第一招泰山壓頂，上打迎面敵人的頭。第二招一轉，疾如狂風，往下一剪。啪的一聲，正打在另一敵人的腰胯上。挨打的人叫了一聲，孟英搶上一步，可是左邊和背後的打手，已然搶堵到前面，上上下下揮棒打來。華山孟英忙退步舉棒，橫招，斜掃，平推，直劈，連躲過四五招，連打出四五招。幾乎是一招打傷一個。

這些打手吃了虧，依然攔前遮後，當路不退，不但不退，還一迭聲招呼援兵，從店房各處，躥出十幾個短衣的人，都拿著一色的木棒，向孟英圍上來。尤其奇怪的，關上店門這樣行凶打人，店中寓客沒有一人出頭干涉，更沒有一人敢出店房探頭觀望的。卻不知店夥早已挨號通知了，說是我們店東今天在這裡以武會友，諸位客人們，請不要伸頭探腦，誤傷了彼此不好看。有那膽小的客人，要溜出店外，店夥照樣陪伴著，開了角門，送到街外，楊開在此地人杰地靈，地面官役已有關照，只要不打死人，決計沒有人來管。店中人對外聲言有人來爭碼頭，今天我們要決鬥一下。華山孟英沒有料到楊開有這麼大來頭，當時只恐自己是欽案中要犯，萬一被他們捉住，一經官府，將由小鬥毆，引起大叛案來，故此心中暴怒，手中奪來一根木棒，立即狠下毒手，眨眼之間，被他打傷了三四個人。

那店夥已然出去勾兵，那楊開被手下人喚出，跑到櫃房，親自檢查孟英的行囊。那手下人趁後院鬥時，已將孟英的行囊，提到櫃房，細加檢查。竟發現那兩封密信，但是看不懂，故此急請東家楊開，親來閱看。楊開把密信反覆詳查，似明白，似不明白。忙取出金龍會發來的祕本，逐語查對，這才譯明，這來的人竟是鼎鼎有名的華山孟英，真名叫做周伯陽。密信上還說，要請楊開和孟英協力，去收服沿海的船幫，陸路的陶方城。發信的人是太湖一雁，傳信的人是孟英本人，收信的人正是楊開。

楊開一時多動猜疑，竟和孟英動了手。楊開持信大詫，後面打得正厲害，這可怎麼下臺，而且楊開加入三羊開泰金龍會，和太湖一雁祕有勾結，只有幾個親信知道，像這些動武的打手，全是他手下跑腿、賣力的小腳角，並沒有參與他個人的密謀。楊開思索一陣，忙包起密信，仍放在包囊內，叫夥伴送回原處，又命人把他的心腹盟兄弟叫來。他更怕後面打出亂子來，匆匆吩咐已畢，急忙拭汗，撲到後面把式場。

華山孟英正被十六七個大漢，包圍攢擊，孟英單手掄棒，運轉如風，打手雖然多，能夠挨上前的，按固定的交手距離算，也只有六個人，照例是左右兩個，前後四個，如六出雪花瓣，攢圍著孟英一個人，孟英用一根棒抵住正面四個人，獨有後面兩個人最不好應付。孟英就如車輪般，團團打轉，掄起單棒似一條怪蟒，遮住全身，指東打西，指南打北，防前顧後，如遊蜂舞蝶，雨打梨花。棒到處直取敵人要害，棒起處遙攻遠敵，棒收處橫掃近敵。一連數十棒，敵人沒有把他放倒，他倒翻翻滾滾，打到院門邊，衝門角一跳，立刻負隅面門，不用再顧慮腹背受敵了，可是這樣也不能持久戀戰。

楊開走到把式場，剛一探頭，正遇上十幾個打手，作半圓形圍住站角門面立的孟英。孟英倚在門邊牆，眼看著短垣，正意欲騰身一躍，登房衝出，打手們也正要分出兩個人，從牆那邊蹬梯子，往下投石頭，砸打孟英，一縷毛楊開忙提一根木棒，撲到眾人跟前，向孟英叫，道：「朋友，真有兩手，我很佩服，請你住手罷戰，有話對你講。」又招呼眾人：「你們暫且住手，先歇一歇，把他交給我好了。」打手叫道：「你老多留神，他可要上房逃跑。」楊開揮手道：「你們多辛苦了，回頭我給你們道勞。這一位很夠交情，我要和他攀攀，他不會逃跑的。」

於是罷戰，孟英停棒張目，怒目而視，說道：「你又變什麼戲法，我全不怕！」楊開笑了笑，把眾打手一個一個全都遣開，然後投棒在地，向孟英舉手說：「我就是楊開，你不認我，我可知道你。剛才真是誤會，請到我的下處，我正有事請教。」

華山孟英搖頭道：「你是楊開麼？你知道我麼？」楊開道：「正是。」孟英道：「你既然知道我，剛才是怎麼講？這時候又是怎麼講？」楊開含笑道：「這……」低聲道：「遮掩外人的耳目。」

孟英怫然，心中更是不快，含怒說道：「聚了這些人，打起群架來，怎麼倒叫做遮掩耳目，我真不懂。」楊開賠笑道：「一言難盡，請你到屋裡來，我有下情奉告。」孟英遲疑不動，說道：「你剛才太不像江湖道上的舉動了，我不知你把我看成什麼人，居然和我動手。現在你又變了面孔，我是信不及你，你有話儘管在這裡說，不必進屋。朋友，光棍眼裡不能揉沙子，我可以明說出來，我不知道你在屋中又擺著什麼陣仗。你有法子，現在拿出來施展，不必換地方了。」

現在是孟英動了疑心。楊開皺眉道：「我實不相瞞，你的來路和來意，我本不知，是剛才把你看錯了。」孟英道：「現在呢？你又怎麼知道了？你知道我到底是什麼人物呢？」楊開伸出三個手指道：「三羊，不對麼？閣下是山字號？」孟英道：「這就怪了，不相打的時候，你不知道我，打了一陣，你忽然又知道我了，索性你把你的故事明說出來吧。你到底姓楊不姓楊？」

楊開在這地方，不便說出偷拆密信的話，被逼無奈，又不能不說，這才賠笑道：「我的確是楊開，你老兄不是有兩封白字麼，我現在才知道，你老是傳信的，我是受信的。」孟英道：「啊，我曉得了。好好好，咱們屋裡講吧。」

楊開這才向孟英深深一揖，翻身引路，先到櫃房，換上長衣，洗面淨手。邀同孟英，提了行囊，出離了店房。臨行時，囑咐店夥：「這位孟客人的貴友回店時，可以也引到我那邊去。」

楊開的窟穴共有三處，他的外宅是一處，他的賭坊又是一處，另外還有一處祕窟。現在他把孟英先引到外宅，那個暗娼花枝招展地迎出來，楊開一揮手，進了跨院套間，私囑暗娼數語，推開櫥櫥，直下地室，這地室共有三間，雖當白晝，室中漆黑，當中放著長榻短幾，楊開取了火種，點上一盞小燈，這才把孟英讓到裡面，命那暗娼在地上室看門，他自己和孟英重新見禮。孟英是行家，剛把自己的行囊提到手內，登時曉得這行囊已被楊開偷看過了，搖了搖頭，索性從身上取出銅符，讓楊開過目，然後指著行囊說道：「這包中還有給閣下的兩封信，還用我拿出來麼？」楊開笑道：「信上怎麼說，是誰給我的？」

孟英道：「真人面前，應當揭開假面。楊仁兄，你既然知道我姓孟了，你當然已經看過了。」孟英用話點破他，仍舊打開包，把兩封信取出，指著已經拆破的封口，衝楊開冷笑了一聲，隨手遞給楊開。

一縷毛楊開也有些內疚，裝作不理會，把信籤取出，又從頭看了一遍，向孟英舉手道：「久仰大名，今日幸會。」又往下看了看說：「原來你老是我黨的副盟主，實在失敬！」站起來要行幫中大禮。孟英攔住道：「何必多禮！楊兄，我們雖是初會，究竟誼屬同盟，剛才我們初見面時，在下再三聲說，你老兄竟是百般挑撥，到底你是什麼用意？我倒要請教，莫非是信不及我麼？」楊開賠笑道：

「實不相瞞，我弟子要請前輩一展身手罷了。」孟英道：「那更豈有此理！我們做的是什麼事，力求縝密，還怕透風，你閣下倒勾引來一夥打手，跟我鬥毆，你難道不怕官府打眼麼？」楊開賠笑解釋道：「此地官面，全由小弟聯絡得很好，若不然，我總莫過是一個開店的，青天白日關上門，毆打旅客，地面上早不答應了。他們假裝不看見，這就是小弟把他們早餵熟了，這是前輩到了，若是江湖朋友來店，我小弟只一歪嘴，官面上還可以來人，把擾鬧客店的痞棍捕走。」

華山孟英聽了，心中更不悅，暗說：「你原來是擺弄勢力給我看啊。」竟變顏詰責道：「這話更不對了，你既然有這大勢力，怎麼反倒在我身上施展？這太不合乎盟規了。」楊開抱拳道：「這是小弟慌張，太覺失禮了。可是這期間也有緣故，附近鷹遊島山上有一個盜魁，名叫陶方城，和我是死對頭，最近傳出風聲來，不久要下山來找我，跟我爭奪碼頭。前輩落店之後，極力地掃聽我的行藏，我的手下人便把前輩認錯了，以為不是清廷派來的密使，定是陶方城遣來的能手，特來訪查我的。我有這先入之見，故此趕了來，和前輩當面考較，前輩又慮事過於審慎，沒有立刻拿出我們的祕符來，我越發動疑了。後來雖然聽話聽音，覺出不符，我小弟又猜想前輩也許是過路英雄。我自己拳學不精，這是我的短處，我在此地叫字號，可說是有名無實，全靠各方面聯絡得好罷了，一等到動真格的，不但我自己不行，連我的朋友幫手都不行。故此我就冒昧挑隙，要驗看來人的功夫，如果不濟，我一定好好道歉送走，如果武功精良，我定要開誠布公，留駕請助。我和前輩動手的用意，就是這一點，卻辦得冒失一些，可是我萬想不到是本盟的自己人來了，更料不到你老還是我黨的副盟主。」說罷又深深一揖，再三賠罪。

華山孟英對這樣的說法，似乎不很可信，半晌道：「哦，你原來是起初誤會了我，隨後要考驗我。」楊開不好回答，只點了點頭，孟英登時仰面大笑道：「我孟英闖蕩江湖多年，縱然無能，卻有天幸，到處還能獲得朋友的青眼，不論識得不識得，還沒有人肯好意思來伸量我的，你要曉得，我不是應考的舉子，我也不是乍出門的學徒，我竟料不到好端端來到山東地界，倒教閣下當小孩子似的耍了一個夠，還累了一身汗。我只當我自己的行藏露了馬腳，壞了自己的大事了呢，原來這不過是楊兄和我小開玩笑罷了！」

楊開搔著頭皮，有些發窘，他只當孟英是真惱了，連忙站起來，恭恭敬敬，立在孟英面前說道：「小弟實在糊塗！」孟英道：「你不糊塗，你太聰明了，可就未免拿人當傻子了。」楊開道：「小弟實在有意訪賢，反倒成了無心失禮了。我只因此間的陶方城，虎視眈眈，要來侵犯，我渴盼良師已非一日，只要過路江湖人士，稍有一技之長，我一定卑禮延留。」孟英搖頭道：「似你這等弄小狡猾，多猜疑人，就是有本領、有骨氣的人，教你這番弄也恐怕望望然離你而去了。」

正鬧著，外面有了動靜，孟英的從者已然回店，店中人把他引到賭房，賭局的人又引到這裡，那暗娼忙把從者讓在別室，她來到密室前叩門。楊開忙過去開門，問明原委，把從者引入。讓座之後，從者不知剛才的誤會，對楊開很客氣。孟英還像是怒氣不息，有了第三者來到，他反倒怒焰越張，盛氣抗聲，向從者指斥楊開的失禮，楊開諾諾連聲，又解釋了一番，從者也不很認識楊開，見二人鬧僵忙用好言拆解。孟英越發的振振有詞，楊開真有點無法下臺了，作揖打躬，似要下拜，孟英也越說越怒，把桌子一拍，跳下長榻，從身旁抽出短刀來，向楊開比畫，楊開倉促之間竟垂頭拱手，不拒絕避。

那從者本是太湖一雁的人，覺得孟英鬧得太過了，生恐擠出事來，急急橫身攔阻。孟英倒得了理，把刀子一揚，要扎楊開。楊開不敢還手，從者勸道：「盟主息怒！」孟英把從者一推，掄到楊開面前，楊開一味懇求道：「前輩，我給你跪下了！」做出屈膝的樣子來。

從者駭然，連說使不得，華山孟英忽然大笑，收刀歸座，目視楊開緩緩說道：「楊兄，我也試探試探你！」從者方才恍然，華山孟英用這個法，來報復楊開，也捎帶著考考楊開的忍耐性，楊開好似早就明白，吁了一口氣，又向孟英作了一個揖，三個人這才一齊落座。

華山孟英問道：「楊兄，你說這陶方城，占據鷹遊島，有意和你爭奪碼頭，這人我有些耳聞。盟主太湖一雁打發我來，也有多一半是衝著這個人來的。我們若能設法，把他招降過來，那麼沿海一帶又得一助。不知這陶方城到底是怎樣一個人物？」

一縷毛楊開道：「不瞞前輩，這鷹遊山起初原是一座海濱荒島，有些鹽梟在那裡盤踞，為首的鹽梟，姓邱叫做五百斤油。」楊開由五百斤油說到陶方城。據說這鷹遊山，最早由五百斤油借這荒山，作為他們的外窯，五百斤油名叫邱大猷，在五年前，邱大猷忽然劫掠了一隻商船，內中押船的有幾個鏢客。五百斤油邱大猷，把貨船劫了，又將這押船的鏢客打傷，鏢客敗走時，留下字號，他們的總鏢頭名叫歐少雲，說不出三年，必要拜山。五百斤油不聽那一套，押著所得的油水，往自己窯內走。還沒有走遠，岸上綴下來兩個綠林人，向五百斤油道字號，說這票貨，是他們綴下來的，五百斤油不該獨得，應該分給他們一半，五百斤油認為這二人無理取鬧，三說兩說，動起手來。他把這兩個人打死一個，打傷一個。那受傷的人說出江湖話來，情甘認輸，要領屍一走。五百斤油竟要斬草除根，非但不教領屍，還追趕這受傷的，打算一同把他活埋了。

這受傷的人飛縱術很快，竟落荒逃走，五百斤油也未介意，哪知竟由此留下禍根。也就是剛剛過了半年，那失鏢的鏢客歐少雲，竟率領十幾個門徒，邀同二十多個武林同道，登門來找五百斤油邱大猷算帳，仇人見面，立刻動手，雙方在空山荒地上放起對來，一來一往，鬥了一個早半天，還沒分勝負。不意就在這時，五百斤油的副舵主氣急敗壞跑來，說是他們的老窯出了內奸，已被一夥子外路江湖攻進去了，而且放火燒山了。

五百斤油聞報一驚，回頭一望，果然鷹遊山冒起濃煙。他的手下嘍囉，人人惶恐，他和歐少雲比武，聞亂心驚，失招受傷，竟被歐少雲打瞎一隻眼。他還想敗走，這歐少雲也和他一樣，斬草不留根，一直窮追下來。五百斤油前無逃路後無歸路，竟在林邊大吼一聲，抽刀自刎。歐少雲一見大仇得報，哈哈大笑，率眾走了，剩下五百斤油的殘部，既失首領，又失巢穴，正在徬徨亂竄，忽見本窯奔出三頭目，陪出一個少年壯士，大聲招呼，來招降他們。這個壯士就是陶方城。

陶方城竟奪了鷹遊山，他先收買了五百斤油的三個頭目，又私入鷹遊山，偷畫了地圖，竟乘五百斤油與鏢客決鬥之際，襲取了全寨，那五百斤油性情暴烈，部下群賊只畏威，不感情，等到陶方城做了寨主，卻極會籠絡人心，只用半年的工夫，便把全寨人心收服過來，一心一意傾向著他了，他然後又招攬江湖上外路人才，竟在島上大做起來，經過三數年的經營，陶方城竟聚了二三百人，聲勢實比一縷毛楊開大過一倍。

這陶方城年輕得志，武功極高，待部下很厚，為人卻非常驕慢。對待附近的江湖同道，每有恃強失禮之處，似乎他這人並不是綠林出身，既不懂江湖成規，也不講就近結納。獨霸一方，頗有野心，雖然收攬人才，又不斷和近鄰啟隙，絕不甘居人下。

一縷毛楊開把陶方城的為人，對華山孟英說了一遍。華山孟英聽了，頗為聳動，覺得這是一個奇人，怪不得太湖一雁遠道慕名，要請自己來招攬他了，孟英低頭算計了一陣，他在山東確有不少朋發，不過隔年過久，人事變遷，此時還得細訪，若訪得舊友，再設法說降陶方城，未免曠日待久，緩不濟急，孟英便又轉問楊開：「閣下和這陶方城見過面沒有？有過交接沒有？」楊開道：「豈但見過面，更有過大交涉，我就栽在他手裡了，我們現在正在想法子對付他，要找他報仇呢。」

楊開遂說起和陶方城結隙之事。在一年前，一縷毛楊開因事接濟同盟祕幫，提走一筆巨款，手頭頗感支絀。旋又接到太湖一雁的通知，因有急需，再要他籌劃兩萬六七千金，楊開措手不及，湊不及這麼多的現銀，遂與同夥祕議，一方開賭局抽頭，一方向朋友拆兌，如此趕辦了二十多天，仍不足數，旋接得密信，雍正倣法他父清聖祖的故智，把杭州首富某紳，以私藏禁書的罪名，給抄辦了，簡直是皇帝詐財，百姓哄傳，這筆巨金要由山東起運，徑解燕都。江湖上的人都聽見這信，都紅了眼，可是誰也不敢下手，綠林人物到底不敢和官府鬥力，獨有這些祕幫，倒不介意，安心要趁火打劫，這其中就有楊開。

楊開自問己力，也不敢妄動，卻有徐州的祕幫首領賀兆林，聞訊奔來，和楊開核計，要協同下手，這賀兆林也正是奉到盟主籌款之命，倉促無以應命，才想到冒這一次大險。

賀兆林和楊開二人密謀，認為明劫必要惹動巨火燒身，最好的是暗中抵盜，用托梁換柱之策，最為穩當。當下計定邀助，請高手做假銀子，做假金子，悄悄地綴下來。偏巧這貢金的官府奉到祕命，為了躲避道路的訛言，不教他們明目張膽地起運，教他們扮作商旅，悄悄祕運入都。這一來，綠林人物倒得了手。楊開和賀兆林祕遣好手，只綴了十來天，趁著解帑的官人落店之時，暗用薰香，偷開鞘銀，把這筆巨款抵盜了十二萬，內中盡是金條，只有少數銀錠。

下手之時，賀兆林和楊開全都親到，抵盜之後，二人忙把這十二萬金暫時埋藏在河岔內，兩個人帶著助手悄悄溜在一邊。過了數日，居然沒有聽見官人鬧失盜。那解帑官已按程走了，兩人一齊大喜，又耗過數日，外面一點動靜沒有，這才乘夜備辦馱轎前去起贓。這一起贓，竟和陶方城遇上了。

陶方城也要劫奪官帑，不知用何方法，竟被他看破楊開、賀兆林的密謀，楊賀二人抵盜時，陶方城稍微落後，不肯再替人頂缸，故此沒肯下手。二人埋財時，他遠遠地看著，但楊、賀預有防備，外面有巡風的人，陶方城不肯冒失，只約略認準了地方，也抽身回去了。楊、賀二人剛剛離開身，他又翻回來，瞄著河岔子，窮搜祕勘之下，竟把二人埋藏之地發現。陶方城立即回去邀人，乘夜趕來掘贓。雙方發動，也就是一前一後，楊賀二人剛趕到，陶方城剛率領夥黨把贓物弄走。

楊開、賀兆林一步落後，對著河邊空坑，面面相覷，噤不出聲。他們便把留守看贓的人，嚴詞詰問起來，兩個守贓人全都起誓說，沒有離開地方，更不敢言語洩露。楊賀二人追問得過緊，疑心兩個守贓的盜賣給外人了，兩個守贓人窘迫已極，有口難分，竟一齊拔刀，要剖心明志，被楊開等慌忙勸住。經細勘足跡，又偷著訪問當地居民，果然查出線索。說就在前天，發現十幾個人，在河邊出沒。

楊開等一番謀劃，到此證實已被外人抄去，狼叼了來，狗拾了去，二人不由得大怒，經極力勘搜，只費了一天工夫，竟查出是陶方城所為。楊開、賀兆林忙帶人備禮，登門討要，堅請發還，作三股均分，退回三分之二，陶方城竟連百分之三也不肯退，饒不肯退，而且耍滑頭，瞪著眼珠子裝傻，不認帳。

楊開、賀兆林有力氣沒處使，竟見不著陶方城的面。訪聞鷹遊山附近鎮店上，有一家客店，專給陶方城做眼線。賀兆林和楊開忙又投住客店，入夜找店家攀談，敘交情，遞名刺，煩他轉達。店家起初倒接了，第二天忽又變卦，名刺不收，禮物退回，楊、賀二人在店中候了兩天，不得結果，氣得罵閒話，店家也不搭茬兒，楊賀二人索性徑赴山寨，陶方城更不見面，問起守寨的頭目，說是寨主出去了，何日回轉，向來沒準，竟像搪債主，這麼支吾。

楊開、賀兆林怒極，乘馬回來，糾集同伴，持兵器撲到山下，對著山口叫破喉嚨，山上的人一味裝聾作啞。楊開等意欲攻山，山上投下礌石滾木來。賀兆林憤極，重撲到那座店房，把店房給砸了，可是這座小店，本沒有值錢之物，店中人也早見機躲開了。楊開等重新打聽，據說這座山並不是陶方城的本窯。他的本窯還得透過這道山口，再往裡走。楊開、賀兆林負怒攻山，既不能得手。在山中徘徊旬日，萬般無法，這才丟下一封恫嚇書，暫先回轉海州。雙方由此生隙，在楊開這方面吃了大虧，一時總不肯甘心，那陶方城也因砸店之辱，揚出口風來，不久說要親找楊開算帳。

當下楊開把經過情形，原原本本，告訴了孟英。孟英低頭沉思良久，對楊開說道：「這陶方城倒是一個人物，不要緊，我既然來了，我一定想法子收服他。我臨來時，盟主太湖一雁早就料到這陶方城不大易與，他給我一個錦囊祕計，我們可以照計行事。」

於是孟英東投入魯的半月後，孟英居然設法和陶方城見了面，示之以威動之以說詞，費了一個月的工夫，居然把他收服。三羊開泰的祕幫，由此聲勢大振。

黃花劫

第一章　邊城留孤憤

元世祖忽必烈統一中原以前，南北構兵，宋師屢敗，漢族士民被蒙古鐵騎屠殺淫掠，慘死者不可勝計；亡國景象，令人毛髮悚然。江淮一帶兵爭最久，人民塗炭最甚。宋相賈似道謀國不忠，援鄂大敗，私遣密使，向忽必烈求和，情願納貢稱臣，劃江為界。等到忽必烈還兵北上，爭取蒙古天下大位，在多倫上部冑立為君，賈似道便諱和為勝，反把忽必烈的使臣一個一個地幽囚起來，以抗敵大捷聞宋廷。宋廷也就賞功臣，慶戰勝，把屢敗的苦惱一一全發洩出來。殊不料元世祖忽必烈汗位已定，又派大將伯顏來責貢問罪。賈似道的戲法變穿，兵端再起。他又嫉功多疑，激得前方戰將劉整一怒歸元，甘為異族嚮導，勸元兵大帥併力奪取襄陽。襄陽若得，長江上游失險，南宋的邊防從此不固。蒙古大帥依計進攻襄陽，襄陽再度被圍。

這時長江上下游全都告警，宋師竟無法增兵進援。襄阻守將是呂文煥，地方官是太守趙承佐。呂文煥是個驕豪的武夫，平日能征慣戰，善待士卒，卻性情傲上，對後方和樞府的政令，常常譏抗。幸趙太守承佐乃是大宋宗室，他深知呂文煥人才可用，性情甚驕，事事容忍著他，努力博取他的歡心，也就是借此買得他的死力。不意襄陽被圍二三年，圍緊時，羽檄求救，救兵也不來；圍解時，報捷求賞，賞文不到。反來了內使顯官，前來巡視邊防，擺出中央大員的架子來，把呂文煥當一員小將看待，任意呼叱。呂文煥自以為苦戰立了奇功，後方的大員倒挑出他許多不是來，是什麼軍功虛報，什麼軍需冒領了。「呂將軍，你做的什麼事？呂將軍。你要腦袋不要腦袋？」

總而言之，中樞對付邊疆，事急則看死不救，事緩又挑剔百端，這一來，就把呂文煥也給激變了。

當呂文煥叛變的前幾天，襄陽太守趙承佐便已獲得密報。

趙太守身為大宋宗室，既是忠臣，又是幹吏，他得此耗，大吃一驚，連忙布置起來。第一步，祕修一札，馳報後方。第二步，悄悄地打點細軟，把胞弟趙承佑喚來，教他攜兩個幼小的姪兒，乘夜越城，逃回吳興原籍，又告訴胞弟：敵強我弱，襄陽必失；襄陽一失，宋室必亡。教趙承佑逃回家鄉之後，變賣田產，趕快再逃到邊荒腹地，更姓改名，作避地逃秦之計。至於趙太守本人，那就城存與存，城亡與亡，決計以身殉國了。

趙承佑揮淚聽了胞兄的話，還以為事不至此。又要把嫂嫂送回故鄉，又勸胞兄與他同逃。趙太守搖頭阻止道：「這絕使不得！兵荒馬亂，你嫂嫂決定逃不開；我又職任民社，斷無棄城私逃之理。你我兄弟只有二人，正好一個做忠臣，授命殉職，一個做孝子，延嗣全宗。」兄弟二人說了又說，相對哭了一場。趙太守立刻催趙承佑喬裝難民，攜帶個世僕，把二子也改了裝；主僕叔姪四人連夜越城，逃奔故鄉去了。

趙太守這裡又回內衙，和夫人訣別。夫人是名門之女，守定知府印，決計夫若殉國，妻便殉節；端坐在內衙，靜等見危授命。趙太守又呼喚全衙吏員隸役丁壯，一一勉以大義；他自己騎上了馬，就去拜會那將要叛國獻城的負氣將軍呂文煥。

這呂文煥將軍扼守襄陽，力抗蒙古鐵騎，已經苦戰三年。好容易熬到忽必烈提兵北上，爭取汗位，襄陽解圍，在呂文煥想，自己奮守孤城，建下奇功，怎麼講也當封侯掛帥。不知何故，沒把樞府打點妥帖，宋廷反倒疑猜他恃功而驕，求封不遂，心生怨望，有了擁兵自固之意了。這才激得呂文煥頓足痛罵，真個的潛生叛宋異謀，但還沒有抓著降元的機會。

不久元世祖大位已定，派伯顏為元帥，決策南征。伯顏的用兵計劃，是分三路侵宋。第一路派驍將阿里海牙，攻打襄陽，席捲湘、鄂。第二路派阿珠，攻打真、揚諸州，切斷宋師淮南各路的援兵。第三路便由伯顏親自率領蒙古鐵騎，從廣德、江陰、平江，三道進窺宋京臨安。這一番進攻，不比前番，三道並進，恍如泰山壓頂，襄陽又陷重圍，別處也同時告警。襄陽趙太守和呂將軍飛檄告急，百計守禦，好容易盼到援師發動，可是這援軍大帥竟擁重兵，截江自守，屯駐鐘祥，把襄陽劃於度外。跟著又傳來一個惡謠，說是呂文煥的兒子已被朝廷暗暗監管。呂文煥自此越發驚擾不安，已知朝廷對他猜疑太深了。偏偏這時攻襄陽的蒙古將軍阿里海牙，又蒐羅了好幾個甘心獻媚外族、建策覆滅宗邦的無恥秀才，給蒙古當主謀，做嚮導。其中有個馬秀才生平以諸葛亮、王猛自許，他仰觀天文，俯察時變，認為宋室必亡，大元必興，一心要做蒙古開國元勛。他熟讀「十七史」，考出蒙古就是匈奴。匈奴乃是夏後氏之苗裔也。《史記‧匈奴列傳》上寫得明明白白：成湯代夏，夏桀率領徒屬五百人。敗奔南巢，行至不齊山，渡海逃至遼東。夏桀身死之後，他的兒子悖維繼立，妻其庶母，橫越大漠，建立了匈奴王朝。所以宋與元全是黃帝子孫，乃是一家人。古人有言：「四海之內，皆兄弟也。」馬秀才以為中原久無真主，江南王氣亦盡，非有大元的塞外雄風，興王朝氣，不足以一統華夷，永絕兵爭。阿里海牙攻打襄陽，馬秀才正在館中，他立刻獻計，要設法說降呂文煥，即可唾手而得襄陽；又可利用倒戈之師，直襲漢陽、夏口。此亦一奇策，阿里海牙立予批准，馬秀才就利用俘虜和降人，暗暗策劃起來。

經過了旬日的祕密接頭，漸漸收功，投降的條件漸漸商定。最後一次，馬秀才竟潛入了襄陽城內，在宋將行館裡和呂文煥見了面。呂文煥的親信副將也潛出城外，到蒙古大營見了阿里海牙。

在呂文煥議降的條件內，蒙古軍師馬秀才本要呂文煥將軍，第一獻城，第二獻趙太守的人頭。至於呂文煥部下實際統領的兵員人數花名冊、武庫軍資清冊和襄陽城男女戶口的戶籍冊，也是要呂將軍先期獻出的。呂將軍對蒙古軍師馬秀才的條件答應了，只有殺害趙太守、割取太守頭、獻上太守印的這一條，他還是猶豫不決。獻印須先殺官，卻因為太守人太好，待人既熱誠，處事又精詳，與呂文煥文武同僚，共處十分相得，呂將軍雖然不得已而賣國，還有點不忍賣友。

馬秀才的意思，頗不謂然，他說：「將軍既已降元，便是元朝的從龍功臣了，你不能縱虎歸山，把趙太守放走。況且趙太守又是宋朝宗室，你既知他必不降元，放既不可，殺又不忍。你怎麼對待呢？」呂文煥想著也對，浩嘆一聲道：「我的意思打算把他請到，勸他一勸。他若肯降，我們便是一殿之臣；他若不降，可不可以饒他一命，把他拘禁起來？等到降旗一舉，大事已定，宋室已亡，我們再釋放他一條活命，借此報答幾年來他與我同甘共苦之情，不知是否可行？」馬秀才聽了，微微一笑，說道：「這也可以，我也要見他一面。」

隨後他們又祕議了許多事：如何誘擒趙太守；如何不動聲色，把元兵引入襄陽城；如何領導元軍，化裝宋卒，混作敗殘兵馬，去乘夜偷襲宋師後援軍的根據地鐘祥縣。由此再奪取宋營水師，循漢水順流而南，一舉而攻下漢陽、夏口、武昌三鎮；則宋室半壁江山由此剪斷。把川、陝、湘、鄂的聯絡切開，然後與中路、東路元軍會師，拔湘、鄂，破江、淮，把宋師逼蹙於海隅，則一舉便可把宋朝滅亡。那麼呂文煥的倒戈大功，將不下於楚漢相爭時的九江王黥布了。而且據馬秀才說，蒙古人不耐久居中原江南酷熱之地，他們還要旋師北歸的。將來呂將軍一定可以封為江南國王，奄有江、淮、湘、鄂。「到了那時候」，馬秀才說，「相君之背，貴不可言，那可就成事在天、謀事在人了。」馬秀才的大話透露出野心，煽動起呂文煥的奢望。呂文煥連忙舉手道：「馬軍師的碩謀高見，開我茅塞，區區小弟不足以當黥布之譽，馬軍師真有張良、陳平之謀了。今後大事全靠馬軍師調度維持，尤其是奉事新朝，小弟又不懂蒙古語，全仗鼎力斡旋了。」

兩個人一文一武，談得很入味，也很有救萬民、安天下的宏願似的。呂文煥又向馬秀才打聽蒙古權貴的脾性愛好，馬秀才也向呂文煥打聽宋朝腐敗的實情。正在「推心置腹」地快談，忽然外面的司閽報導，說是趙太守來拜！

呂文煥不覺愕然，忙問司閽：「趙太守帶了多少人？」司閽答道：「只有太守單騎一人和一個隨從壯士、一個馬伕。」呂文煥臉上猶帶錯愕之色。那馬秀才也嚇了一跳，站了起來，問道：「趙太守可時常黑夜到這裡來麼？我應該躲起來麼？」呂文煥搖手道：「軍師請坐。素常趙太守偶有公事，只到我營去會見，從來不到此處來的。此處乃是我的私人行館，只有小弟、小妾在此，一向不延見賓客的。趙太守怎麼會突如其來，找到這裡？莫非消息洩露了？」急命司閽先去敷衍，說呂將軍就來延見；暗命帳下親信開旁門出去察看：黑影中是否有趙太守帶來的人潛伏在暗處？

呂文煥這裡慌忙預備，趙太守卻很坦然地下了馬，立在呂將軍行館的前庭。馬伕帶著馬，留在門外；侍從壯士挎刀緊隨在太守身後。約過了兩杯茶時，呂文煥將軍方才輕裝緩帶，從內宅迎接出來。一見面，呂文煥舉雙手道：「不知太守公枉駕辱臨，小弟失迓之至！這裡蝸居簡陋得很，請到那邊坐吧！」

立刻有兩個僮僕，打著燈籠，在前引路。文武二同僚，相攜往行館小客廳走。在呂文煥將軍身後，侍從著六七個帶刀持杖的軍校；在趙太守身後，只有一個護衛。那個馬伕，連人帶馬，仍然留在外面。

文武二同僚進了小客廳，客廳劃分一暗兩明；暗間掛著繡簾。呂文煥就讓趙太守，在暗間上首椅子落座，他自己在下首奉陪。呂文煥起初面色微變，此時鎮定下去了，揚揚如平時，只是目光不時隔繡簾往暗間看。一時賓主相對無言。趙太守暗暗覺出氣氛不對，客堂中有些個緊張浮動似的。那呂將軍的侍從，竟似雁翼般，分立在呂將軍椅子後面，個個都努著眼，盯住趙太守和趙太守那個佩刀的護衛。

趙太守明白了，賓主兩人都不先開口。

末後，還是趙太守忍耐不得，慨然嘆息一聲，首先發了話，叫道：「呂將軍，我此刻夤夜奉訪，有幾句心腹話，要請呂將軍開誠布公一講，我希望將軍暫且屏退左右，你我剖腹推心，談一談今後的……大勢結局！」

呂文煥環顧左右，微微笑道：「太守，這左右之人，全是我的心腹死士。太守公有何見諭，不妨明言，他們絕不敢洩露的。」又掀髯笑說：「為將軍之道，若不能推誠結眾，得將士死力，那也就不足稱為名將了，太守敬請釋懷放談。」

趙太守面容略動，也環顧左右，沉吟一回，把精神一正，壯容說道：「這也好。將軍，你我共事已非一朝一夕；你我同甘共苦，協禦強敵，倏歷三年之久，彼此可謂知己之友，患難之交。目下國事日非，戰局愈危，我聽諜報說，蒙古大兵已經分三路發動，將要一舉覆滅我大宋社稷。現在已到了英雄定取捨、忠臣決生死的末日了。敢問呂將軍，襄陽此城的前途如何？你我二人今後的進退出處，究竟當怎樣？」趙太守由這大題目，遠遠繞來，末後漸漸逼緊，問呂文煥到底怎麼辦？呂文煥起初當然還在支吾，可是趙太守的話鋒慢慢透出來，圖窮匕見。講到了外面的謠傳，懇切地說道：「我營中聽說已經有人和城外強敵常通消息，似欲議和，將軍是否亦有所聞？」呂文煥照樣說些他們不能，他們不敢，不著邊際的搪塞話。但趙太守毫不放鬆，拿話點了又點，末後呂文煥也就忍不住，揭開假面，站起來慨然說道：「太守，你只聽說謠傳我軍中有人通謀敵國，你可還聽說我的小兒、家屬，已被樞府當軸監管起來了麼？太守公，士為知己死，女為悅己容。我呂文煥堂堂一男子，為了大宋抵禦強敵，煞非容易。可是我們的樞府，竟把我當漢奸看，處處猜疑我、防備我。他們不知從哪一點上，認定我沒有救國之志，一味拿我當叛臣看待。即如二路援軍，好容易盼來，他們竟不上前線，反倒扼守下游，屯兵鐘祥，把我們襄陽城劃出度外。這兩天更布下了卡子，連諜報都不通了，好像襄陽已經失陷。太守公，你設身處地，為我著想，我又該如何是好？」

呂文煥直截了當地說破了，又直截了當地承認了！趙承佐太守愕然凝視，呂文煥的面色尚然鎮靜；他那環侍左右的帶刀侍衛，俱都露出劍拔弩張的神氣來了。一個個眼光盯定了趙太守和那個扈從壯士的身手，並注視著房門，好像怕趙太守逃跑，又像怕從外面竄進來刺客。

趙太守夷然不動，他也有點出乎意料。他雖知呂文煥舉動不穩，還想不到現在公然把叛國的事，直認不諱。他就浩嘆一聲道：「將軍，你的苦處我都明白，但是，自來做大事立大功的人，哪一個處境沒有拂逆？哪一個不是任勞任怨，遷就著種種人事掣肘？現在事已危急，呂將軍你我都是大宋子民，你我難道真肯編髮左衽，去做胡虜的降奴不成？樞庭措施乖方，我也很知道；其間有幾位執政，似對吾兄不無誤會。這一節，我趙承佐願以身家性命，向他們力保吾兄忠君愛國，矢死無他。

至於令郎被監管的話，一定是出於敵人的離間！吾兄千萬莫要輕信讕言，致中敵人反間之計。我盼望吾兄力遏悲憤之情，效命邦家。樞府不是對吾兄稍有猜疑麼？你何不竭盡忠誠，出力苦戰，以戰功洗刷誣謗？現在強敵壓境，正是我兄效忠之時；你若能鼓勵士氣，出兵夜襲，倘得斬獲胡虜上將，以此閉執讒者之口，實是上策。就算樞庭群小，不諒邊將孤忠，我們還有明天子在上，定能洞鑑吾兄一片忠忱。古人云：止謗莫若自修，我兄此時只要打得一場勝仗，種種猜疑立可消除。我兄若肯整兵背城再一戰，小弟不才，願竭綿薄，助你一臂。然後我再馳書報捷，替兄弟剖白一切，好歹設法直達天聽。仁兄，仁兄，你意如何？這是出處大節，你要再思再想啊！」

呂文煥聽罷，桀桀大笑道：「打一個勝仗，打一個勝仗！好，太守公替小弟設身處地，出此妙策，我實在感激。無奈今日敵人勢眾兵強，我軍困守孤城，士氣已餒，兵資已缺。後援軍若能早早開上前線，不必用他真打，只借重他掎角之力，我們虛張著大軍增援已到的聲勢，也可以一鼓作氣，縋城出兵，夜襲敵營，僥倖也許可邀一勝。可恨援軍大帥，死不上前，竟屯兵鐘祥，把戰船都拘了去，不許我們用；又布上卡子，連諜報也不許通。一切布置全是把襄陽豁出度外，把我們棄於死地，他們苟求劃江自保。他竟不知襄陽乃是長江上游的屏障，漢陽、夏口的門戶，這樣的撤防退守，就是示人以弱，就是逼使我們自潰，自取滅亡。我營中頗多百戰之兵，他們也懂得一點策略，他們已經萬分憤激。太守公，你要知今日的兵心已然頹敗，是他們要投戈潰逃，卻不是我呂文煥存心激變他們。太守公，你我久共患難，今日請你自便，我志已決，我心已灰。

我的家眷被朝廷監管多日了，我已經早成了叛臣，我就再想給大宋盡忠，其奈當軸不信不容啊！我還有一句話忠告太守，你自己也要酌量酌量，識時務者為俊傑，你看看今日的天道和朝政，你再看看今日的士氣和民風，你再看看今日秉國之鈞的大臣，都是些什麼人物？你想想看，大宋半壁江山，還能守得住麼？我們現在只有二條路好走：不死則降，不降則走。太守公，你是我唯一的知己，所以我這才剖心露膽地對你說實話。太守公，你也要再思再想！」說著站起來了。

趙太守也變色站起來，厲聲正色說道：「哦，如此說，呂將軍你是降志已決了？」呂文煥臉色一紅，應聲說：「然而不然，我只是苟全性命罷了，我不能拗天違眾而行。況且大宋朝廷原不許我做忠臣，我妄想要做忠臣，如何能夠？我的苦衷，別人不瞭解，你太守公難道還不明白麼？太守公，請你自便，我志已決……」

至此，趙太守確知呂文煥降局已定，再難挽回。趙承佐太守就勃然震怒，面容泛成死灰色，抗聲說道：「好好好，不用說了，呂將軍，你只為了你一個兒子被監，你便憤激不能自制，你決志降元，你還說什麼天道人心？你原來只為你這個黃口小兒，便要背叛宗邦遺臭萬年！你自覺是被猜忌，受逼迫，方才降敵，你可知道青史上對你絕不輕饒麼？」

呂文煥怒道：「太守公，你不許罵我！我大丈夫做事，甘為知己死，不受骯髒氣。別人不知，你總該知道，三年間，我受了多少惡氣？我解甲之志早決，所以戀戀至今，就是感念你是我的知己。怎麼時至今日，你倒不原諒我了？我不是不能做忠臣，我這裡在疆場上拚死命、冒矢石，為守孤城做忠臣，他們後方大員偏要排擠我、刁難我。我的兒子、我的家眷，其實你都知道，早被他們囚起來了，不知哪天開刀受剮！還有，我有時候派家奴帶家信，也有時候寫信給京中親友，我那信上並沒有犯歹的話呀，你猜怎麼樣？這也犯了法，近一月來，我的人去一個，扣一個，只逃回一個來。樞府認定我是漢奸，好像他一定要激怒我，才好證實前言，顯出他的高見來。我如今實在忍無可忍，只可教他們趁願。他們說我是漢奸，果然我是漢奸了；他們說我是叛將，果然我是叛將了。太守公，你不必勸我，我還要勸你。宋室大廈已傾，萬難挽救。你莫如隨了我，暫且一同降元。他們莫看是塞外夷狄，民智固陋，他們卻是直心腸，以至誠待人。」

呂文煥還想說，趙太守怒極斷喝道：「呂文煥，你住口！敵人縱好，他是我的仇敵；宋國縱壞，他是我的宗國！我趙承佐乃是宋宗臣，我生為宋人，死為宋鬼；我豈肯獻媚新朝，無恥偷生，做漢奸，留罵名？你既然一定要降元奴，好……」立刻摘下紗帽，往地下一摜，目閃英光，大聲喝道：「呂文煥，你快把我的首級摘了去，去做你投降新朝的第一功！」往前邁一步，延頸待誅，威棱烈烈，不可逼視，呂文煥被迫得倒退一步。呂文煥左右帶刀侍衛，立刻揮刀上前，就要動手。那跟隨趙太守同來的扈從壯士，雖然只一人，竟橫身一擋，目眦盡裂，提刀護住趙太守，眼光瞪住呂文煥。他厲聲大罵：「你們這群反叛，你要取太守的頭，你得先把我蔡元祿的首級砍掉！」

燭光搖曳裡，小小客廳裡，頓時要大動刀槍，擺成一場亂戰場。猛然間，呂文煥往後退一步，伸手拔出劍。往前趕一步，提劍厲聲喝道：「住手！」同時客廳繡簾黑影一晃，露出一個人頭，向呂文煥吆喝了兩句話。

呂文煥止住了帶刀侍衛，抱劍拱手，向趙太守叫道：「太守公，暫請息怒！這位蔡壯士，也請聽我一言。」

壯士蔡元祿，一手提刀當前，一手拽住趙太守，奪路疾往外闖。呂文煥大聲叫道：「太守公，你做你的蘇武，我做我的李陵，士各有志，各有各的苦衷，無法相強。……但你我曾共患難三年，我已叛國，我絕不負友。你趕快請便，我這就要豎起降旗。你快帶你的人去吧！」

趙太守聲如裂帛叫道：「我上哪裡走？襄陽就是我的死地！……」未容說完，壯士蔡元祿提住太守的一臂，硬往外拖。並且蔡元祿連聲大喊：「擋我者死，快快閃開！」

那呂部的帶刀侍衛，還要截鬥，呂文煥不住揮手，連聲喝阻。六七個侍衛剛往兩邊一讓，蔡元祿搜定太守，舞刀闖出客廳。呂文煥雙眉一挑，急向部下一招手，提劍送出來，大叫：「太守公，你我永別了！你不要忘了我……」趙太守被強拖著，踉蹌走到院心，忽聽見呂文煥的悽慘送別聲，不禁回顧。突然間，呂文煥換為左手提劍，右手猛一抬，袖口咯噔的一響，驟如寒光一線，一支冷箭倏地射出來，正中太守咽喉。

宋室宗臣趙承佐太守於是中箭殉國，血濺庭心，唇吻翕張，微呼道：「大宋祖宗，微臣效命！……」

壯士蔡元祿努力揮刀護主奪門，突覺得把握中的趙太守身臂往下一墜，他駭然驚顧；倏又有一道寒光，奔他的咽喉。叛將呂文煥再下毒手，發出第二支冷箭；蔡元祿大吼一聲，掄刀格開大罵：「奸賊，叛賊，忘恩無義的狠心賊！」百忙中急彎腰一扶太守，發現箭中要害，氣絕血流。他吼叫一聲躍起，照呂文煥一刀劈來，呂文煥橫劍架住。蔡元祿如瘋似狂，跳踉大罵叛奴，不顧性命地揮刀猛砍亂砍。呂部帶刀侍衛紛紛全上，把蔡元祿圍住。這時候從客廳中，鑽出一個奇異裝束的人，還有幾個夥伴，正是蒙古軍師馬秀才，站在高處大叫：「全捉住，不要放走了，不要放走了消息！」於是呂氏行館中，又出來許多人，都來圍攻蔡元祿。呂文煥慌忙吩咐部下，快搜趙太守的侍從，大聲說：「還有趙太守的一個馬伕，現在門外。」立刻分出一撥人，去追殺太守的圉人。但經蔡元祿「叛賊，降奴！」

一陣狂喊毒罵，那馬伕已然驚覺，他被留在門外，正急得亂轉。驟然間，呂文煥的侍衛撤出一半人，開門來搜馬伕；蔡元祿在院心被圍，頓時立見鬆動。當下，侍衛開門追出來，蔡元祿也殺出來，衝馬佚怪喊：「呂文煥反了，太守死了，你還不快回去，給府衙送信，給夫人送信！」他只顧喊，精神一分，被侍衛砍傷倒地，他又掙扎著跳起，侍衛齊來捉拿。那馬佚百忙中，正不知如何是好，被蔡元祿一提醒，他頓時霍地跳上馬，馬上加鞭，如飛地奔向來路去了。

趙太守中冷箭，身已殉難。

壯士蔡元祿負傷被圍，大罵著橫刀自戕。

馬佚已奔向黑影中，回衙報信。

降將呂文煥就在此時，豎起降旗，割了太守首級，獻給蒙古軍師馬秀才。軍師馬秀才褒揚有加，立命呂文煥獻城門，占府衙。呂文煥帶回部下親信，潛離行館，從間道歸營，把營中不肯降元的部將，扣的扣、殺的殺，一律換上了同心叛宋的親信牙校。於是整隊出發，一方直襲府衙，一方開城，獻綰鑰，引進元軍受降接防。

就在這天夜半，就在趙太守中箭殉職的當晚，蒙古鐵騎大隊，從襄陽城外，一擁而入，衝進了城小而固的這座金湯。降將呂文煥，督兵扼住了通衢要路口，一面獻城，一面掃蕩了登陴防敵的府標兵，一面銜枚急襲襄陽府衙。襄陽府衙內，太守已死，衙前還有判官群吏，後堂還有趙夫人。太守隻身單騎，去說呂文煥，只有判官和夫人深知底情；兩個人正在自提心吊膽，等候吉凶。但是宋營中已有叛將，通款敵軍，陰謀獻城的消息，這兩日已漸透露，全府城人心早已浮動。

這一夜，月暗星黑，光景慘淡，正似山雨欲來。城以外黑漫漫展開夜幕，到處散布著星星燐火，圍城的蒙古鐵騎，正自蠢蠢移動。城以內陰沉沉，路斷行人，巷絕燭火；只偶有人影憧憧，在街隅出沒，便是守卡的邏卒，巡夜的官軍。俱都荷戈暗伺，沉寂如死。於是譙樓忽打三更二點，叛將呂文煥高揭降旗，以紅燈為記，率大隊急襲，來攻府衙。

府衙恰好先一步得到太守殉國的噩耗，判官急率群吏隸役，登垣據守，但大勢已不可歸，勉強支持，卒被攻破。叛將占領了府衙，判官及群吏相繼戰死。有的遭擒，隸役丁壯傷亡以外，掃數潰散。同時內堂起了火，趙太守的夫人抱印信，自焚殉節。城門大開，蒙古鐵騎如潮水般湧入，五更黎明，襄陽陷落。

蒙古鐵騎在襄陽城，恣情大掠子女玉帛，焚殺姦淫；漢族士民十室九空，橫死者不可勝計。街巷上死人層層枕藉，血腥逼人。直過了五六天，各處商鋪民宅，尚不斷起火。元軍大將阿里海牙，於次日午刻入城，旋即出榜安民。一面安民，一面派出許多人，滿城搜捕不肯歸附新朝、改裝潛匿的宋軍吏卒，並拘拿替地方籌餉抗元的紳董；這都是不識大命的頑民，在所必誅，降將呂文煥換官服，捧籍冊，歡迎元師；於阿里海牙進城的當天，呂文煥便被召見。立刻命他收起降旗，檢點部卒，改裝敗殘兵，引導喬裝宋軍的蒙古兵，限三日內，襲取鐘祥，再進攻夏口。並在呂文煥軍中，派了一個蒙古副將，一個蒙古監軍使，兩個翻譯官，和一小隊蒙古衛隊，其餘暫仍照舊。呂文煥再不得像從前那樣杳渺，也不容他再像從前那樣驕橫。倒是這新興的王師，行軍打仗，樣樣來得迅速，說幹就幹。卻不懂什麼叫愛民，只知打搶洗城，見了宋人，男的就屠殺，女的就奸汙，以此他們抓不住民心。假使南宋樞府稍稍得人，也許不會滅亡。但能去掉北宋重文輕武的惡習，把邊疆將吏與朝堂公卿，一視同仁，不強分內外；更以公允嚴整的法紀，駕馭悍將驕兵；以尊王攘夷之大義，振起南北民心；並且慎選廉吏，徵兵夫，斂財賦，處處辦理得法，那麼，宋雖半壁江山，何致重蹈北宋覆轍？不幸宋廷始終以中華大國自居，對遼對金對元，始終加以輕視，以為邊夷小丑，實無能為。忽略了新興強國，一旦交綏，戰一陣敗一陣；既敗求和，和則割地納幣，既納幣則又深恥喪權辱國；既割地，更想收復失土。於是乎好大喜功之人，明恥尊王之士，一想到外交的屈辱，便一百二十個不服氣，二百四十個不甘心。結果，不度德，不重力，輕開邊隙，引起了滅亡大禍。更吃虧的是，外侮當前，仍不能消弭內爭。別國常假外患以消弭內亂，借戰爭以轉移革命舊潮，中國偏偏是由外患引起內亂，由內亂落到亡國。邊疆上蝕政壓境，戰事吃緊，內則驕兵悍將踞地梗命，地方豪杰，打著忠義的旗號，擁眾騎牆；為籌兵餉，苛捐雜稅，擾及民生，越發勾起流寇土匪的縱橫。北宋就這樣滅亡了，南宋也照樣！

襄陽既陷，宋二路援軍據守鐘祥，一戰而敗，再戰而敗，終於潰退到夏口、漢陽。當敗退時，若能臨時放一把火，把戰艦自行焚燬，也能稍阻敵鋒。卻又吃虧在步兵與水軍，號令不一，失卻聯絡；蒙古鐵騎乘勝進襲，迅如狂風，沿江猛搏，竟盡俘宋營的水師戰艦。既以宋營戰艦渡師，又用降將為前鋒，整兵再攻夏口、漢陽。夏口、漢陽又陷入重圍了。敵人攻勢神速，宋營水陸潰卒，竟被遮斷，首尾不能相顧。同時江淮也吃緊，蒙古鐵騎部眾中，混雜著不少北人、中原人，都隨著元兵南下，沿途恣行淫掠，江南難民紛紛逃難。元兵又是分三路進兵，三路同時告急。宋當軸下命徵兵勤王；勤王之兵數目寥寥，來不及赴援，也有的半路上遇敵潰散的。只有宰相文天祥，再接再厲，屢次起兵勤王，終於兵敗被俘。敵勢既張，潰卒作耗，土寇蜂起，各處驛站不通，宋樞庭漸漸弄得一籌莫展了。緊跟著元兵攻近臨安宋京，朝廷下令疏散文武。百官紛紛逃向閩海。朝廷萬分無奈，再度遷都南渡。元兵追得很緊，宋朝遷來遷去，直落到茫茫神州，竟無一片立足之地。

謝太后、宋帝昺、宰相陸秀夫，最後一退再退，把朝廷懸寄在海疆舟師之上。海風大作，追師迫近，眼看逃不脫，宰相陸秀夫先把妻子投入波中，後負幼帝蹈海。謝太后仰天長嘆：「我老寡婦，輾轉流亡，只為趙氏一塊肉耳，而今已矣！」老太后呼天搶地，痛淚被面，也就投海殉國，宋室遂亡。還剩下大將張世杰，率一旅孤軍，苦苦鏖戰，與敵相持。最後一戰，全軍崩潰，張元帥率殘軍，也退入海疆，登上舟師。哪知天不佑宋，狂風大作，部將啟請大帥，移舟泊岸避風。張世杰滿腔悲憤，拒而不許，竟在船頭陳列香案，敬謹行禮，仰叩上蒼：「若天意佑宋，當能波平浪靜，使我軍得以遠航閩海；再接孤軍，與敵死戰。若天意竟欲絕宋，孤臣今日途窮力盡，寧願死在波心，不復攏岸避風了。」一番禱告，未能仰邀神靈佑護。

一陣飆風怒吹，張元帥覆舟而死，竟與部卒同伍波臣了。宋室至此徹底淪亡！

然而人心不死，死灰尚可復燃，萌蘖猶能吐蕊。二十年後，宋宗室趙承佐太守的孤兒已經長成。

那些投降元朝的漢將漢卒，替異族做嚮導，勞苦功高，此時就成了新朝的榮軍寵將，打衝鋒，占城邑，把當地紳民恣意殺害了一夠，隨後元軍就派來了蒙古縣令。那蒙古縣令一上任，頓時把新朝的政令帶了來。第一，凡屬大元順民，男子必須剃髮。第二，凡屬大元順民，當如蒙俗，實行「收繼」之制。第三，凡屬大元順民，每十家都要供養一個蒙古防軍的人馬食宿之費。這新朝的新猷，也有許多條，獨有這三例，是和漢族風俗禮教最為乖謬的。大元帝國乘破竹之勢，佔有南宋疆土，其間並未費多少氣力，也未遇見過分激烈的抗拒；唯有這三條新政一頒，漢民族譁然，竟激變了好多郡縣。元人不曉得漢人重視頭髮，以為受之父母，不可損傷，並且古代更以髡髮為罪刑。蒙古人又不曉得收繼之俗，在漢俗竟認為是亂倫。所謂「收繼」，便是父死之後，父親的侍妾可由兒子承受；胞兄胞弟既死，又得以寡嫂孀娣為妻。此種婚制，胡人通行已久；中國人卻認為亂倫瀆姓，這乃是禽獸之行。至於第三條，十家漢人供養一個胡騎，這又是元人的弊俗，他們始終是以俘虜看待降民，毫不曉得收拾人心。又嚴分階級，劃為四民，一蒙古人，二色目人，三漢人，四南人。漢人乃是先降金後降元的北方人，南人便是南渡後的宋遺民；以宋金疆域為斷，江浙湖廣江西三行省為南人，河南行省以江北淮北諸路為漢人，待遇上大有差別。以此竟激變了江南大半的郡縣。各地紛紛殺死元官吏、元防卒，哄傳起「八月十五殺韃子」的口號。以後終被豪杰利用，而掀起白蓮教的祕密結盟，那卻是數十年後的事了。

在南宋覆亡的初期，南方人抗拒剃髮令，反而招來大元帝國一度更殘酷的大屠殺。趙承佑秉亡兄遺囑，雖未能逃奔邊荒，卻已預先隱居深山僻村，因此脫過了一番大劫。

第二章　乳虎露爪牙

那一日，趙太守的胞弟趙承佑，受兄密囑，攜帶細軟，喬裝難民，由襄陽城逃出來，一徑逃奔故鄉吳興。甫走出兩站，便見沿路被兵難民，男婦老少，紛紛逃難。宋官軍由後方調來的援師，和由前方敗退下來的潰兵，更是先後交錯。地方騷亂之像已成，路上時有散兵游勇，侵擾行旅，掠財傷人。所有車船多被徵調，就連小航船、驢子、太平車，也都逃避不見。趙承佑攜兩個姪兒，一個世僕，只可步行逃難。好容易走出兩三天，方雇著一輛車；走不到十里路，又被官軍把車抓走。幸虧身邊還有一紙護照，趙承佑才免被徵去當夫。叔姪主僕四人嚇得不敢走大道，只擇僻靜地方去走。末後風聲越緊，各處拿姦細，盤詰行旅。他們白天簡直不敢走了，只得夜行。如此逃了六七天，僅僅走出三百多里地。便聽見道路紛紛傳言：襄陽失守，蒙古鐵騎已然渡過了江淮，一路直撲夏口，漢陽，一路徑圍臨安東京。甚至有人說，京城已然陷落。趙承佑聽了，大吃一驚。若是敵兵真個過了江，那麼襄陽必已失守，胞兄必已殉職了。若是敵兵真個過了淮河，那麼江南江北將做戰場，自己恐怕回不去故鄉了。兩個姪兒幼小，不敢告訴他們，悄悄和世僕密商，也商不出妥計來。正是兵荒馬亂，謠諑紛歧，真假難辨，只可走一步，試一步，往前闖著看。

這時候江淮一帶，其實已無一片乾淨土地，到處不是戰場，就是防地；所遇不是散兵游賊、敵軍諜騎，就是成幫的難民，有的往東奔，有的往南逃，也有的反著方向亂竄。江淮士民，恍若熱鍋上螞蟻一般，正不知怎樣逃，方免兵劫，才避兵役，趙承佑等晝伏夜行，臨到危急時，竟與僕人把兩個小姪兒背負起來，風餐露宿，腳底生繭，苦苦地掙扎，繞出許多路，耗過了五十多天，方才逃抵故鄉吳興。

宿松這地方，適在江南僻區，地距宋元兵爭之處尚遠，地方尚還平靜。卻是徵糧、徵餉、徵兵、徵夫，也鬧得風聲鶴唳，人心驚惶不寧。趙承佑一到故鄉，未遑寧息，便忙著潛依胞兄所囑，趕緊變賣財產。無奈此時人心早已慌亂，誰也不肯置地買田。趙太守堅命乃弟，盡去田產，逃往邊荒之計，此際看來，有些行不通。趙承佑只好另打主意，把田產做好歹，以低價典租給本家親族，也多少得了一些浮財。又將家中金銀首飾之類，都窖藏起來。在家鄉匆匆布置了兩個多月，方才聽見襄陽失陷，胞兄殉職的確耗，同時臨安京城被圍的消息也傳實了。趙承佑痛哭了一陣，遙望西北，設奠招魂。旋聽說蒙古軍已占領金陵，距吳興尚有千里之遠，趙承佑卻急急地攜帶兩姪和自己的一妻一子，與兩個僕人，多帶財物，離開了吳興，一徑遷到皖北潛山山根之下，在這裡有他新置的山田。

這潛山山麓，三面環山，地勢險僻，山窪只寥寥三五座山村，村民非常稀少，趙承佑就在這山村中隱居避難。果然當他隱居之後，過了半年，江南大半淪陷。未幾，吳興便也殺進來大元帝國的遊軍，占據了府城，擄掠了一陣。其實這隊遊軍，並不是蒙古兵，實在也是漢人，不過降元較早罷了。

元世祖至元十六年，宋亡；至元十九年，宋丞相文天祥就義於北京柴市口，江南大定。趙承佑耗到這時，認為宋室再無復興之望了，決志伏處草野，做個遺民。於是悄悄拿出金帛來，購田置地。時值兵災之後，繼以凶年，江南死亡枕藉，良田坐荒，無人耕種，田價大賤，趙承佑很容易地把田產贖回來，而且乘便增置了許多良田。自己夙興夜寐，辛苦經營，數年後家業漸次恢復舊觀，而且更富於前。

趙承佑不肯出仕元朝，只在山村，閉門課姪訓子，做成一個耕讀之家。他的兩個姪兒，長名趙孟，年已十二；次名趙仲穎，年已九歲；他自己的兒子叫做趙季顯，年才六歲。便請了位遊學儒生，在家設帳，教他們讀書。趙孟天分極高，讀書過目不忘，寫字尤妙，只稍涉柔媚。趙季顯已很聽話，學著寫紅摹，識方字，居然一天能認二十字。唯獨二姪子趙仲穎，非常頑皮，不喜讀書，專好跑到田野間，聚一夥村童，耍棒打架，以英雄好漢自居。叔父逼他學書，他說那耍筆桿子的事，乃是沒出息的人幹的；似乎他只願做飛而食肉的班定遠，不肯做蘭臺修史的班孟堅。而且他性情非常倔強，叔父屢屢管教他，甚至打他，他瞪著眼不服氣，依然偷空摸空逃學。叔父以此非常嘆息，覺得二姪子不肖，恐不足以繼父志；也就是自己對不起亡兄，因此越發要管教他。到後來趙仲穎淘氣越來越不像話，九歲的小孩居然要和館師對打，館師責罰他，他膽敢還手；若不是他的胞兄趙孟攔阻，真把先生抓傷了。趙承佑怒極，先安慰了館師，遂把趙仲穎找來，狠狠打了一頓，厲聲斥問他：「不好好讀書，是不是要自甘下流，去做牧豬奴？」

趙仲穎居然說出自己的志向來，他願意練武。叔父說：「你小小一個孩子，懂得什麼叫武？你可知道這個武，練出來，究有什麼用？」趙仲穎回答得很好：「叔父一定叫我念書習文，這個文，練出來，又有什麼用？」他居然侃侃而談，拿話頂撞叔父；他一定要練武的意思，乃是學會了武，有了力氣，可以不受人欺負，可以去打那不講理、專好欺壓人的野種。若是一味念書，不過學出能耐來，給韃子做走狗，當書吏罷了，往往受蒙古長官的挫辱，那豈能是大丈夫所能忍受的？

這一番話，使得趙承佑大大吃了一驚，因為這絕不像九歲小孩的口氣。再三盤詰他，這番話是誰教的？聽誰說的？趙仲穎始終說是自己說的，沒有人教。趙承佑起初驚訝，末後只拿來當作兒童的妄言。仍是逼他上家塾去念書。他就仍然逃學，一眼看不到，溜出家門，跑到田野間，和一夥村童打鬧、摜跤，恣情憨跳。有時候也往山麓跑，玩耍到天黑方回。只一詰責他，他就說：念書沒用，練武有好處，漸漸地這話把趙承佑打動了。

趙承佑想：亡兄遺囑，本不教後嗣出仕元廷，那麼習文誠為無用。現在這個孩子一心要習武，這也許是他天生成的將才，也未可知；那麼，也許將來不可限量。……到深處，這才怦然動念，要給趙仲穎物色一個武師。

這時大元帝國橫跨歐亞，兵威震赫，卻已由極盛極強，而潛伏下頹敗之兆。最糟的便是吏治貪汙，士風頑鈍無恥。凡是省會郡縣，都有蒙古防軍、蒙古官吏；一面用著一群降奴，只曉得假借新朝權勢，作威作福，欺罔貪墨之風大熾。草野間，更有土豪縱橫，欺壓良懦；盜賊殺人越貨，無人過問。蒙古大夫由朔漠荒野之間，入主中原，把雄武之風漸泯；只一味縱情淫樂，奪取江南美人，做他的姬妾；侵占良民土地，做他的牧田，一味搜刮，不管人心向背。降奴無恥偷活，更是得樂且樂，一味鬼混。以此弄得各地民不聊生，江淮一帶接連發生了飢民叛變的事件。蒙古大夫仍本一貫作風，派鐵騎搜捕清鄉；凡是叛變之區，不問良賤，一律屠戮，弄得江南士民人心震怒。

在當時，酷虐為政，頗收下「治亂邦、用重典」的效驗，可是日積月累，到底因此掀起了亡宋復仇的怒焰。元朝屠殺得越狠，亂民叛變得越多，終於激出更大的反抗力量來。

當下趙承佑決意成全孤姪的志願，要給仲穎聘請一位好的武師。無如南宋重文輕武，又成風氣，要找略識書字的窮書生，城裡鄉間，到處可以尋見，若想聘請技擊之士、騎射之夫，卻一時物色不到。趙承佑以護宅為名，多方延聘，其間只訪到一個練把武、賣野藥的拳師，只會花拳繡腿罷了。旋又聘到一個武秀才，僅只曉得騎射舞劍，卻又高自位置，束脩之奉、賓席之禮，爭得厲害。由這兩個人，把趙仲穎耽誤了兩三年，不但武未習成，反害得學生日久生厭，又逃起學來，惹得趙承佑又惱怒，又傷心，認為這個姪兒學書既不成，學劍又不成，太頑劣了，將來如何是好？

適有天幸，竟逢名師，到趙仲穎十一歲那年，忽由故舊處，轉薦來一位匿名避禍的武師。

這位武師真姓名是叫劉熹，諢號血蠍子，乃是中原有名的豪客，曾在文文山宰相部下做過裨將。文文山初次被俘逃走，便是劉熹負救出來的。等到文文山最後兵敗，就義燕市，劉熹逃亡江湖，直淪落到給人雇工餬口。不久被居停主人蒲衣居士識破，幸而這主人蒲衣居士費伯奇也是亡宋遺臣，與趙太守曾為同僚，又是同年。經與劉熹密談之後，揭開廬山真面。本想把劉熹館為上客，又恐奴僕疑妒，激生事端。恰巧趙承佑曾要尋聘武師護宅，便寫了一封薦書，暗敘情由，把血蠍子劉熹資送到吳興城北山村。

趙承佑在山村中，總算是富戶。劉熹突然遠道登門投訪，看門人傳進話去，倒把趙承佑嚇了一跳。因為他避地隱居，本要與世隔絕，最怕的就是生人來找。且不延見，向看門人細問來客年貌，口音，有何來意。血蠍子劉熹為人持重，不肯吐實，只堅求宅主抵面一見；蒲衣居士寫的那封薦書，他又不肯拿出來，打算面遞。看門人再三詰問，問不出什麼來，只得重新進去稟報。趙承佑越發多心，想了一想，便踱到書房，要請門館師爺代為接見。不意那位武秀才恰巧聽見，就自告奮勇道：「這大概是打秋風的，晚生可以替東家打發他走。」趙承佑還在游移，武秀才已經出去了，徑到門口一站，先將劉熹上下打量一過。見劉熹中等身材，四十多歲年紀，赤面細目微髯，衣服敝舊，飽帶風塵憂患之色，便斷定是求幫的漢子。也不往院裡讓，擺出驕蹇的樣子，向劉熹盤問道：「閣下貴姓，你是什麼來意？宅主沒工夫，也沒在家；你有什麼話，儘管先告訴我，我可以做一半主。朋友，你說吧。」

血蠍子劉熹微微一愣，蒲衣居士原說：與劉承佑弟兄，為通家之好，投託了去，必蒙優待。現在遠道投奔前來，怎麼倒擺出這樣的面孔？也許是下人之過？自然他也不悅，只得忍氣恭答，略陳來意：「聽說府上延請武師，不才姓劉，精通拳技；今承府上至友蒲衣居士推薦，特此遠道來投。不才要求見的是本宅宅主趙二老爺，不知閣下尊姓高名？」

武秀才一聽，兩眼一瞪，也不由得發愣，心說：「怪道，怪道……」眉峰一皺，猛然有了主意：「我先探一探他，到底是本宅又請來的呢，還是本宅親友強薦來的呢？」立刻滿面堆歡道：「哦，哦，閣下原來是位武師，失敬失敬，久仰久仰！」

說出這兩句，忽又一想：「不對，這個決計不是本宅主請來頂替我的，若真是來奪我的飯碗的，宅主不會不見，也不會叫我代見。哼哼，這一位還是求幫的，投靠的。」趕緊又把面孔一板，傲然地說道：「你來得不巧，本宅宅主不在家，而且也沒聽說要請武師。從前倒是要請，你可惜來晚了，人家早請好了。哈哈哈，早就請定了，你還是請回吧。」拱了拱手，又揮了揮手，教劉熹走。

劉熹不覺地也皺起雙眉，武秀才的話還不算太難聽，他的神色太教人難堪了，直像打發乞丐似的，挺著胸說話，又直眉瞪眼地催劉熹走。劉熹強忍著氣，拱手道：「我也不知道閣下是趙府上什麼人，但是我但請你老兄多多費心，上復一聲，不才這次遠道而來，實持有蒲衣居士給趙二老爺的一封書信。臨行時，蒲衣居士再三面囑，要把信交到本人，能有回信更好。」

武秀才道：「哦，有信？」劉熹笑道：「那當然了。」武秀才道：「你老兄大遠地好幾百里地投來，當然不能空手來。我知道一定有薦書。無奈人家早把武師聘定了，有信也不是白饒……是的，你那信呢？」劉熹道：「信在這裡。」從懷中取出來。

武秀才道：「好吧，把信交給我吧。」劉熹雙手遞過去，說：「這信是要交趙二老爺本人的。」武秀才不理會這話，徑接過來，然後說道：「你老兄請吧，我一定給你面交趙二老爺，可得等他回來，才有覆信。」劉熹見狀，不由得把臉色一沉道：「既然趙二老爺此時不在家，請把原信仍交不才，不才是要面遞的。」武秀才怒道：「你怎的小看人？我還把信昧起來不成？」

血蠍子劉熹一定要索回原信，武秀才偏偏不給，兩人喧譁起來。武秀才打量劉熹，一臉的落拓神氣，他便十分看不起。

劉熹強索不已上前邁了一步，武秀才立刻舉手就打；劉熹退後一步，也要還手。不想趙承佑在內宅等得忐忑，已悄悄溜出來，全看見了。

趙承佑急急地趕過來，把兩人攔住，問二位因何事爭執。

劉熹打量了一下，料知是宅主，便自道來意，通了真實姓名。

武秀才便將那封信，原件遞給趙承佑，訴說來人強索無禮。趙承佑勸開了兩人，接過信來。信皮上寫著「祕啟」字樣，未具下款，只有「蒲緘」二字。但是趙承佑端詳劉熹的舉止言談，已然看出二三分，又在門後，聽見劉熹與武秀才剛才爭辯的話，知道客從遠方來，必須延入。遂拱了拱手，把劉熹請到外客廳，分賓主坐下。先用好話語，安慰了幾句，旋即拆開信一看，不禁詫然。抬眼看著劉熹，問道：「足下是新從蒲衣居士那邊來的，失迎之至！」心中默想：國變後謠傳蒲衣居士費伯奇已死，原來還健在。又往下看信，才知他已棄官歸農。信中措辭非常謹慎，只說劉熹乃是一個落魄的同鄉，為人頗有壯志，又工技擊，不幸遭際顛沛，淪落江湖。言外的意思，顯然說劉熹是個屠沽英雄，但是「生不逢時，大招俗妒，若無趙平原，為作賢居停，將恐終罹塵網，不得瓦全」。託付的話頭，就是堅乞趙承佑，收留來客，畀以容膝之地；不但困厄之中，救了一個風塵之士，而且緩急之時，得到一個禦侮之臣。末後還有幾句話，便是：「務推屋愛，感同身受，瑣屑情事，請由劉君面詳。」

趙承佑匆匆看完了信，已經明白大半；不過來信還是推賢之意多，薦師之意少。趙承佑對這遠來之客，素不相識，縱由至交推薦，多少總有顧忌。但既遠來，勢難拒絕；一面與客攀談，一面冷眼打量劉熹。見他衣冠敝舊，氣度不俗，似頗有豪邁之氣；因先打聽蒲衣居士劫後的近況，隨後盤問劉熹的身世。劉熹自說是江北人，昔年做過小吏，當過教頭；不幸國變後，喪失本業，淪為流民，妻子產業盡沒，只剩孑然一身；幸承蒲衣居士重矜末路，慨修薦書，冒昧投來。因說道：「晚生是個拙直漢子，身無一技之長，只求餬口之地，不拘為傭為僕，懇請宅主推情留用，晚生當竭愚忠，盡心報效！」說罷站起，打了一躬。

趙承佑聽他口氣，是不惜為傭為僕；卻是言談態度，分明是以門客自恃。並且從他一進屋，便在客位坐下了。因為是初會，劉熹沒有露出真面目，趙承佑也未得深問。尋思一回，面堆笑容道：「好極了，蒲衣居士與先兄，乃是患難之交；足下既承蒲衣居士推薦來，一定是靠得住的朋友。如果不嫌棄，舍下粗茶淡飯，尚可屈待高賢。不知劉仁兄帶來隨身行李沒有？就請同他們取來吧。」說著便喚長工，劉熹慘然道：「晚生空身而來，被縟全無。」趙承佑矍然道：「是是，本來道路太遠，劫道又多，帶行囊是不方便的。好在舍下被縟臥具，很有富餘。」

遂命長工收拾外舍，給劉熹騰出一間小屋，更從內宅取了一份鋪蓋。當晚又特設小酌，給新來之客接風。趙承佑多存了一分心眼，把酒席擺在內宅；開宴之後，連敬數杯酒。劉熹倒不客氣，酒到杯乾。趙承佑等到賓主酒酣耳熱，方才談起國破家亡、流離逃難之苦，借此拿話引話，要探知劉熹的真實底細。

劉熹異常謹慎，只把自己在蒲衣居士家，寄居為傭的話出。因說到蒲衣居士國變退職後，被敵吏降奴，百端嘮嗅逼勒，由此他們講到新朝的虐政。說至痛切處，彼此扼腕一嘆，可是劉熹絕不談到他自己。

當日宴罷，趙承佑把劉熹安置在外舍，次日便引見他和那武秀才及塾師見面。一連住了幾天，趙承佑並沒有派劉熹做什麼事，劉熹也沒有驟然請求職事。就這樣不上不下地浮住著。只像個住閒的門客，以此漸為趙家奴僕所厭惡，那個武秀才更從骨子裡不喜歡他。

轉眼過了兩三個月，趙孟弟兄三人，還是白晝從師課讀，下晚跟武秀才練拳。鄉裡多廣場，每到晚飯後，武秀才領著趙孟、趙仲穎兩個少東，在空場習拳、練劍、學弓箭、學騎馬。趙季顯年紀太小，不練，只在旁邊玩耍，幼僕村童也跟著來湊熱鬧。劉熹終日飽食無事，有時出莊院閒遊，有時也看著武秀才師徒練拳。武秀才傲然自大，沒把劉熹看在眼裡，因見劉熹常來偷看，他心中越發不喜，就向劉熹盤問：「你老兄也是方家了，請下場練練。」劉熹聽了，慌忙辭謝。因有乍見面時那場誤會，武秀才對他樹下惡感。劉熹已入趙宅，體察人情，反倒盡斂鋒芒，又不知武秀才和宅主是何友情，故此對這武秀才極力避讓。武秀才仍未釋然，總疑心劉熹是本宅親友強薦來的武師，遲早要奪去自己的飯碗。他暗中考察劉熹的舉動，估量劉熹的能力，想找機會和他較量一下；索性把劉熹打跑了，自己便可以保住令名，又可以固住師位。他這樣打算，很快地被劉熹看出，到後來每逢武秀才傳徒試拳，劉熹便趕緊躲避，絕不再看。劉熹志在遷地避禍，無意奪位爭名；武秀才只不放鬆，一味尋隙。

這一日，武秀才在空場擺設鵠的，攜徒習射，有幾個閒人聚觀。劉熹獨出莊院閒步，臨回來時，須經過空場。武秀才在人前顯耀，立刻喚住劉熹，向眾人說：「這位是趙莊主的貴客，新從中原大地方來，得懂得武技的，我們可以向他請教。」遂將弓箭遞過去，請劉熹射靶子。劉熹連說不會，武秀才笑道：「哪裡是不會，不肯賜教罷了。」自將弓箭拽開，連發三箭，在百步內一一射中箭靶上的紅心，周圍的人一體譁然讚好。射完了，請教劉熹，意態上頗含冷峭。劉熹一股怒火上攻，想一想，立刻壓下去，退後一步，還是再三謙謝。

武秀才哈哈大笑，說道：「憑劉師爺這樣好身手，怎麼不懂騎射？我還記得劉師爺剛來到時，盛氣虎虎，派頭很衝的。怎的到趙府上住了這些天，吃飽喝足，倒馴順得像羊了？這沒干係，何妨射一回玩？」跟著很說了些尖刻的話，明頌揚，暗奚落，催逼劉熹下場；劉熹皺眉微笑不語，眾人都看著他。忽然湊巧，天空飛來一隻野鳥，落在空場樹枝上，連叫數聲，鳴聲尖銳。一個人說：「這像是子規鳥。」一人道：「不像不像，這鳥大得多。」連連揮手，發出驅逐聲來，因隔離得遠，這鳥夷然不動。一個人俯身拾取一塊小石頭，打了過去，半途墜落下來。這鳥受驚，叫了一聲，展翅掠空飛起來，又落到另一棵樹上，好像很不怕人。

劉熹心中一動，俯身拾起兩塊碎石頭，一大一小，先喝了一聲，把小石投出去。這鳥又一挫身，凌空飛起。劉熹把手中大石，抖手掠空擲去，疾如流星，眼看打中那隻鳥，那隻鳥往上一衝，翅膀一翻，滴溜溜隨石塊落下來。相隔一二百步以外，又在半空，眾人譁然叫起好來。

少東趙仲穎大喜，火速跑過去拾取，只見那鳥的頭已被擊碎，眾人一齊稱讚劉熹的手法。劉熹笑道：「這只是碰巧罷了。」轉身要走，趙仲穎歡喜得直跳，竟將劉熹攔住，一定要叫他再打一回試試，眾人也一齊從旁慫恿。劉熹推託不開，張目一望，空場那邊又有一群麻雀，集在樹上亂噪，劉熹仍用小石虛擲，驚起全群；次用大石，掠空連拋，居然應手連打下兩隻飛著的小麻雀。眾人越發誇讚，武秀才也看直了眼，心中大為不悅。

當天晚上，趙仲穎磨住了劉熹，盤問他投石擊鳥的手法。

血蠍子劉熹儘管笑，不肯答，把這少東當小孩看。趙仲穎叮問得太緊了，他就笑著說：「二少，你打聽這個做什麼？拋石塊，打彈子，乃是鄉下野孩子的玩意兒，二少還是好好地念書，好好地練騎馬射箭，將來可以做大官。你看人家蒙古貴人，個個都會騎馬射箭，所以人家才會混一中原，成為上國。」

趙仲穎聽了，很不服氣道：「他們是一群強盜，我不願練那個，給強盜當奴才去。」

血蠍子劉熹聽了這句話，暗暗吃了一驚，兩隻眼上上下下，打量這個十來歲的少東，心中陰懷駭異。劉熹是個潛有所為的人，認定這話不像孩子話，忙用玩鬧的口吻答對，打算矇混過去。哪知趙仲穎竟纏住了，再三麻煩劉熹，求學投石之技；麻煩無效，便徑去找叔父。把劉熹信手擲石，掠空落鳥的本領，一五一十說了，聲言自己願意跟劉熹學這一招，請叔父給說說。叔父趙承佑反倒發怒，把趙仲穎罵了一頓，不准他學。對於劉熹的絕技，趙承佑並沒有往深處想一想；只顧懊惱著趙仲穎的頑皮，認為他見異思遷，將來沒有出息定了。趙仲穎又悄悄央告哥哥，懇請替他疏通。哥哥趙孟勸他專心讀書，打鳥有何用處？難道將來去當獵戶。

趙仲穎沒法，轉回頭再去麻煩劉熹；劉熹一味嬉笑，婉辭拒絕。趙仲穎真的沒法子了，便逐日抓空，找劉熹攀談，盤問這個，打聽那個。日子久了，一個四十多歲的男子，一個十一二歲的孩子，居然談得很親切，很入味；宅主趙承佑仍不理會。

過了些日子，忽然有一天，發生一件事故，劉熹的奇才異能，終被宅主趙承佑覺察。趙府卜居山村，山村夙多野獸，常有狐鹿出沒林麓，因此附近也有獵戶，佃戶們也有習獵的，每到秋冬，往往結伴上山打野生。這年冬天，連日大雪，深山積雪，野獸無食，大大地鬧起餓狼來。林邊小村居然發現土狼，夜襲村中豬牢羊圈，跟著又有人傳說，山道打柴的人，曾遇見一隻土豹子，而且有一個樵夫，被這東西傷害了。不久，這鬧狼的謠言也傳到趙府上。趙仲穎聽了大喜，就找到門客劉熹，慫恿他去投石打豹打狼。劉熹只是乾笑，自說膽小，不敢去打，任憑趙仲穎怎麼拿話激，他到底不肯去打獵，只在趙府閒住著。

但在這年臘月中，趙承佑吩咐家中人備辦年貨，派人買豬購羊，並到自己山莊上，裝運山果、乾柴、木炭等物。由趙承佑派了一個僕人、一個長工，相伴去下鄉。正趕上前村鬧狼，鄰郡又鬧匪，僕人們通行山野有點膽怯，就面稟主人，請把那家藏的兩桿火槍帶著，以防意外。這時候，既是蒙古當政，嚴禁民間私藏火器兵戈。僕人一說，被宅主趙承佑申斥了一頓。

僕人無奈，猛然想起新來的客人，會投石擊鳥，武秀才也曾說這位劉客人會武技、有本領，不過他藏招不露。這傭僕便向主人說，請煩門客劉師爺跟了去，萬一遇上野狼，也好有救。就是進城趕集，辦年貨，買豬羊，現在各處正鬧土匪，多跟一個有能耐的人，也多一層保障。趙承佑聽了這話，方在思忖，趙仲穎恰巧聽見，歡喜得雀躍不已，連說：「叔父，這位劉客人，真是有本領的人，他膂力很強，請他押運年貨，再穩當不過。而且他也說過，來了這些日子，叔父總不支使他，一味拿他當客人供養著，他心裡很不安呢。」

趙承佑道：「小孩子少說話！」到底依了這個主意，吩咐書僮，請劉師爺進內，當面拜託了。索性把銀兩貨單，都交給劉熹，稱是由劉熹代辦年貨，兩個傭工只是隨從下人了。劉熹也不推辭，拿了銀兩下來，預備套兩輛車，明日五更，先下鄉奔山莊，次日再進城辦貨。趙仲穎忙又跑前跑後，央求嬸母，在叔父面前講情，他要跟了劉客人一塊兒去。看意思，好像小孩子過年心盛，所以忙著趕市集，辦年貨；又像小學生願意放年假，可以出去玩耍。嬸母笑著答應了，對趙承佑一說，趙承佑哼一聲。嬸母再三講情，趙承佑終於答應了，教趙孟、趙仲穎一塊兒跟了劉師爺去。

兄弟兩個自然高興，臨走的時候，小弟弟趙季顯也鬧著要去。他年歲太小，這麼一鬧，宅主又都不教去了。趙孟垂頭喪氣，哄著小弟弟，進了內宅；趙仲穎這孩子，暗中掉猴，趁人一眼不見，溜出大門，跑到巷口外，竟悄悄地等候。直到劉熹率二僕，坐上大車，開出莊外，趙仲穎便一溜煙趕上來，定要跟去趕集。傭僕不敢違背主命，一齊阻攔；趙仲穎堅坐在車上，不肯下來。僕人一看勸阻無效，就要回車稟告主人。

劉熹見趙仲穎瞪著眼發急，要拿鞭子打那僕人，他就忍不住說道：「既是二少一定要跟去玩玩，去去也沒什麼。」僕人忙說：「近日鄰村鬧狼，急景凋年，又連連鬧賊，倘或遇上凶險，嚇著少東，我們擔當不起。」劉熹笑道：「不要緊，你們擔不起，由我擔。二少，你聽見了麼？你一定要跟我們去，你可聽話，不要淘氣。」答道：「我不淘氣。」又囑道：「你不許滿處亂跑，也不要亂買東西。」答道：「我本來就不亂買東西，我也不亂跑。我不過悶得慌，要出來逛逛。」劉熹笑道：「既然這樣，這份責任，我擔了吧。二少，你可不要叫我丟臉；你若不聽話，教二老爺說我幾句，我可受不住。」

趙仲穎笑嘻嘻坐在車上道：「你放心，我就跟著逛一逛，我絕不叫你為難。」於是兩輛車首先開向山莊，傭僕車伕都帶著弓矢槍棒，以防意外。

天剛破曉，晨光不暖，林邊山風很強，迎面吹來，鋒利如刀。趙仲穎戴著皮帽，傍著劉熹坐著，喜滋滋地東張西望，靜盼遇上老虎，他好欣賞血蠍子劉熹投石打狼的本領。他自己也帶了一把匕首和一筒袖箭，希望得著機會，試試看。卻是奇怪，直走出十來里路，一隻狼也未遇著，連狐兔也少見。趙仲穎心中焦急，暗問車伕：「你們說有狼，怎麼沒有呢？」傭僕和車伕一齊說道：「二少，你是怎麼的，遇上狼豈是鬧著玩兒的？大年底價，別說破話，教二老爺聽見了，又數落你了。」血蠍子劉熹衝趙仲穎一笑道：「二少要打狼麼？」趙仲穎紅臉一笑，也不言語。

於是驅車前進，一路平安無事。傍午直達山莊，佃戶高老旺慌忙迎接出來，把少東、師爺讓進村舍，一面備飯款待，一面將應繳的山貨年貨，打點裝車，內中還有雉兔野味。飯後又泡茶，取出山果來，孝敬少莊主。這高老旺租著趙府山產很多，對小莊主不知怎麼待才好。因見仲穎似乎枯坐無聊，忙把自己的小兒子高星兒喚出來，命他陪伴少莊主。

高星兒是個十三四歲的孩子，兩隻大眼睛很精神。趙仲穎正在想心思，要獨自出去逛；聽說高星兒會獵兔打鳥，便高興起來，忙和他攀談，向他盤問，怎麼獵鳥，怎麼獵兔？高星兒便告訴仲穎：雪後捕鳥之法，用馬尾織成套網，掃去地上雪，露出乾地，撒上穀粒，把網埋好，飛鳥入冬遇雪，缺食苦飢，一見穀粒，便三五成群飛下來啄食。鳥爪子一入了套，套有鬆緊扣，便可以絡住了鳥爪，人可以過去掩捕它。高星兒說：「這種網套只能捉小鳥，要是大鳥，不張大網，就得用彈弓打了。」趙仲穎道：「你也會彈鳥麼？」高星兒答說：「是的。」趙仲穎十分羡慕他，因而向他索觀彈弓。高星兒拿出來一看，卻是一隻自制的彈弓。

趙仲穎要過來，把玩不已，因又問：「要獵野兔，得上哪裡去呢？」高星兒道：「在我們這山上，山腰裡有很多的野兔。」

趙仲穎問道：「這些野兔，你怎麼獵法？」高星兒道：「最好的獵法，是找兔群喝水的水道，你藏在一邊打它。兔子一來，就是一大群；還有野羊，它們都是成群成群的。」趙仲穎道：「也有狼麼？」高星兒道：「有狼，不過教獵戶打的，都跑到深山裡去了。我們這裡，白天輕易不見狼。到了夜間，狼有時溜出來打食。其實打兔子，最好是在月下河邊。就因為鄰村鬧狼，我爹爹不許我夜晚出來。」

高星兒說出山居許多事情，全是趙仲穎沒有聽過的。高星兒也是個頑皮的小孩，覷大人不留神，悄悄低聲對趙仲穎道：「月亮地打兔子，太有意思了。它們成群地聚在一塊兒，踏月亮跑出來，跳，叫，玩，鬧，喝水，尋食，鼻子一嗅一嗅的，兩隻大耳朵亂動。你只稍微一響動，它的耳朵立刻一張，衝著聲音轉過來，它一對紅眼睛盯著你；你搆不著它，它竟不跑，你剛要過去，它一跳，就沒影了。可是捉不著它，還能打著它。」趙仲穎道：「用彈弓打麼？」高星兒說：「不，用彈弓打也可以，卻是只能打它的腿，那是輕易彈不著它的。我是用狼頭棒投它。」

趙仲穎聽了，又覺新奇，問道：「狼頭棒是什麼樣？」高星兒見自己的話，使得這紳官少爺如此心醉，他越加高興，立刻把他的狼頭棒取來，遞給仲穎看。仲穎接過來一瞧，這是二尺多長一根巨頭短棍，用整棵的小棗樹截制的，借根為鎚頭，削幹為短柄，掂來很有份量。趙仲穎握在手內，試了一試，覺得沉甸甸，這樣拋出去，果然和標槍一樣。高星兒指著說道：「就用這棒，照野兔一拋，單打它的後腿。它的後腿不禁打，一打就折，折了腿，你再過去捉活的。」趙仲穎握著棒說道：「若是打它的頭呢？也能把它打昏麼？」高星兒道：「不行，打它的頭，至多把它打一溜滾；它爬起來，還是跑掉。最好就是你彎著腰，貼地這麼一掃，好歹掃著它一點，它的腿不折也得瘸。它便跑不動了，你便可以跳過去活捉它。你可得留神捉，要先捉它的兩隻耳朵；捏耳朵一提，它四腿登空，它就掙扎不動了。卻不要捉腿，一捉腿，它回頭就咬你一口。」趙仲穎驚訝道：「兔子那麼膽小，也敢咬人麼？」高星兒道：「別管是兔子，隨便什麼東西，急了就要拚命。小蟲、螳螂、螞蟻，還要蜇咬人呢，何況那麼大的兔子？」

一席話煽動得趙仲穎心頭躍躍，恨不得也要山居採獵為樂，便向高星兒說：要他領自己到山上獵雉兔的地方看看。高星兒也要顯耀自己，立刻站起來，覷大人不留神，往外溜走，趙仲穎躡隨在後。此時趙府傭僕車伕們，被佃戶高老旺拿酒食灌得迷迷糊糊，只顧在酒後放談，並向佃戶索討便宜貨色，誰也沒留神少主出去了。

只有門客劉熹一眼瞥見，衝著仲穎微微一笑；仲穎遊獵心盛，滿不理會。劉熹也不說破他，容他二人走出去，便假裝解溲，悄悄跟蹤在後。他要看一看，趙仲穎出去幹什麼？

高星兒引領趙仲穎，徑到山麓。穿林擇徑，曲折斜繞，來到一條山澗岸邊；枯草紛披，僅可容足。這小澗是由山腰瀉出，水槽很隘，水流很猛。若在夏秋，急流飛湍，渾如瀑布。

此刻正是山高水低，枯草凝寒的季候，溪中水只剩一股細流，涓涓下行；兩岸水涸，露出斷崖和淺灘。江南氣候本暖，這溪水又係出勢湍疾，所以有的地方接岸凝冰，有的地方潺潺細流，仍未結凍。這正是山澗下游。高星兒指著說：「你看，這裡就是狐兔等物偷來喝水的地方，不過白天很少見。只到晚夜，山羊和野兔成群地跑來，就在灘邊喝水跳躍；狐狸和鹿，有的單個兒來，有的一對一對的來，它們不會成群的，也不知什麼緣故。可是它們都很機警，又善警，稍微有點響動，它們就哄然逃走。成群的野獸，它們還有領隊的和打更的呢，人是不容易靠近它的，它們太精靈了。」

趙仲穎道：「你不能上前，那可怎麼捉？」高星兒笑道：「我們可以下埋伏的。白天，我們先在淺灘上，驗看它們的腳跡和遺下的糞球兒，便可以猜出來是什麼獸。驗準了道，就在要路上，按下埋伏，網套、絆腳索、陷坑，都成。晚間下埋伏，第二天早晨來拿。若是白天，你可以遠遠地藏好，只一聽見吱吱的、唧唧的亂叫，那就是有一隻兔啊、鹿啊入網了。你便趕緊跳過去，當場伸手捉。」

趙仲穎望著灘前獸跡，問道：「一準捉得住麼？」高星兒道：「十成準有五六成捉得住吧。可也有時捉住了，又被它掙脫，跑掉。有時候人們下埋伏，把它捉住，反被狼跑來享現成，給叼了走，那最恨人。還有夜間下網，等到早晨去看，連網子套子全丟了，那兒分明有捉住的痕跡，卻不知是它掙脫，還是叫狼吃掉。也有人說，那是教山神爺拿去了，再不然，就是山上的猴子淘氣，是它把網套弄走。」趙仲穎道：「不是人偷的麼？」高星兒搖頭道：「不是，我們都是熟夥伴，誰也不偷誰。」

兩個人且說且看，走到水邊，高星兒把下網的痕跡，指給少東看，趙仲穎十分高興，又問：「猴子好捉麼？」高星兒說：「這東西最精靈，太不好捉，只有獵戶能把它捉著。我們獵著玩，總不能活捉它。」仲穎道：「狼怎麼樣？」高星兒道：「捉狼，我卻辦不了，只有他們獵戶才成呢。」趙仲穎道：「你怎的不成？」高星兒吐舌道：「有句俗話，叫做白眼狼最難惹，你殺狼還容易，捉狼可就難多了。你若是外行，你就沒法子下手。」

趙仲穎道：「怎的呢？」高星兒道：「你把它弄在陷坑裡，你卻只能扎死它，不能活活地把它拿出來。」

趙仲穎不禁訕笑起來，說：「我就不信，狼不過像個狗罷了，它能把你怎麼樣？你不會一手拿著刀，一手抓它麼？」高星兒仍然搖頭道：「它的爪子太厲害，嘴大，牙長，比狗凶得多。它餓了，敢吃活人；它急了，要拚命，更凶狠，我可不敢鬥它。我們鄰村，打柴的張大，遇上了一隻孤狼，他手上還有斧子、扁擔，他都嚇得怪嚷。那狼太詭、太凶，比人還靈，它單抄你後路，你拿斧子對著它，它便躲開正面，淨向你屁股後面溜。它要攻你後背。它會站起來，前爪抓你肩膀。你不要回頭，只一回頭，它就當的一口，照準人的嗓子眼，一口便要了命。」

高星兒是個村童，頗知山居顛險。他又說：「這山上本來只有狼，不知怎的，最近又出現了土豹。也不知是兩對，還是娘兒四個。這東西比狼更凶狠，真敢溜進村偷豬，偷羊，鑽進圈，叼了就走。只遇大雪天，天不放晴，把它餓急了，它才咬牛咬馬，甚至咬活人……」

趙仲穎忙問：「我聽說狼叼小孩？」高星兒道：「可不是的，那也是狼餓急了，才幹。這土豹可比狼凶，真敢追咬走山道的人；你若不帶傢伙，真就受它的害。這東西力氣大，行動比狼還快。你剛看見它在山那邊，離著很遠，可是一眨眼，它怪吼一聲，一跳兩跳，就撲上來了。連獵戶都惹它不起，單個獵戶真鬥不過它。獵戶拿火槍打這豹，火槍只一響，它立刻順著槍的煙，貓似的一竄，就撲上來，真比流星還快。獵戶再想裝火藥，發第二槍，早就毀在它爪子底下了。所以打這土豹，總得有好幾個獵人才成。獵戶先藏好，在豹子出沒的道旁邊瞥著它，等它走來，夠得上了，兩桿火槍要輪流放，一下緊跟一下。若等這豹子撲上來，槍手就施展不開了；那就由使虎叉的，拿火把的，上前截住它，可是到底打不著它。豹子這種東西，大概怕火光，聽說獵戶們總是拿火把，衝著它亂舞亂晃，它這才發怵，把頭一掉，就跑沒影了。鬧了這些日子，聽說獵戶們只打著一隻豹子，還有兩三隻土豹呢。這裡總碰不著它，說是常在灊山深林裡出沒，簡直很難捉住它。」

趙仲穎聽了這些獵獸驚險的故事，不禁悠然神往，因向高星兒說：「你領我去看看獵戶打豹子的地方去。」高星兒吐舌道：「那可不是耍的，你要想看看打野雞的地方，我可以陪你去。那獵豹子的地方又遠又險，我可不敢去。」趙仲穎道：「打野雞的地方在哪裡？」高星兒往山腰一指道：「就在那邊山坎深草裡。」趙仲穎催他領去看看，兩個人且走且說，真個尋了過去。仲穎問道：「不是落在樹上麼？怎麼在草裡？」星兒笑道：「野鳥倒是往樹上落，獨獨野雞這東西，個兒不小，膽子不大，好像怕鷹抓，專好鑽草窠。你來得不是時候，你若是在春夏天來，我可以領你看看野雞孵小野雞，那可太有意思了。它把蛋下在草叢石塊堆裡，有沙土的地方，小野雞生出來，吱吱的叫，常常藏在石塊夾縫。你聽吧，只要找著孵蛋的地方，必定是一大堆；變成小野雞，必定是一群一群的，滿山吱咯咯的叫，好聽極了。可是，只聽見叫，卻看不見它。」

趙仲穎道：「怎會看不見？」高星兒興高采烈地說：「小野雞的羽毛色，和石塊地皮的顏色分不清楚，都那麼花花達達的。它只聽見人的腳步聲，立刻便藏起來。」仲穎道：「藏在石縫裡，還是草窠裡？」星兒笑道：「全不是，這小野雞詭極了，真像會隱身法似的。人只過來一找它，它便仰著腳貼地一仰，兩隻腳把那塊石頭一抱。壓在胸脯上，紋絲也不動，拿那塊石頭當被蓋似的，它也不叫喚了，也不動彈了，老老實實地裝死，你再不會找著它。」

兩人此問彼答，履著山腰棧道，偕往深處走。高星兒指手畫腳，形容那雛雉抱石自匿、仰臥偽僵的樣子，趙仲穎不禁嗤笑道：「唔，真的麼？」他簡直不很相信。高星兒再三說，仲穎仍是衝他笑。高星兒是鄉下孩子，心眼兒實，急得抓耳搔頭申辯道：「誰騙人，誰是小狗子，我說的全是真的呢。你覺著小雉雞抱石塊太怪麼？其實小鳥獸、小蟲豸，它們遇上險，一害怕，全都會裝死。你捉一個蜣螂試試，就知道了。這小雉雞仰腳抱石頭，也是裝死。你不信，我領你去看。」

高星兒在前，趙仲穎在後，兩個健步急進，越過山道，斜趨狹徑，尋找那山崖石堆。撥草攀藤，盤旋繞上，不大工夫，望見山坎側面稍低處，展開了一大段平坦的山崖。高星兒引領著少莊主，履著高低起伏的狹徑，奔這山崖走下去。約莫走出兩箭外，下降五六丈，便到了地方。四面荒草亂生，當中有數頃地的平廣山窪，正是一片沙磧。產生著大大小小的天然卵石，顏色斑駁陸離，酷似山雉錦羽，十分好看。

這原是潛山支脈，半山坎的一塊沙磧石田，四面儘管峰巒起伏，獨有這裡地形低窪而平坦，只是亂石嵯峨，行人不易下腳。兩個人側身下行，高星兒生怕少莊主失足跌倒，忙側著身子，伸出一隻手來攙扶。趙仲穎好強逞能，揮手不教他扶，獨自一步一步走下來。於是兩人全來到沙磧石田上，低頭察看這沙石中的彩石，五光十色，小的如豆，大的如瓜，一堆一堆的，圓形的、橢形的、棱形的，無奇不有。趙仲穎如見異寶，環顧欣然，不由得俯身撮拾起來，要挑選一些色彩好的，拿回去玩賞。高星兒卻蹲下來，連連翻動石頭，果在石下發現鳥糞，指給趙仲穎看道：「你瞧！」又尋了一陣，在石縫中，找見一堆碎卵殼。高星兒說道：「你看這些蛋殼，野雉就是從這裡孵出來的。你看這石頭，跟小野雉的毛色簡直一樣。它們就在這石塊裡跑著玩耍。可是，它只一聽人聲，或是聽見母雉驚叫，你再看吧，它們哄的全不見了。離著母雉近的，都藏在母親翅膀底下；離著母親遠的，它就趕緊仰面一躺，兩隻小爪子立刻抱起一塊石頭來，往身上一蓋，它就算藏起來了。往往百十隻小雉，咯咯亂叫，你攀崖只一探頭；豈容你探頭，你只剛剛往這裡一湊，還離著老遠，它們就聽見了，唰的全藏了。它們真詭透了。」

高星兒又笑道：「我再告訴你一件奇事，母雉這東西本來能高飛，只要一下小雉，它可就護崽子，不肯飛了。不管人來獸來，它護犢子，真敢拚命。若是遇見鷹，野雞和家雞一樣，全都怕鷹，一見鷹撲下來，它就嚇得亂跑亂叫，末後到底教鷹抓走，給吃了。若是它抱著小雞，你猜怎樣？鷹撲下來，它不肯飛，也不肯躲；它把小雞護在翅膀底下，它仰著頭，尖著嘴，眼盯住了鷹，在地上打轉轉，跟鷹拚命，和鷹對打，反能把鷹啄走。所以，我爹爹常說：看見野雉護小雉的情形，真叫人心動。人真得孝順父母；父母為兒女，連性命都不要了，連死都不怕。」

他一面說，一面翻動石塊，尋找雉雞蛋殼，指給少莊主看。趙仲穎此時愛上這五光十色的卵石了，蹲下身來，低頭選擇那光彩好看的石子，要拿回家，種水仙花；高星兒也幫著他拾，兩人各拾了一兜。兩人就在這沙磧上，流連很久。忽然聽見山上轟的兩聲大響。趙仲穎愕然直起腰來，說道：「這山上也有人家放爆竹麼？」高星兒也站起身來，笑道：「不是的，山頂上只有一座廟，沒有人家；這大概又是打獵的，恐怕也不在山頂。」

說時，又聽見轟轟大響數聲。趙仲穎仰頭向四外看，峰林掩映，任什麼看不見，忙向高星兒說：「年根底下，真還有打獵的麼？」高星兒說：「奇怪呢，按說這時候，獵戶都忙著過年，沒人出來打獵了；可是我明明聽出，這是放獵槍。」趙仲穎道：「我們看看去。」高星兒面露疑難之色，說：「我聽這火器聲，絕不是獵戶，大概又是城裡的蒙古闊人，或者是蒙古駐軍，出來打圍取樂。他們這些韃子，淨欺負我們南方人，我看我們還是躲得遠遠的才好。」趙仲穎聽了，側耳發怔。他雖然年幼，曾經亂離。僅知蒙古是關外韃子，奪了宋人江山。他們氣焰很大，動不動就說南方蠻子是反叛，常常有良民被殺。趙仲穎的父母全是殉國死的；但因他叔叔看破時勢險危，國家已亡，不敢把舊事說給孩子們聽。而且趙仲穎遭逢家國危難時，年紀尚小；他哥哥趙孟還記得，他早把當年逃亡之苦忘了，連他父母的模樣也不記得了。趙承佑又把家移入深山，力求與外界隔絕，趙仲穎又自小嬌養在宅，就沒有見過蒙古官、蒙古兵的模樣。現在聽高星兒說是蒙古人打獵，他只知韃子可惡，畢竟不理會韃子的凶焰；偶爾聽家中人形容過外人的殘虐，仍然是只恨不怕。他又生來膽大，心中不禁起了一種願望，要認一認蒙古人的真面目。他對高星兒說：「他們打獵，我們不挨近他們，只遠遠瞧一下，又能怎的？」說著，他便頭一個尋聲舉步，要找過去看個究竟。

高星兒到底也是個孩子，見少莊主一定要看，他也想看看，他還記得蒙古人打獵，舉動極大。山中獵戶打獵，乃是謀衣食；蒙古人打獵，乃是遊戲娛樂，常常聚攏許多的人，騎了馬，拿了獵具，布成獵陣。飛禽走獸，大的小的，遇見便打，而且還帶著獵狗、獵鷹，尤其是鷹追兔子，狗追狐狸，看著非常有趣，每逢鷹和獵狗追飛逐走之時，蒙古人在後面策馬大呼奔馳，樣子是非常勇猛，比看戲還熱鬧。兩個小孩子不覺地合了幫，從沙磧站起來，約略槍響之處，一徑尋了過去，可就忘了凶險。血蠍子劉熹在暗中跟綴，竟沒聽見兩人商量著要看打獵的話，只遠遠盯躡，以防意外。這意外不過是怕趙仲穎遇上野狼罷了，哪知道趙仲穎未遇野狼，竟遇上殘民以逞的人中之虎！

第三章　殺人為戲

趙仲穎和高星兒竟不識利害，尋聲訪獵。山回路轉，走出不遠，果然在一座密林邊，山道旁，遠遠地發現了蒙古人的獵隊、獵幔、獵車。六七個蒙古貴人，戎裝騎馬，持棒掛槍，率領著十多個蒙古裝束的漢人，支使著就地征來的領道獵戶，就在灊山山麓，拉開了很大的獵圍；正在施號令，吹鬍笳，人馬喧騰，在叢林密菁中，出沒搜尋。

這一撥獵隊，正是蒙古防營的一員蒙古武官，名喚牙都的，陪同縣衙新到任的那位蒙古縣令，帶領譯員、漢卒，「公餘之暇」，出來尋樂。

那縣令名叫巴克坦布，初次莅任江南，采風問俗，得知城裡老百姓都成了順民，十分奉公守法。只鄉間偶有盜賊跳梁，也都是窮鄉飢民，餓極無賴。三五個人盜弄潢池，偷生誣良罷了；此時已經沒有僭號稱兵的頑民。縣令巴克坦布覺得意氣索然，牧民之才無從施展；他又初到南方，不服水土，越不得勁。因此，他的文武同僚防營守將牙都，就勸他打獵。

他們這些人一向遊牧漠野，資性武暴，最好冒險。來到江南降地，鞭笞屠戮，以牧牛羊之法牧民，南方人咬牙忍淚來受；差不多的人已經喪失了抗拒的力量，也消失了抗拒的勇氣和信心。任聽戰勝者作威作福，縱情恣睢，敢怒而不敢言；經幾番大屠殺之後，甚至連怒也不敢形於面了。住在通都大邑的亡宋遺民，一討逆，二討賊，被懲治得「誠惶誠恐」，服服帖帖。到了這種地步，降人轉瞬就要畏威感德，心悅誠服，戰勝者也就越感覺無趣了。於是天下太平，地方安謐，王道之治大成；蒙古貴官再不必提防叛亂，可以縱情尋歡了。這文武二吏連日遊獵，頗覺歡娛；卻是獵來獵去，只捕到狐兔小獸。這些小獸見了人，就哀啼逃竄，竟無反噬之力，獵起來不很費事；無抵抗，不擔險，也就同樣覺得無趣了。

防營守將又給出主意，勸縣令更入深山，搜獵猛獸，可以高興些，而且，他們也聽說過，潛山山中出現土豹；打豹比打兔有趣得多。兩位蒙古貴官此來正是要打豹。

巴克坦布和牙都，連在潛山山麓，遊獵數日，結果所獵野獸無多。大抵這些野獸白晝總蜷伏崖穴，深藏不出，夜半飢餓，才肯出來覓食。蒙古貴人正是白晝出來尋樂，當然所遇飢獸有限；他們就使來獵戶，教他們指引獸穴，勘尋獸跡，並用獵狗嗅尋野獸的氣味。他們這樣搜尋，很有幾處狐兔老窟，被他們發現。兩位貴官督同部卒、獵戶，在獸穴洞口張下網羅；洞若寬淺，便放獵狗和猴兒，進去掏捉；若洞深邃，便用火具點煙來熏。老兔小兔，雄狐雌狐，立刻吱吱怪叫著，突煙往外奔逃，或陷入網羅，或奪路亂竄。巴克坦布和牙都大笑著，教漢卒拿花槍去挑去刺；他們自己也動手，用狼頭棒，堵著獸穴來趕打。

他們本為獵猛獸而來，只捉一些狐兔，覺著不盡興；仍督同獵卒，往山裡搜。旋又發現狼穴，巴克坦布大悅，照樣張網熏煙，又拿鳥槍，衝洞口放了兩三槍。果然竄出好幾隻巨狼來，奪路逃走了一兩隻，一隻被牙都用狼頭棒打斷腿，一隻緊跟著被巴克坦布拿長矛刺死。可是跟蹤又竄出兩隻母狼，和幾隻小狼，漢卒齊拿花槍來圍捉。這母狼護犢，來勢凶猛，居然困獸猶鬥，把漢卒傷了一個；其餘漢卒驚呼急救。這狼見了人，竟張牙舞爪，人立起來。又有一個漢卒被利爪抓傷；若不是身穿厚棉衣，險被開了膛。巴克坦布和牙都，一齊大笑，以為漢卒太怯懦。二貴官手中都有兵刃。不肯相助，竟都旁觀，坐視漢人和這紅了眼的母狼拚命！

於是，漢卒的驚叫，母狼的慘號，夾雜著蒙古貴人的歡笑，在狼窟之前，展開了人獸的凶鬥。終於漢人多，孤狼勢弱，母狼和幼狼全被花槍扎死。狼巢已空，獵人大獲全勝；卻是漢人死了一個，兩三個帶傷，貴人這才稍稍歡喜！

貴人發命，堵死狼窟，再搜別的獸穴。貴人的意思，仍是尋豹。獵隊搜下去，接連又發現一兩處獸窟，仍是獐狐之屬，非豹也非狼。貴人忽然動疑，牙都和巴克坦布衝著獵戶步卒，瞪眼發威，咕咕嚕嚕，說著蒙古語；獵戶們茫然失措，連連過來打千。這兩位蒙古貴人越怒越嚷；那位譯員忙走過來，告訴獵戶：「長官嫌你們膽小無用，說你們並不是找不著豹子，乃是你們害怕，不肯用心去找。」

獵戶趕緊解說，奴顏婢膝，沒笑強笑，神氣不大清高；蒙古貴人越加暴躁起來，拿馬棒連打了好幾個人，又嚷了一頓。

蒙古語譯員就厲聲傳話道：「你們還不加緊搜！長官說，你們再不能尋著豹子窟，他要把你們這些蠻子拴上繩，全投入狼窩呢。還有你們這些兵，個個都是些廢物，長官罵你們心眼兒壞了，不肯好好陪著老爺取樂，要把你們活挑死呢。」

獵戶和部卒都很驚惶，拚命地登懸崖，披深草，帶獵狗，沒命地窮搜；要借狼虎的性命，救自己的安全。仗著有獵狗，一路尋嗅，在枯草叢林錯雜的一個山坳內，發現了很深的兩三個洞窟。一隻獵狗衝洞口叫了一聲，別的狗也尋到這裡停住，都遠遠地對洞口叫喚，不敢上前。獵戶們察看山坳前後的形勢，又驗得附近並無狐兔的遺糞和足跡，覺得此處很像伏有猛獸。忙把前後道勘好，先稟告了蒙古譯員，再轉達蒙古長官，會合部卒，張開了獵陣，試行搜捉。

獵戶舉著虎叉，弄好了火器，由一個老手，拿長竿往山洞中試探著紮了下去。同時口中裝出羊鳴來，跟手把竿子一攪，隱隱聽得洞的深處，發出低而猛的吼聲。獵戶們大喜大驚，立刻打招呼：「這裡……這裡有豹！」

巴克坦布和牙都這才改嗔為喜，提了鳥槍，吆喝著過來。

他們蒙古貴人，比江南獵戶更懂得狩獵；立刻指揮部卒，扼住要路，以防豹子出洞猛竄。這時獵戶們也已預備好，將一隻火把投入洞內，隨即引燃熏煙，大家齊聲發喊。

這洞中的猛獸，正在飽後晝眠，外面盡有假羊鳴，它只低吼了一聲，仍不肯動，只睜大眼，往外張看。不料獵戶們拿煙火熏它，它被嗆得臥不住，唬唬的一陣發威，躬腰搖尾，突然竄出洞外。卻不是土豹，竟是雄偉碩大的一隻黃毛大虎。出得洞口，抖抖毛，把四足一蹬，抬頭一望，神威凜凜；見圍了許多人，碧油油的一對眼，射出憤火，闊口一張，鋸牙嶢嶢可怕；驀地一低頭，發出霹靂般的怒吼。

眾人大驚，不覺退下來，看一看蒙古貴人，又咬牙搶上去。巴克坦布發出一鳥槍，同時又聽見洞中續有吼聲，這時又竄出一隻巨虎。早有一個獵戶，在慘號聲中，被頭一隻虎撲倒，連肩帶頭，被咬去半邊，血流如潮。這正是雄虎，又一抖威，巨尾一擺，騰空躥起來。

獵陣包圍不住這獸王，部卒把花槍亂舞，獵戶連搖獵叉，蒙古貴官的鳥槍轟轟的又放了兩下。那雄虎竟突出獵圍，又咬傷一個漢卒，撲倒一個獵戶，一跳再跳，躍上懸崖，如飛地竄入林叢去了。好像這虎不是飢虎，所以不曾殘民以逞；好像這鳥槍也打中了它，卻不似致命傷，這雄虎竟棄洞逃走。

那雌虎卻比雄虎更形凶猛，全身出洞，擺動那粗如海碗的修尾，一個勁地抽打。身形一挫，發出沉悶的怒吼，一聲跟一聲，震耳欲聾，竟奔人撲來。雄虎傷人，只是人礙著它的逃路；這雌虎不然，簡直是尋人而噬。它大概是護洞窟，也就是護犢。這虎穴中，當然還有乳虎。

雌虎像瘋了一般，追著人咬。這些舞花槍的部卒，首先抵擋不住，嚇得狂呼亂竄，傾傾跌跌，往各處亂鑽。只剩下了獵戶，合成一夥，挺著虎叉，搖著火把，不住聲地喊，也只是自救。巴克坦布和牙都兩位蒙古貴人，本來勇於田獵，但只打過獵群，這卻是第一次探虎穴，鬥雌雄二虎。他們倆也慌了，與蒙古同伴，大呼大叫，用鳥槍來打。可惜他放的沒條理，未能輪流不歇的攻擊，竟做一堆開了火；頓時後難為繼，來不及裝火藥了。這就給虎留下機會，眨眼間，三個獵戶失手。獵戶多是同族親故，骨肉受害，人們紅了眼，一齊拚命上前搏虎。

突然間，又從虎窟鑽出兩隻小虎，張牙舞爪，撲出來尋母。蒙古貴人的鳥槍剛得裝上火藥，也要瞄準試放。那母虎本已竄出去，此刻護犢拚命，又大吼竄回來，尋人亂咬。咬住人，口銜著，掉頭一掄，把人甩出多遠；咬傷一個，再追咬第二個。獵戶和部卒都嚇得往後退，空有利刃，不能殺虎，只恃火槍的襲擊。大小三隻母子虎，兩隻負了傷，霎時全會在一處，一陣跳躍，飛逃出來；大概它們是怕火槍的巨響。蒙古貴官一定要捉住一兩隻虎，厲聲催部卒、獵戶快追。部卒、獵戶只留下兩個人，救死扶傷，其餘的人只得舉獵槍、虎叉，再追下去。

三隻母子虎被逐出虎穴深林，竄到了山道旁。巴克坦布和牙都，全都上了馬，帶火器追虎，由山坎降至山道。山道上有一輛車，剛剛從峻路馳過來；是一個中年車伕，車廂中坐著一個三十來歲的村婦，抱著小孩，車上還有年貨。恰巧這車撞到獵圍附近，鳥槍轟擊，聲震山林，趕車的正要躲避；那駕車的騾子已然受驚，拖車狂奔起來。車伕努力收韁，竟禁制不住。

就在這工夫，那三隻虎突林而出，因傷負痛大吼。這匹騾子大駭要逃，又被車挾住，不能著頭回轉。它竟拖著車子，橫躥起來。急轉直下，車子險些翻倒，車伕和婦孺驚得怪叫。蒙古貴人見狀大笑，以為有趣，就衝著這車，放了一火槍。轟的大響，車伕猛然一栽，竟一擊而中，從車上摔下來，頓時碾在輪下。這輛騾車失了駕馭，被驚騾拖著，落荒狂奔；山道檻坷，車子軲軲轆轆，車輪一進多高，車中村婦嚇得慘呼救命。車子忽一震，人倒在車廂中，這匹驚騾還是掙命地飛逃。蒙古人大呼小叫，遠遠地又轟了一槍，也不知是打虎，還是打騾，還是打活人。

這時候驚騾狂竄，其速如箭。趙仲穎、高星兒要看打獵，正好尋過來，正好迎著這只驚騾狂逸的前路。高星兒年齡稍大，看出險狀，急叫道：「不好，快躲！」他首先跳到一邊，鑽入林中。他是跑開了，趙仲穎歲數較小，不知厲害，他還要見危馳救，想把騾子截住。他高舉著那隻狼頭棒，當途一站，掠空一晃，大喝道：「畜生站住！」哪知道驚騾奔馳太疾，又被車子夾著，雖欲急停，也站不住。轉眼間這騾子直往趙仲穎撞來；趙仲穎大吃一京，才覺出來勢銳不可當，要躲，已然無及。

這時候，趙府新門客血蠍子劉熹，恰恰暗綴到近處。見狀大驚，心說：「不好！」一個箭步跳過來。倏地揚手，發出一物，照那騾子擲去；同時把趙仲穎攔腰抱住。不遑後退，借力往前一躥，僥倖脫過騾車和車輪。

劉熹擲出去的，是一把小小的防身匕首。這匕首正刺中騾子的要害；騾子踉踉蹌蹌，奔出數步，倒地不能動了；車廂中的村婦和小孩，已經昏死過去。那邊逐虎的蒙古貴人，也望見了這情形；巴克坦布向譯員說：「這是個什麼人？不要放他走！」立刻帶部卒追過來。

血蠍子劉熹眼快手疾，才脫險境，張目四望。一手挾定趙仲穎，容得騾倒車停，他便跳過來，伸手從騾身拔下那把匕首。往車廂一看昏厥的婦孺，意良不忍；抬頭更往遠處一瞥，蒙古遊獵的貴人已氣勢洶洶地奔來。劉熹一轉念，咬牙搖頭，收起匕首，背起趙仲穎，如飛地奔入林中。

趙仲穎也驚呆了，他先被劉熹挾在腋下，後被負在背後，已覺出劉熹舉重若輕，氣力很強。劉熹很驚慌，自以為形跡已露；背著少莊主，穿林疾走。一口氣奔出一段路。擇一隱僻地方，把趙仲穎放下，忙問仲穎：「那個高星兒不是跟你在一塊兒麼？他上哪裡去了？」趙仲穎用手一指道：「他落在後面，他大概鑽到那邊林子去了。」劉熹皺眉吸氣。有心把仲穎寄放此處，又怕受傷的虎竄出來。他又一咬牙，重將仲穎背起，循舊路再找高星兒。趙仲穎不肯教他背，要自己走；但是氣力拗不過，到底被劉熹背起來飛跗。

高星兒這個孩子，剛才虎吼驟驚的情形，他全看在眼裡，嚇得目瞪口呆，逃入村中。要爬上樹躲避，當不得心慌腿顫。

好容易才跨在樹枝上。血蠍子劉熹背著趙仲穎，且呼且尋，不便高聲喚，只低聲叫他的名字：「高星兒，高星兒！」高星兒正在害怕，聞聲忙叫：「少爺，我在這裡呢。」血蠍子劉熹恨恨地找過來，高星兒溜下了樹，劉熹立刻一手扯一個；把兩個小孩，半拖半架救出來，重往沒人處奔去。

劉熹深曉得現在情勢險惡，已經闖了大禍。兩個孩子齊說：「我們快回去吧。」劉熹皺眉搓手說：「使不得，等一等。」

又數說高星兒：「你這孩子引著少莊主，出來惹事，回頭我定要告訴你爹爹打你！」劉熹唯恐回莊時，被蒙古人看見，將嫁禍於村莊；只可帶這兩個孩子，在此地潛藏一時。趙仲穎很詫異。問他：「回去怕什麼？」又問：「那車上的婦人死了沒有？能搭救麼？」劉熹恨道：「我們還想救人？二少，你不要問了；我一個人，真是孤掌難鳴！」說著，張目四尋，很想找個地方，把兩個小孩子妥藏起來，自己再看看那村婦母子去，可是打不定主意。他問趙仲穎：「二少會上樹不會？高星兒，你是會爬樹的了？」趙仲穎說：「我可以爬爬試試，劉先生你要做什麼？」

趙仲穎原是闊公子，不會爬樹，他恃強不肯說不會，劉熹早聽出來。說道：「好二少，你不要騙我，我要把你兩個安置在一個妥當地方，我好出去探道。你們是小孩子，不知道韃子的厲害，他們專好殘害我們南方人。你們要曉得，剛才惹出麻煩來了。他們打老虎，沒有打著；他們就要遷怒到過路人身上，說是給他打了攪。我們要藏好，千萬別教他們看見。」趙仲穎不很信，高星兒有這經驗，嚇得吐舌說：「劉師爺說的話一點不錯，我們真得藏起來。教他們查見，不死也得挨揍，他們時常唆使他們的獵狗咬活人。」趙仲穎道：「他們這麼可惡麼？」高星兒道：「我看見過。」

劉熹和高星兒的揣測並不假。卻是這一回惹禍的，並非兩個少年，倒是劉熹他自己。剛才驚騾狂奔，他奮身出來，拯救輪蹄下的趙仲穎；聳身掠空一躍，捷如飛鳥；抱起仲穎，如蜻蜓點水，一跳多高；又撒手擲匕首，驚騾應手而倒；蒙古貴人看得歷歷分明。他們最痛恨的，便是草澤英雄，不軌之徒；不想屢次清鄉，這裡還有一個！他們並不管嚇死車廂中的婦孺，碾死車輪下的車伕。他們仍要捉虎；明明探虎穴，逐出來大大小小四隻虎，又多半受傷，卻一個沒獵著，未免掃興；無論如何，也該活捉住一兩個小虎。同時，他們還要把那個飛劍刺驚騾，單臂救少年的那個蠻子，尋著帶到，盤問盤問他，是否本地人？以何為業？從前幹過什麼？本領多大？

巴克坦布、牙都，指揮防營漢部，策馬追尋過來。經過死騾破車旁，瞥了一眼；車伕流血臥地，人已八成死，還在那裡嘶吼。最奇怪的是，這些蠻子氣脈竟如此長，分明活不成了，那口氣還沒有絕！他們又看車廂中的婦孺，原來是個中年村婦，長得並不漂亮，尤其是歪歪拗拗兩隻小腳，招得巴克坦布吐了一口唾沫。巴克坦布和牙都，都毫不理論這因他轟擊，而受驚而遇險傾生的婦孺與車騾；這本來怪他們自己，不該闖入獵圍。蒙古貴人們去山林遊獵取樂，這些蠻子降奴本應避道；而他們偏要往這裡走，偏要找倒楣，可算是孽由自取。就算誤打誤撞，被鳥槍打死，那也是誤傷；蒙古老爺捫心自問，也與己無涉。現在他們橫屍濺血在山路邊，只可由他去，總怨他們自己不小心。蒙古老爺們現在仍要找尋那逃竄的四只負傷的猛虎，和那個行蹤飄忽，倏然而來，殺騾救人，倏然而去，挾童匿跡的怪人劉熹。

防營武官牙都，縣令巴克坦布，督率譯員，韃子兵，漢兵，大呼大叫，搜人尋虎。（所謂漢兵，就是中原降民，被征服役的兵，也就是中原豫魯燕薊的漢人，從元朝人眼中看來，也就是全國的遺民；這和蠻子南人不同。南渡後的故宗遺民，元朝人最加歧視，稱之為蠻子，好比岐周時代的殷頑一樣，不識天命，其罪該殺。更疑心每一個蠻子，居心萬惡，不感皇恩，意圖造反。每一個蒙古人，都是這樣看法。江南的漢人因此孽深罪重，橫被羅織，殘戮的很多。有財的和有才的人，更易受誣。）血蠍子劉熹料到這一層，眼看村夫三口被難，不能援手；現在又有少東趙仲穎和佃戶之子高星兒，兩個膽大無知的少年累贅著他，更不能脫身，為所欲為。本想把兩少年寄放在林中僻密處，騰出自己來，好去探看一切，卻又不放心那被攖出洞的母子虎。這樹林也藏不牢，況且兩個少年也未必聽話潛藏。劉熹倒左右為了難，皺著眉低囑二人：「你們別覺著事不干己呀，韃子殺人不眨眼，一肚皮壞心爛肺。你們千萬不要教他們看見，看見可就麻煩了……」趙仲穎果然不信。抗顏說道：「他們打他們的獵，我們在這裡遊玩，他們還能把我們怎樣？我們又沒有礙著他！」

這個十二歲小孩，講理不講勢，振振有詞。劉熹搖頭道：「想不到我走在哪裡，哪裡就磕磕絆絆。二少，你年紀小，不知厲害；你要明白，韃子拿咱們當賊看。你們原不相干，可是他們遇見你，一定要審問你們，追究我的來歷。我剛才倉促之際，不合露出本色。」

趙仲穎還是懵懂，不但嘵嘵地抗辯，還想出去看看那負傷的虎。劉熹說不服他，越發不敢離開他。少爺脾氣傲兀，遇上蒙古貴人，一準滋生枝節。劉熹心中思索，在這山林曠野，要帶著兩個孩童脫身，不教人瞥見；倘不先探道，決然做不到的。咳了一聲，正色警告趙仲穎：「二少，你信我不信？你若信我，你就要聽我的話，我是不怕事的人，可是明知禍患當前，我們犯不上去硬闖。你不是想跟我學本領練武藝麼？你這麼倔強使性子，我可沒法。」

趙仲穎立刻態度一變，笑道：「劉師爺，我聽你的話，我只覺得韃子也是人，不會無故毀害人的。你既然那麼說，我就依著你，教我怎樣，我就怎樣。你可一準收下我，可不許說了不算。」劉熹道：「好好好，你只聽我安排，平平安安地躲開這場是非，往後怎麼都好說。現在……」尋定枝葉紛密的一座樹叢，前有岩石擋著，地勢頗形幽僻，便引領兩少年投了過去。

對高星兒說：「這地方還不壞，可以躲人，又可以躲虎狼，所怕的只有會爬樹的土豹子。你跟二少快攀上去，無論下面有什麼動靜，千萬不要出聲。我這就出去探道，尋著道，就帶你們回去。」先叫趙仲穎，蹬著高星兒的肩頭。攀上樹去；劉熹也上去幫著，把趙仲穎安置在高枝的交叉處，試了試，很穩當。

又切切叮嚀一回，最要緊的一句話，便是箝口捫舌，萬勿出聲。然後自己跳下來。教高星兒指點出路，要擇捷徑僻路，躲避著蒙古人的眼目闖出去。高星兒歲數大，比較明白些，他已然害怕，就引著劉熹，循林徑走出去。說道：「師爺，你從這裡出去，你這麼繞，再這麼走，往東，再往南，再這麼拐……」

拿手比畫著，說了個亂七八糟。劉熹重將高星兒送回，眼看他上了樹和趙仲穎湊在一處，這才隻身出去，尋找出路。

出路是很多的，但須躲著韃子的眼目。血蠍子劉熹蹚出兩三箭地，發現這山林交互的地方，林徑樵道很不少。劉熹暗想，只將兩少年領到這左近山村，潛入人家，便可無事。往遠處張望一遍，不再往前蹚，轉身折回。

趙仲穎、高星兒，高踞樹窺，果然很聽話，只悄聲細語。

趙仲穎問：「打獵的胡人，真是凶殘，任意殺人麼？」高星兒倒有這經驗，記得去冬遊獵的胡人，曾把一個行路人毆斃，因這行路人誤入獵圍，驚走了野雉群。接著說道：「少爺住在城外莊子裡，總不出門，自然不知道他們的厲害。我常常跟爹進城，看見過他們拿皮鞭無故打人。我爹爹囑咐過我多少次，胡人打獵，千萬躲開了，別驚走他們的野獸。遇見他們，最好躲得遠遠的，還有給他們當翻譯的，狐假虎威，更是可惡，搶男霸女，誰都不敢惹。」

這些話，趙仲穎竟是前所未聞。他的叔父不教家中人講論時事，連「蒙古」二字也要禁談；一來避禍，二來痛心。他們又住在山莊，深居簡出，與世隔絕；所以趙仲穎知道的事太有限了。高星兒說的話，趙仲穎驟然聽了，不勝憤憤。跟著兩人又講到虎，高星兒說從前沒見過，這是初次，果然虎威嚇人。

復又講到這位師爺：「嚇，真真有本領！」兩個少年唧唧咕咕，低聲悄論，忽聽見火槍又在近處響，恍惚夾雜著虎嘯。高星兒嚇了一跳，豎坐在樹杈上，雙手緊緊抓住樹枝；叮嚀少東，千萬坐住抓牢，不要掉下來。槍聲過去，隨聽見腳步聲，謾罵聲，由遠而近；卻聽見兩個漢人穿林搜索，且行且罵胡奴殘虐。兩少年並不知這是防營漢卒，兩人作一夥，奉命前來搜人尋虎；他們漢卒不肯忠心搜捕，只敷衍搪塞，在林子裡穿過來穿過去，虛耗時候。靜等時候差不多，便鑽出去交差，兩個少年倒嚇了一跳，全都不言語了。大瞪眼往外看，怕被漢卒尋獲。

時隔不大工夫，血蠍子劉熹探道返回。兩少年正怕劉熹貿然現身，必被這漢卒聞聲搜著；哪知劉熹穿枯林，撥衰草，踏狹徑疾行，走得儘管快，可是處處留神。眼睛看前途，耳朵聽四面，一來提防那受傷的子母虎，恐其潛藏附近，負痛噬人；二來提防那慣以人命為兒戲的胡奴，獵虎不得，必要尋人的晦氣。

劉熹當然不曉得近處有生人，只按武師夜行的走法，躡足直往二少年潛藏處走來。不肯遠遠地打招呼，這正是他的小心處；剛剛挨到樹下，便聽見有人說話。劉熹愣然止步，急伏身窺察，兩個漢卒還在那裡走來走去，亂罵胡奴。一個接口說：

「騷韃子們在江南住不慣，人人長了一身溼疥，瘟神爺也不顯靈，怎就不爛死他們？他們嫌這地方潮溼，又說天氣太熱，熱也熱不死他們；老天爺不睜眼。真他娘的胡運發旺！」又一個接口說：「狗種天生成野物，慣往野處跑；打獵打獵，整天拿咱們漢人性命餵野獸。老虎也該死。怎麼就專傷漢人，不咬死他們！」

血蠍子劉熹聽著暗暗點頭，卻又冷笑。聽說話的口音，已知道兩人不是本地土著，像是江北河南的老鄉。劉熹暗想：這多半是蒙古強徵的民兵；剛才打獵的，也許就是他們。伏著身子從樹縫察看；只見腳步，怎樣也看不出上半截。劉熹忍不住直起腰來，貼著樹幹，一棵棵倒換著，慢慢往前湊，要認一認二卒的面目，卻忘了樹上的二少年。

趙仲穎早已望見劉熹回來，依舊不敢出聲，靜等他上來。今見劉熹竟要尋到那邊去，那邊明明有人；趙仲穎、高星兒全著起急來，不約而同地出了聲：「喂，劉師爺，快回來，樹那邊有兩個兵！」縱然是低呼，兩個人居高臨下，喊齊了聲，劉熹聽見了，那兩個兵也聽見了。

血蠍子劉熹大吃一驚，急忙抽身，要攔阻二少年；正是駟不及舌，已經遲誤。兩個防營漢卒同時叫道：「咦，這裡有人！」繞林尋過來了。

劉熹心思本來快，現在卻也手忙腳亂，顧不得藏躲，竟火速地奔到二少年潛身的山岩大樹下，手攀樹枝，回頭一看。這一回頭，整整跟兩個漢卒朝了相。

兩漢卒歡然叫道：「哈哈，在這裡了。咱們頭兒要尋的，可不就是他！喂，老百姓，喂，快下來。」聲調很狂傲。

劉熹怒焰上衝，心似旋風一轉，打定了主意。匆匆向趙仲穎、高星兒，仰頭低喝唱：「別動，別出聲，等著我。」他自己趕緊一鬆手，跳下樹來，潛提匕首，惡狠狠迎上去；相距數丈，站住，對兩捽發話：「你們是幹什麼的？」

兩個漢卒全看出：劉熹神色很不平善；一個兵順過槍來，一個兵一手提著刀，一手捏著一隻銅笛，不覺地停了腳步，一齊打量劉熹。那當前的一個胖臉的兵，大聲說：「你這傢伙，你敢盤問我們麼？我說你不就是剛才扎倒受驚的騾子，救走路上小孩的那個漢子麼？」

劉熹道：「不錯是我，怎麼樣？這也犯了你們的王法了麼？」胖臉的兵很生氣，劉熹的態度又傲慢而輕蔑，施之於常人，已然有尋隙的口吻，何況對付新朝的大兵。這兵怒罵道：「你這個老百姓，好渾蛋。你對誰講話，敢這麼橫！來，跟我走。」另一個瘦臉的兵也說道：「你說你不犯法，你一個人在林子裡頭，鼓搗什麼？你能瞞得過我們麼？」

劉熹道：「一個人在林子裡，就算犯法麼？這是什麼王法？」胖臉兵越發動怒道：「唔！你還有理！你是不犯法，告訴你，蒙古老爺正教我們抓你，你的理可以衝他們去講。來，跟我走吧！」劉熹雙眼一睜，殺氣滿面，兩個漢卒雙雙走上來，卻又躊躇不進。胖臉的兵提著槍，做出威嚇的樣子，說道：「嚇，瞧你這股子勁，你還要拒捕不成麼？」劉熹冷笑道：「你猜著了，我沒有犯法，我就不叫人隨便捕捉。你們兩個若是識相的，趁早走開這裡，彼此留面子，後會有期了。如要不然……」瘦臉兵道：「如要不然，你便怎麼樣？還要行凶麼？」

血蠍子劉熹立刻往四面一望，轉身向開處一退，那只匕首順在肘下，不教二兵瞧見。

這兵誤會了，以為他要跑。胖臉的兵挺花槍，威嚇著往前走。那個瘦臉的兵卻看出不對勁。這個林中人既是剛才飛刀殺騾的人，那就一定不是尋常人。同伴剛要上前捉人，他眼珠一轉，急忙攔住，低聲說：「夥計，你先別忙。」抬頭把劉熹看而又看，說道：「老百姓，你不要擺這惡模樣。聽我告訴你，剛才在大道邊上，殺騾子，救小孩，不就是你麼？你一定是會武功的人，教我們頭兒看出來了！他打發我們滿處找你，要我們把你帶了去問話；並不是說你犯法，要捉你。你也不必害怕，也不用瞪眼，老老實實地跟我們去，自然有你的好處。」

血蠍子劉熹哈哈笑了幾聲道：「你這位朋友倒會說話，你們的頭兒，不就是那兩個韃子麼？」

瘦臉兵笑道：「不錯。」血蠍子搖頭道：「我最惱恨的就是韃子，我不見他；我走我的，你走你們的吧。」

胖臉兵怒道：「我說你這傢伙真不識抬舉！……夥計，跟他說好話，他反疑心我們騙他，他分明是怯官。乾脆，好說他絕不肯去，你快拔刀。」

這就要動武硬拘。劉熹立刻擺好了迎敵的架勢。胖臉兵搶行幾步，見同伴不肯偕上，他也站住了。他由膽怯激成憤怒，立刻掏出銅笛來，就要鳴笛聚眾……

血蠍子劉熹大大地吃了一驚，猛撲上前，就要刺殺這個兵。不想那個瘦臉兵搶先一步，把胖臉同伴執銅笛的那隻手抓住，把銅笛也給奪過來。銳聲說道：「老四，你做什麼，你這一來，這個人準死沒活！」

劉熹看得分明，聽得清楚，立刻站住了，面色也緩和下來。胖臉兵還在掙扎不服，被同伴堅持不放手，附耳低聲，說了幾句話，胖子也不鬧了。瘦子這才板起面孔，向劉熹發話：

「你這人太難了，怎的顛倒不識好人？老實對你講，你不該殺騾子救人。你自然會武功，有兩下子，可是這麼一來，你露了相了。剛才我們蒙古上司就叫我們哥幾個搜尋你，把你帶去問話，也許是好意愛才，也許是歹意，拿你當土匪辦。這一層我可說不上來，不過我們是上命差遣，概不由己。現在你偏巧叫我們哥倆碰上了，我們沒打算跟你用武，我只問問你，你是去呀，還是不去？」劉熹道：「去，去做什麼？我又不想當蒙古奴才，我伺候不著他們。我不去！」

胖臉兵道：「好罵！我們哥倆當然是蒙古奴才了。可是我弟兄乃是由家鄉，換戶抽丁，給強徵來的。不是我們願意幹，我們是沒法子，家裡都有妻子老小；這就叫終朝伴虎，為虎作倀。我說：你不是不願意去麼？」

劉熹道：「當然，你們就拿刀槍來比畫我，我也不去。」

兵道：「不去，也好，算你有見識。告訴你吧，去了，說話投了機，蒙古老爺重用你，也許從此大闊起來。要是一句話不投機，他們把嘴一歪，說你武功這麼強，不肯出來當差，一準是土匪，是反叛，那你就死無葬身之地了。我們哥倆奉命搜尋你，本來打定主意，敷衍鬼混，沒打算搜你；所以我們才藏在樹林裡，磨蹭時候。哪知誤打誤撞，倒真碰上你了。我們想多一事，不如少一事。很想放你走；無緣無故，誰願意害人呢。但有一節，我們放走你，你可得多加小心，不要再碰上別人。若教別人搜著，帶去獻功，我們哥倆可就吃不了，兜著走，犯了大罪了。」

劉熹疑眸聽著，也不言語，匕首仍然緊握在掌心。

這個瘦子接著說：「聽你口音，也是河南人，咱們都是家鄉人；你要明白我們的心意，你不要衝著我們弟兄瞪眼。幸虧你是遇上我們哥倆，若換個別位，你就有本領，我們只把這銅笛一吹，蒙古大隊立刻圍上來，你有能耐殺驚騾，你可不能搪鳥槍啊。」又對同伴說：「老四，你也不用生氣，你看他衝你發橫，你就嚇他一下，可是這一來他竟認了真。竟把你我也當作蒙古的奴才了……朋友，你可要記住，我們是按戶抽丁，被抓來的民兵，不是誠心樂意，當蒙古奴才啊。」

胖臉兵也就改嗔為喜，可是心上仍不高興，對同伴說：「其實我是嚇他，他太不識好人。我不過比畫一下子，他竟跟我瞪眼，好像有多大本領似的。你也不想想，爺們還能怕你不成？無非是想到彼此都是家鄉人，你是漢人，我們也是漢人，無緣無故，誰肯自個兒害自個兒。你別覺自己了不起，我這銅笛一吹，大兵一來，你就是鐵打的好漢，也要吃眼前虧呀。」

兩個兵口吻固然很挖苦，到底同心合意，要把劉熹放走；不過堅囑他小心，不要再教別人碰上。劉熹此刻早沒了氣，心中暗想：「也許我看錯了人，想不到韃子營中的漢人也有好的。」究其實，這也是半真半假，血蠍子劉熹如果不擺出點威棱來，他們兩個的主意也許有變。人的性情，欺軟怕硬；若換一個怯懦的鄉下人，兩個兵也許把他捕出獻功。劉熹這一發橫，兩個兵自然要投鼠忌器了。可是種族之見，同胞相護之情，也不能說他們一點沒有。

當下，劉熹問他二人：「貴姓？」二卒皺眉道：「別敘家當了，你趕快走吧。我們的姓名是不敢留給你的，你的姓名我們也不想問；誰也叫不上誰的名來，頂好。知道了，倒是塊病，你只記住咱們彼此全是漢人，就完了。來，我們先給你蹚蹚道。」

血蠍子劉熹挑大指，稱讚二卒爽快，他並不用二人探道，雙方互一拱手，各道了一聲：「後會有期！」二卒繞到林那邊去。劉熹忙將趙仲穎、高星兒，兩個小孩引下樹來。仍然是一手扶掖著一個，穿林覓徑，奔尋小道，向田莊逃去。繞林撥草，一路奔竄，居然平安逃出韃子們的爪牙耳目，卻不料又誤撞上了猛虎。

劉熹累了一身汗，方將少莊主和佃戶之子，救出蒙古貴人的獵圍。面前有一道山徑，方要往前闖，突然聽見嗚嗚低吼之聲，出現在亂崖枯草叢裡。劉熹大驚止步，凝神一看，草叢中竟是被蒙古貴人驅出洞來的那只雌虎，帶著兩個小虎，負傷避獵，一路逃竄，竟也潛藏在此。那母虎正給小虎舐傷，也給自己舐傷。劉熹惦記著兩個小孩，不曾往遠處探道，心想只躲避蒙古兵罷了，忘了這受傷的虎，還在近處，現在不幸碰在一起。雌虎護犢，聽見足步聲，嗅出生人氣，立刻站起來；一對黃眼珠閃閃吐出憤火，抖毛甩尾，怒吼示威，那兩隻小虎也跟著叫。

血蠍子劉熹慌忙拖兩個少年，轉身急避；兩個少年嚇呆了。幸而雌虎示威，並未追趕；劉熹攜二童藏在樹後。慢慢探頭，只見那虎的頭尾露出在草叢上，巨尾亂擺，瞪著黃眼睛，仍然向這邊張望。劉熹明白了，這受傷的虎是不准有人透過此地。但是，前面既有猛虎擋路，後面又有韃子拿人，闖既闖不過去，退也退不回來。更加上這兩個小孩驚慌害怕，更是久耗不得。他不由得萬分焦灼，閃目四尋，打算爬山繞開這條路。

劉熹低囑二少年，別出聲，別發慌，更千萬不要亂動。

「你不跑，老虎它或者不追；你只一跑，它就撲上來了。」於是他端詳這山道兩旁，亂石枯草叢木，似乎可以攀緣斜上，繞出虎道。

劉熹抽出匕首來，指著山崖，低問高星兒：「你能爬上去麼？」高星兒張大著嘴，嚇傻了，只點頭示意。劉熹便指點著。

教他先爬；因為劉熹料定趙仲穎是少爺，必不會爬山。

但等到這危急時候，高星兒抖抖的，幾乎爬不上去；反而是趙仲穎神志未亂，從後推扶著他，也跟著爬上去了。劉熹大喜，指點二少年，極力往高處爬；他自己持匕首斷後，怕老虎前來撲咬。

霎眼間，二少年扯枯藤，登懸崖，爬上一大段山坎，劉熹低頭往下望著那虎。果然見那雌虎，雙目灼灼瞪視著，把腰一躬，出離草叢，要撲人。又打愣，好像懷著詫異之意，又似戀子不肯驟離地方。劉熹曉得野獸的習性，它們多半是多疑善驚，除非飢餓，人不犯它，它絕不犯人的。現在看出來，這虎還在猶豫。劉熹這才溜到樹後，也慢慢攀上山崖；同時告誡二少年，慢慢往上爬，不要回頭，不要害怕，手要抓緊。腳要蹬牢。

卻不知怎的一來，那雌虎驀地發一聲巨吼，爬山的二少年嚇得一哆嗦。劉熹忙又警告道：「別回頭，別往下瞧！」那佃戶之子高星兒竟往下一溜，險些撞倒了少莊主趙仲穎。劉熹嚇了一跳，急忙往上爬，要扶止二人。……不料，突然在這時，在這山崖之上，正當二少年頭頂上，山叢莽中，出現了一隻豹頭，跟手又出現了一隻豹頭。

第四章　山中豹頭人

劉熹大震，二少年不由得失聲齊喊，先後滑倒；幸被荒草山石阻住，沒有滾墜下來。兩少年慌忙掙扎爬起，要往別處逃竄，已經來不及。豹子撲出來了，同時下面虎嘯聲又作。兩少年更加驚慌失措，血蠍子劉熹急急地往上搶救。不想這豹子竄出草叢。陡然人立而行，竟是戴皮帽，穿豹皮衣的兩個壯士。

手提虎叉，目灼灼據崖下望，倏地一伏身，丟下虎叉，猛將兩個繩套拋下來。繩長三四丈，一人一個，把兩個少年套住，橫拖直拽，很快地拉了上去，兩個少年幾乎被拖壞。

血蠍子劉熹越發驚慌，猜想這兩個豹頭人舉動魯莽，十九是綠林人。用套白狼的法子把人擄走了。這真是禍不單行。下面的雌虎，也正作勢要撲上來，劉熹弄得首尾不相顧，百忙中不暇深計，回頭瞥了一眼，虎距此地尚遠，手提匕首，向豹頭人喊道：「呔！把人留下！」拚命往上躥去。這時候豹頭壯士，早將二少年拖入枯草叢中，重複現身，一人提虎叉，一人仍持繩套，照劉熹拋下來。劉熹急忙招架，用匕首往旁一挑，身子往下一伏。兩個豹頭壯士喊道：「喂！不要找死，不要支吾，老虎追上來了！」一個壯士仍拿繩套，二番拋套劉熹；另一個壯士持虎叉，往下坡搶來，意將迎鬥那只雌虎。兩個壯士的舉措，似乎不惡。劉熹稍為放心，或者這兩人乃是近處的獵戶，喬裝虎豹，在此狩獵活虎活豹。但是，劉熹仍不肯教他們套上，用匕首挑開繩套，施展開輕身術，一躥兩躥，躍上了懸崖。

崖上的豹頭壯士很詫異地看他一眼，立刻丟下繩套，拾取虎叉，也躥到坡下，幫助同伴，雙搏猛虎。血蠍子劉熹只有小小一支匕首，不能助搏猛虎，心懷慚愧，趕緊尋找少莊主趙仲穎和那佃戶之子。

趙仲穎和高星兒，此時全癱到衰草叢中，不能動彈；被豹頭人一陣強拖，身上負傷，冬衣也破了。劉熹急忙走過去，低頭察看。這兩個少年陷入半昏惘的樣子，仰臥在衰草上，喚之不應，只是重重地喘息。

血蠍子劉熹，心中懊悔，覺得對不起宅主，使少東橫遭險難，出生入死，雖然是小孩子不識輕重，究竟是自己監護無狀，免不了要受抱怨，而且自己也露出本相來了，因想到自己命運奇蹇，走到哪裡，都惹出麻煩來。吐了一口悶氣，把十二歲的趙仲穎，攙扶得坐起來，要設法施救。忽聽旁邊有一人發話道：「你這個人哪裡來的？你不要動他們，教他們好好躺著。

你是他們的什麼人？」劉熹扭頭一看，在崖石枯蓬交錯處，又站出一個人；也是獵戶打扮，穿革衣皮褲，戴虎頭兜鍪，只露出二目和口鼻，唇上有髭鬚，是個老年人，體格很雄偉。劉熹凝神注視，覺出此人多半是隱居山中的豪客，並且近處定有洞穴，供他們潛蹤。

這個老人走過來，一面打量劉熹，一面盤詰他：「你是要搭救這兩個孩子麼？你們是一塊兒的麼？」劉熹應道：「我們是一塊兒的。」老人露出詫異容，站住了腳，大聲追問：「你這男子太怪，此地乃是空山，很多虎狼，你帶了兩個孩子，跑到這裡，打算做什麼？莫非也是避難的麼？」劉熹已聽出老人是豫北口音，同時這老人也聽出劉熹的口音。劉熹猜想這老人和兩個豹頭壯士，必是父子戚屬，看舉止氣派，他們倒像避難逃禍的中原人士了。倉促相逢，劉熹不肯吐露真情，隨口應聲道：「我們不是避難的，我們是過路人，不幸遇上了老虎，一路亂跑，迷失了路。」隨向老人一拱手，打聽奔山莊的出路。

這老叟像是很有閱歷的人，定住雙眸，把劉熹看了又看，搖了搖頭，說道：「你們三個人來路很蹊蹺，那一個大些的孩子，分明是一個本地村童；那個小些的像個縉紳之家的少爺。

你閣下外表像個文人，氣派很帶武夫氣，況且你還帶著匕首。

我告訴你，我們本是避居山中的野人，不問世事的。你們有何苦處，遇有什麼險難了？你不妨開誠布公地告訴我們父子，我們父子縱然無能，多少還可以指示你們一條明路，教你逢凶化吉，遇難呈祥。」

原來這老叟猜測：劉熹和趙仲穎是避禍的王孫，一個少主，一個家將，把高星兒看成當地引路村童了。這一定是故宋王孫貴臣的遺族，主人殉國殉難，只逃出孤兒少子，由家將受託重寄，潛護少主，到處流亡；必是在此遇上了告密的漢奸，追捕的元兵，一路落荒狂逃，僥倖避開人禍，又撞上虎群了。

這老叟胸有成見，肝腸又熱，自以為猜得不錯，一再向劉熹勸道：「你儘管吐實，我可以借此為你主僕劃計。」懇摯之情，溢於言表，見於眉目。

血蠍子劉熹匆匆聽罷，衷心感動；可是事情竟不如叟之所料，劉熹不是家將。趙仲穎另有嫡叔胞兄，其中委曲情形，又不便細講。老叟究竟是陌路人，劉熹只得權詞以對，語氣支吾；那老叟微皺眉頭，仍然堅持己見。好像自知問得冒昧，不再追詰了，衝劉熹一笑道：「慎言是好事，機事不密則害成，我自信老眼無花，閣下既然謹慎，難於出口，我也不便強問了。來，我先幫你救醒這兩個孩子，你們打算投奔什麼地方，你不妨說出方向，我可以指給你一條逃路，可免韃子的邏騎。」

又說道：「我有兩個孩子，也都跟我隱居。他們打虎去了，你剛才一定遇見他們了。」

劉熹道：「哦，那兩位戴豹頭兜鍪的，都是老丈的令郎麼？」老叟道：「一個是兒子，一個是姪子。告訴你，客人，你們三人一路驚竄，逃出荒林，又遇上猛虎，我們都看見了。大概是有蒙古鐵騎追捕你們，你們才落荒竄入山中，迷失了道路，恐怕你們的行囊斧資也全丟了吧？」

血蠍子不肯亂說，這老叟但憑揣測，全盤托出，可惜隔著一層，有一半猜錯。老叟拿出一件肥大的羊裘，作為兜包，教劉熹相幫，把趙仲穎放在上面，兩人抓四角，把人兜起來，慢慢搭到岩石那山窟，深而不廣，並不像古人穴居的洞室，倒好像野獸的空穴。大概被人挖大掘深，巧借土石掩護，留著小小入口，不到一人高，人要走進去，必須低頭彎腰，曲折盤進去。又巧借岩石，挖出一個天窗，洞內居然透明。裡面沒有什麼鋪陳，只靠側四面鋪著厚草，上敷草薦，壁張獸皮。洞當中壘著一個土臺，作為桌子，看格局可容四五個人。就是洞中只有草囊乾糧，錫壺水酒和臥具獵具，並沒有水缸火灶，劉熹暗想，這地方不似隱士避居的洞府，倒像獵戶臨時潛身的「團焦」。

老叟年高力健，與劉熹合手，把趙仲穎放在草褥上，又給蓋上一張獸皮，且不施救，招呼劉熹，運石堵上洞門，再去搭運高星兒。於是把兩個小孩先後搭來，並頭放在草褥上，都給蓋了獸皮。試了試呼吸，摸了摸頭臉，向劉熹說：「洞裡很冷，應該生一個火，又怕冒煙。惹出麻煩來。告訴你，我們都是夜間生火飲食，白天藏著不出頭的。現在就叫這兩個孩子，慢慢地緩著吧，我要去看看我那兩個孩子。他們去打虎，過了好半晌了，我很不放心。」揮手讓劉熹坐下，自己站起要走，又叮嚀道：「我走後，你務必拿石塊堵住洞門，這石頭你搬得動不？」

堵門的石頭足有二三百斤，老叟搬來推去，似乎毫不費力。老叟的意思，要留下劉熹，在洞中歇息，自己走到洞口，要搬石頭，替劉熹堵門。劉熹道：「老丈，且慢，你老人家不是要找二位郎君麼？不知道區區在下，可不可以跟了你去？」

老叟笑道：「他們兩個孩子好跟猛獸硬拚，不聽我的良言，不肯使用毒弩，早晚要吃虧的。客人你看這工夫很不小了，他們還沒有回來，又不知道出了什麼岔頭？你若願意跟我去，也可以，不知你有防身的兵器麼？」

血蠍子劉熹拿出那把尺八長的匕首來，老叟搖頭一笑，說：「這東西在城邑裡，在江湖上使用，卻還可以；卻不能拿來在山野施展。那是可以鬥人，不可以鬥猛獸的。」說著，從洞中鋪的厚草中，翻來覆去，找出一柄虎叉，說道：「客人，你拿著這個。不過，我看你還是不去的好；留在這裡，看著兩個孩子，比較穩當。」劉熹慨然說道：「老丈父子真是英雄，我今日不想逢此奇遇，但是我也還可以追隨虎威，不敢落後的。」

老叟笑道：「我失言了。你不要過意。我不是看不起你，我是不放心你們這兩個孩子；怕他們緩醒過來，不肯老老實實在洞中待。我這藏身洞窟，很是幽祕，外間從來沒有人曉得。倘或這兩個小孩醒轉來之後，伸頭探腦，鑽出洞外，教別人看見了，未免疑神疑鬼，我的機密可就敗露了。」血蠍子劉熹矍然道：「這一層，我沒想到。」

正說著，趙仲穎躺在草褥上接了聲，說：「劉師爺，你要上哪裡去，我也跟你去。我好了，緩過來了。」推開獸皮，坐了起來。

這老叟瞥了趙仲穎一眼，又看了劉熹一眼，說道：「哈哈！我果然老眼未花，你這少年是少爺，你這客人是西席師爺，大概是武教師吧？」

血蠍子劉熹惡顏笑答道：「老丈真是巨眼。你既看破，我也不瞞了。只是現在虎狼當道，你我亡國子遺，言行不可不慎。」因正色說道：「這個少年果是我的少東，他是隱居潛山山麓北山莊趙員外的令姪，我是新到那邊的西席，既不是書記司帳，也不是拳腳教師，我只是個住閒的漢罷了。承主人不肯把我當作廝僕，所以管我叫師弟，我在下姓劉名熹，河南府的……」

老叟聽了，恍然大悟道：「哦，是了，是了。你們不是逃難的，是久在這裡隱居的。你閣下姓劉，大名是哪個『希』字，可是『學有緝熙於光明』的那個『熙』字？還是『希聖希賢』的『希』字？」

劉熹順口答道：「是光明熹熹的那個熹字。」

老叟道：「是呀，不是下面有四點水麼？一定是緝熙的『熙』字了。」

劉熹不再更正，信口道：「不錯，是的。」

老叟又道：「我到底也猜著了，你們不是土著。趙員外大概也是河南府人氏？」劉熹不肯辯證，點了點頭，過去安慰趙仲穎。老叟又道：「你們剛才形色倉皇，到底遇見什麼事了？」

劉熹道：「不瞞老丈……」趙仲穎精神恢復，竟發話道：「嚇，了不得，我們遇上了虎，遇上了豹，我們還遇上了蒙古人，他們要捉我們劉師爺。我們劉師爺一拔刀，一瞪眼，把他們嚇得不敢動。劉師爺帶著我們跑，又在這裡，遇上那受傷的虎了。

剛才那戴豹頭帽套的兩個人，都上哪裡去了？真把我嚇了一大跳。」且說且推身旁的高星兒，高星兒也醒過來了。

這老叟縱聲大笑道：「劉仁兄言行謹慎，怎奈你這少東人，不管不顧，信口胡謅，於是乎仁兄的權詞巧對，如今都擲於虛無了。不過，這位小朋友……見人只說三分話，世路謹防蛇咬人，我說趙少爺，以後我勸你見了生人，最好少說實話，話說多了，要想嚥回去，可就辦不到了。」

趙仲穎自己目光灼灼地看這老叟，不知怎麼的，會合了他的脾胃，笑著答道：「老丈，我可是一點也不傻，我若是遇見歹人，隨便讓他問，我是一句實話也不說的。只要是瞧出他不是東西，我就遠遠躲著他，一點也不理他。」老叟道：「噢，如此說，趙少爺肯和我說話，一定是拿我當好人了。」趙仲穎笑而不答，只點了點頭。

老叟重問劉熹，劉熹這才將今日所遇，一字不隱，告訴了這個山居的異人。老叟聽完，面露沉吟，半晌方說：「劉仁兄，你真是露了馬腳，韃子們頂怕草野間隱藏著奇才異能之士；如被漢奸告發，他必窮究不已。有時他們借求才訪賢之名，故意蒐羅遺逸，實際是文而庸陋地誘以利祿，智勇之士，就設法剪除了。他們的用心非常可怕，因為他們人少，我們漢人多，他們時時提防我們叛變。他們用以漢制漢的法子，厚賞漢奸，鼓勵告密，我們河南人慘死的太多了。你老兄必是武功可觀，被他們看見，所以派人搜訪你。你千萬不要上當，你不要把他們看成求賢若渴呀。」

血蠍子劉熹把手一拍，面含怒容道：「他們的伎倆，我件件懂得，而且身受他們的害，不止一次。這一回正因為我要逃躲，方才誤竄到這裡，遇見老丈。老丈豪氣英風，晚生已然領略，就請指示一條明路，助我把少東送回去才好。」

老叟道：「這一層，你盡請放心，我一見你的面，就猜透你的為人。我所以挽留你，也正有心腹之談，跟你細講。現在，我們先把我那兩個孩子找回來……可以叫他們給你領路。」

重又站起身來，要出去尋子。忽然一陣風也似的，豹頭壯士已然奔回來一個，俯身進了洞，把眾人一看，很慌張地說：「你們都在這裡，好極了。爹爹，你老趕快掩護他們，教他們藏好別動；韃子這就來搜山，必須留神他們往洞裡濫開火槍。」

老叟愕然，血蠍子劉熹忙道：「這可不好，我們走吧，不要連累了老丈。」豹頭壯士把眼一瞪說：「你這人真糊塗，他們就來搜山，你偏這時候走，快給我藏起來，不許你妄動。」轉臉對老叟說：「我想往別處誘他們去，爹爹你看住了他們，不要教他們妄動。」說罷就走，老叟追著問：「你哥哥呢？」豹頭壯士道：「他就在外面，等著我呢。」

豹頭壯士匆匆鑽出山洞，老叟要送出洞外，就便觀察情形。豹頭壯士阻攔道：「你老人家別看了，我替你堵洞吧。」老叟道：「也好。」旋聽得舉石堵門之聲，豹頭壯士運來巨石數塊，壘到洞口，然後一躍登上洞頂，往上爬去。此時山洞被石塊堵住門口，頓時顯得全洞黑暗，只頭上還透光亮。老叟站起來，彎著腰，走到劉熹面前，扯著袖子說道：「劉仁兄，請你原諒，我這孩子，活是野獸，有好心，沒好話的。現在你可以幫著我，把這兩個小孩子藏好了。」劉熹說道：「是是，那不相干。」

老叟走到洞之深處，搬開獸皮厚草，又現出小小復洞。把趙仲穎和高星兒，全藏在復洞中，堅囑他倆勿動勿出，然後老叟又引劉熹到洞頂透亮處。

原來這洞頂上，也是一個較小一點的洞口。那邊大的洞口和尋常人家門戶一樣，是由平入深的；這邊卻是由高墜下的懸空洞門，與其叫做洞門，不如叫做天窗。這懸空的洞穴，就旁邊石壁，盤成石坎，恰可容足，人可以蹬著往上爬。老叟笑向劉熹道：「這個小洞也須堵上，不過沒堵之先，我要探頭看看外面的情形，究竟他們為什麼要搜山？」說著猱身而上，身臨洞口，只探出半截身子，向四周看了一會兒，跳下洞來，就要運石封門。劉熹也想看看，向老叟一說，老叟笑道：「可以。」

劉熹也是猱身而上，也探出半截身子，往四面一望，卻是只看見遠，看不見近。還沒有容他看清，陡然聽見一聲斷喝道：「好東西，你真是找死！」劉熹尋聲一看，還是那個豹頭壯士，剛剛蛇行而進，爬到這裡來，正要由打外面運石堵門。他以為劉熹伸頭探腦，未免惹禍；他竟罵不絕口，立逼劉熹縮轉身子去。劉熹想不到自己會在這裡受辱，忍著氣跳下來。豹頭壯士立刻攀穴探頭，往裡窺望，衝老叟叫道：「爹爹，這裡也得堵上，一點亮也不要透。我說爹爹你把這個人看住了，千萬不要叫他伸頭探腦地找死。韃子這就來了，這個人太昏誕了。」

他還是罵劉熹。老叟怒道：「你這孩子，怎麼這麼講話！這一位乃是前輩英雄，你休得無禮！」

可是少年壯士早罵完了，縮回頭去，搬來大石，立刻把洞口堵上。上下兩個洞口全都堵上，洞內越發黑乎乎，儼如地獄，對面伸手不見掌。

老叟叫著劉熹，扶著劉熹的手，一同回到復洞之內，兩個大人挨著兩個小孩，全都席地坐下。地上鋪著皮褥草墊，老叟笑道：「我們全坐在這裡聽聽動靜吧，劉仁兄，我們可以談談。」

血蠍子劉熹，已知老叟是非常人，這才拿出真面目來，敬問老叟貴姓，大名？由打何時，退居這座荒山？又說：「這山洞如此簡陋，你父子三人怎樣生活，將來作何打算？」

老叟見問，伸出一隻手來，握著劉熹的手，搖了搖，說道：「我的姓名應該告訴你，不過，現在還有個俗人在此，雖然是小孩，小孩的嘴更不嚴。所以，我很願你把你的身世告訴我，我此刻可又便把我的身世告訴你。我們可以這樣辦，等著韃子搜完山，我幫你把這兩個孩子送回去，然後我再邀請你，到一個可談的地方，和你深談一回。並且我在下還有小小一點謀幹，也盼望草莽的英雄，義氣為重，拔刀相助。」

劉熹矍然道：「哦，……那麼，老丈的話，我倒聽懂了。這裡真個不是老丈隱居的山舍了？」老叟道：「你不見這裡，既沒有貯水的缸，又沒有生火的爐灶，當然此地不是住人的地方，這裡只算是我父子遊獵打尖的祕洞。我另外更有住處，卻是『只在此山中，雲深不知處』；我打算邀你去談談，你可肯下顧麼？」

劉熹肅然動容，也把老叟的手緊緊握了一下，說道：「那是我渴望之至的事，但是老丈，你還沒有告訴我，你貴姓啊？」

老叟笑道：「本來用不著瞞你。只是……」左手把著劉熹的手掌，右手在他掌上書寫筆畫，附耳低告道：「我姓宀、八、士、四、貝。」恰恰成一「竇」字。又寫道：「我單名是左邊一個臣，右邊是人下品。」恰恰是個「臨」字。劉熹卻沒有弄明白，還是老叟念道：「是居高臨下的臨。」這才知道老叟叫竇臨。

血蠍子劉熹一聽竇臨的名字，不禁大驚道：「哦，莫非老丈就是燕市行刺，力救文丞相，功敗垂成的大俠竇福臨麼？」

「福臨」二字還沒念出來，被老叟掩住口，低聲重複警告道：「小孩子嘴不嚴，請不要再談吧。」

這時候血蠍子劉熹不勝驚異，據江湖傳言，竇福臨殺了許多人，當時被擒身死，不想他還健在。正在疑訝，黑影中，趙仲穎竟接了聲，說：「劉師爺，今天的事情，和你們談的話，我回了家，一準任誰也不告訴。」又對高星兒說道：「星兒，你千萬也不要告訴你的爹爹。」

原來竇劉二人促膝對談，年幼的趙仲穎。居然在那裡很留神地聽。雖然這一天所遭所遇，驚險萬狀，竟一點也沒把他嚇壞。當然他也不是不害怕，卻比高星兒強多了。

這個隱居荒山的竇福臨和血蠍子劉熹，聽趙仲穎在旁插言，都不禁錯愕，跟著全都失笑起來。竇臨道：「趙少爺，你真聰明，可是你千詭萬詭，你能猜出，我父子為什麼隱居荒山，不肯出山麼？」趙仲穎到底是小孩，擔不住人家誇獎，立刻很逞能地說道：「你為什麼不肯出山？哪裡蒙得住我，那是因為你『不食牛羊肉，只為惡腥羶；隱居山林裡，偷懶不做官。』我說的對不對？」

這山居老叟竇臨，越發地驚詫，口中尋聲誦念道：「你說什麼不食牛羊肉，只為惡腥羶；隱居山林裡，偷閒不做官。哎呀！這意思可怪……」禁不得凝目看著趙仲穎，說道：「你才十二歲，而且是脫口而出。」

趙仲穎笑嘻嘻地說道：「你念錯了，是偷懶不做官，不是偷閒。」竇臨道：「對呀，偷懶不做官，是犯不上，奏不著，這意思太對了。偷閒是隱士高致，偷懶便是志士苦心了。趙少爺難為你小小年紀不忘故國之悲，唔，你本來是宗姓啊。你應該是我們的少主人……」

說罷，目閃閃看著劉熹。黑影中，對面不見掌，僅從鼻息咻咻的聲音中，聽出劉熹也很動情。

但是這二十個字，實在不是趙仲穎出口成章的五言成句，乃是趙仲穎的叔父，常常在內宅念道的幾句悲憤語；如今被趙仲穎無意中想起來，而且念出來。當時，山居老叟竇臨和血蠍子劉熹，精神上很受這兩句話感動。山洞黑暗，不辨面目，看不出趙仲穎念道這二十字的神氣，乃是拾叔父唾餘。竇劉二人竟默默地互相握手示意，不約而同，動了非分之想。

「莫非復國雪恥的真主，就應在這個小孩子身上吧？」

當時，蒙古貴人早來搜山，幸未發現這洞，因此也沒開槍。直耗到黃昏時候，蒙古貴人獵罷回城；老叟竇臨方才引領劉熹，趙仲穎等，出離山洞。竇臨正要親自送三人回轉山莊，這工夫，竇臨的子姪，那兩個豹頭壯士，已然從森林中鑽出來。兩個人居然捉了一隻虎，捆抬著運上山來，於是恰和劉熹等相遇。

老叟竇臨便命子姪，重與劉熹見禮；又悄悄告訴，子名竇元朗，姪名竇元皓，是兩個魯莽漢子，如今就以打獵為生。遂命子姪改換衣裝，帶著獵具，把劉熹、趙仲穎等送回。劉熹和竇臨，一見如故，訂交為友。竇臨衹向劉熹道：「我另有隱居的處所，容改日我先奉訪閣下，再邀閣下到我那蝸居，作一夕長談。」劉熹連聲稱謝，慨然應諾，當下長揖作別。

山莊中此時早已驚擾不堪。佃戶高老旺，煩出許多人，來尋找趙少莊主和他的高星兒。若只兩個小孩失蹤，還好猜些；偏偏連西席劉師爺也不見了，佃戶高老旺可就再也猜不著是鬧出什麼亂子來了。

趙仲穎等三人，一直到二更，方才轉回山莊。當天是不能回轉趙宅的了，便在莊子上住下。次日乘車回宅，血蠍子劉熹不等主人詰責，便先請見宅主，詳說原委，然後自己引咎辭事。所遇險難，劉熹也不隱瞞，竇臨父子的奇才異能，他稍為諱避一點，只說他們是山中獵戶，不敢把他們形容成山居隱士，他們不怕宅主，卻怕輾轉訛傳。

宅主趙承佑，早已得知姪兒仲穎與佃戶之子出遊失蹤，半日不見，連劉師爺也沒了影。趙仲穎一回來，他便沉住了氣，好好地哄問：「你們上哪裡玩去了?可是劉師爺領你們去的麼?」趙仲穎實話實說：「是佃戶之子高星兒，跟自己去看野雞。遇上蒙古人打獵放槍，後來劉師爺趕了去，把我們倆救了。」如何遇見母子虎，如何蒙古人放火槍，如何遇見蒙古兵，劉師爺跟他們吵，如何遇見豹頭獵戶，劉師爺煩他們引路；都原原本本地說了。

趙承佑這才知道：多虧了劉熹，才得把姪兒救出元兵之手，脫去猛虎之口。又由此得知劉熹的武功，的確不弱。劉熹引咎告退，趙承佑用好言語挽留，反而特設小酌相謝。劉熹這才安心，在趙府停留下來了。

趙府過年內外仍然忙著，少主人遊山遇險這件事，積日稍久，漸漸被人忘懷。倒是那車伕從僕，曾在下房，向同伴們講說劉師爺如何爬山避荒，如何武藝高超。被劉熹聽見了，暗暗行賄堵嘴；又告訴他們，這話傳出去不好，恐於主人不利，從僕也就不敢再說了。唯有趙仲穎，自經這番險難，越發喜歡劉熹；私底總找劉熹，不是請教拳技，就是叩問武林區事。劉熹不能再拒，把那練拳習武，初步築基的功夫，背著人，不時點撥這少主人。又向少主人講些江湖異聞，說些南渡的慘狀，往往使這少年聽得瞠目切齒。

這工夫，血蠍子劉熹曾趁趙府過年忙亂，私自走出去，獨行深山，會見朋友，便是那個山居老叟竇臨。

劉熹和山中老叟竇臨，互相訪晤，已有兩三次了，並曾在山莊一個佃戶家，借地飲酒快談。有人問到劉熹，這是什麼人？劉熹說：「是山中的獵戶，我上次到山莊收租，曾經買過他的野味。現在我煩他們，給我尋一隻獾。」人問：「尋獾做什麼？」回答說：「獾油可以做燙傷藥。」人們聽了，也都相信了。

竇臨第一次訪問劉熹時，確是帶來野味，兩隻野雉，一對活松鼠，就是煩劉熹轉送趙少莊主的。趙仲穎一聽竇臨來了，也很歡喜；他拿著松鼠，很高興地玩耍，被他哥哥趙孟看見了，說了他一頓。說是什麼「玩物喪志」。趙仲穎不服，哥倆打起來了。趙孟打不過弟弟，常常吃虧。

第五章　荒村說劍

轉年後，元宵節也過了，趙府的家館又該開塾。趙承佑定正月十七、二月初二，兩個日子，為學生上學的日期。學生們過年，定沒玩夠，希望二月初二日上課才好。趙仲穎又私找嬸母，懇請專心學武；自己也向叔父趙承佑說，情願白晝習文，下晚學武。趙承佑問他：「你打算拜誰為師？」趙仲穎說道：「就拜住閒的劉師爺為師，劉師爺的功夫很好。」那個護院兼授拳的武秀才，趙仲穎是看不上眼的，而且這一節，武秀才回家過年，至今還沒有回館。趙承佑想了想，嘆道：「也罷，我就成全你的志願，你這孩子天生的怕念書；我卻不知你一心習武，將來想做些什麼事情？」趙仲穎道：「叔父也不是說過麼，你老仰觀天文，俯察人事，料定天下眼看要大亂，正是英雄用武之世。亂世重武輕文，也是你老講過的。練武太有用了，可以防身禦侮，又可以除暴安良。」

這些話又是趙仲穎平日從叔父口中聽來的，現在原封端回，趙承佑也笑了。左思右想，說道：「你真要習武？可是你既拜師，就得敬師。你不要看現在，劉先生常哄著你玩，一旦拜師，你再不勤學，他可就要打你了。」趙仲穎道：「叔父放心，我一定敬師勤學；老師打我，我也絕不逃學逃跑。劉師爺很喜歡我，不會打我的。」

當下，趙承佑特別請劉熹到內廳小宴，次日托教書的塾師向劉熹致意下聘，然後擇吉拜師。趙孟、趙仲穎、趙季顯，都拜在劉熹的門下。弟兄三人白晝習文，下晚到中牌以後，便在宅內後院習武。

自此趙仲穎安心學習拳劍，他的胞兄趙孟天性不近武，只跟劉熹練了一套花拳、一套青萍劍，自謂足以健身防害，無須深求；向叔父說了，不再入場操練。趙孟現在一面研讀策論經解，一面探討書畫篆刻；他年紀還未到成丁，可是他的書法已經特創一格，足以成名了。這就是他那軟軟的一筆趙字，如美女簪花，十分娟秀，可惜缺少一點峻拔英挺之氣，失之於「媚」。那小弟弟趙季顯，年歲很幼，於拳於書，全不曾好好學。只有趙仲穎，天性倔強，年紀不大，脖子梗梗的，一對大眼看人死盯，有些不服人管的樣子，偏和劉熹投脾氣；師生到一塊兒，天南地北，又說又笑，又講究，又比畫，似乎師生都樂此不疲。拳技、劍術、槍法、刀法，一件一件地習練，武師教不倦，弟子學不厭；連宅主趙承佑看了，都覺得奇怪。趙承佑起初以為仲穎做什麼都沒有長性，現在他居然耐住性子，安心習拳，想來一定是教師武藝高，並且教授得法，才得如此。

卻不知血蠍子劉熹，暗暗看中了趙仲穎，一面教拳，一面講道，有許多話，把學生吸住了。

於是光陰荏苒，歲月催遷，趙孟、趙仲穎這胞兄二人，性行與學業，漸漸分歧，各走各路。趙孟極力追求文章書史，熟習書本上的學問，存著學成致用、出人頭地的思想。趙仲穎極力地追求拳經劍譜，飽聞江湖上奇人奇事的傳說，小小年紀，竟會含著一肚皮不合時宜。

這件事也很怪，趙府上請著兩位文武教師，這兩位教師恰好具備相反的兩種性格。教書先生倒是個飽學之士，凡是琴棋書畫，金石篆刻，無不博通，只是博而不精。他這個人似乎猥俗一點，既矜才自喜，又懦弱畏事。肚子裡滿裝著學優而仕的古訓，明哲保身的格言，時常鼓勵學生用功上課；說什麼吃得苦中苦，方為人上人，脫不掉舉巍科，登仕版，居朝堂，享榮祿，顯親揚名一類的想頭。趙孟這人天分極高，名心又重，自視高人一等，不肯埋沒草莽之間；受了這塾師感染，果然習與性成，自然不甘寂寞，要馳騁於名場的了。

趙仲穎和他哥哥恰巧相反，而武師血蠍子劉熹又是個潛有作為人物，認定趙仲穎，雖是個小孩子，卻頗有骨氣；若誘掖得法，將來定要成為一個不修細行，落落負有奇節的男子。他本是在此避難，既看中了趙仲穎，一面授武技，一面把「知恥近乎勇」的話，慢慢諷示弟子。劉熹他自己是滿腹牢騷，對這三個小學生，任意講說。趙孟聽不入，趙季顯聽不懂，唯有趙仲穎很能聽受。到後來，劉熹對趙仲穎，越發另眼看待，有許多話，對別人不說，單對趙仲穎講。大抵小孩在十六歲以下，心地如白紙一樣，往往先入為主，每把師父的言語，當作天經地義。並且越是偏激之談，憤世之語，越能打動人心。血蠍子劉熹起初說話，多少還有些顧忌，後見這潛山山村，彷彿與世隔絕，山民唯魯，也不會獻媚常道，劉熹說的話也就越明顯了。

劉熹的話，大致便是「尊王攘夷」，教學生不要忘了自己是漢人。他並不理會小學生聽得懂，聽不懂，他總搬出古史來，把五胡亂華，遼金侵宋的故事，繞著彎子，講給學生聽。

然後又牽扯到時局上面，現在韃子們如何殘殺南人，如何霸占民產，如何強逼剃髮，如何把子納父妾，弟娶寡嫂的「收繼」的陋俗，強制推行到中原，以致民間許多烈婦，因違旨而犯胡法被誅。

又說到「收繼」敝俗，現已推行鄉間，鄉下人為了爭奪寡婦田產，往往有無恥的小叔，以奉旨收繼為名，硬來逼姦守寡的嬸嫂，每每激出人倫慘變來，這都是新朝的秕政。劉熹盡量打聽來，惡狠狠地向學生說。本來這些事情，過於荒唐淫虐，不該教小孩子知道。劉熹卻不管不顧，凡是人間不平事，他定要發出不平鳴，一字一板，對這得意弟子講，他把當時人間一切罪惡，通通歸咎到異族入主中原，故意拿胡俗，摧毀我們漢人固有的民德善俗。他極力形容，把學生說得小臉通紅，滿面怒氣，方才罷休。

又不只如此，血蠍子劉熹更舉出「剛毅木訥近仁」的道理，勸學生多聽少談；務必要人前沉默，暗地精明，要喜怒不形於色，要臨難不驚，受寵勿喜。總而言之，劉熹用五年的工夫，要把趙仲穎鑄成一個猛似烈火，堅如寒鋼的烈士。居然他沒有看走了眼，趙仲穎這個少年，居然變成一個又冷又熱的任俠人物了。

在這五年期間，血蠍子劉熹把全副精神，都用在趙仲穎這個門人身上。自己的武功，已經傾囊盡授，自己的希望，也全都寄託在趙仲穎身上。因為趙仲穎不僅是漢人，而且他又姓趙，的確是故宋宗室的後裔。劉熹把趙仲穎看得很重，趙仲穎也不負他所望。這兩個人雖然年齡差得很多，卻在這五年中，已經成為肝膽相照，性情相投的好朋友，早超過師生義氣了。

簡直可以說，他們師生志同道合，一心一德。

還有那山中獵戶竇臨父子三人，也不斷和劉熹、趙仲穎師徒，祕密往來。趙仲穎已經十五六歲了，竟與竇氏父子，也結成忘年之交。

不過，血皺子劉熹的言談、舉止，過形激烈，免不了引人注目。起初，劉熹總還有掩飾的地方。後來在趙府做客日久，看出宅主趙家是避世逃難的亡國遺民，上上下下都不滿意時事；劉熹不知不覺，露出真面目來。於是他的為人，也被宅主人趙承佑看破了。

趙承佑雖是亡國遺民，卻因身家沉重，甘心攜子姪，逃到這僻邑山村，隱姓埋名的匿居，只求安居樂業，做個遺民，以保全種姓為志，很不以任俠人物憤世嫉俗的傲態為然。為天命所在，胡運方張，我漢人既無力揭竿起義，糾眾驅胡，那就該蜷伏爪牙，老死草莽，做一個伯夷叔齊不食周粟，也就可以了。若是妄發狂言，口頭上謾罵胡奴，其實是賈禍有餘，無濟於事的。趙承佑是紳士，是耆舊，受儒道薰陶，雖懂得尊王攘夷的大義，總不如明哲保身的古訓，更可以作為「苟全亂世」的藉口。人是畏葸的動物，趙承佑也是其中的一個，他當然和劉熹不同了。

趙承佑已然看出劉熹為人，料定他是當年抗胡的將軍。卻因亡兄承佐，也是抗胡殉國的忠臣；只要劉熹不給他惹禍，他也就偽裝不知道。等到積日既久，劉熹無意中說出來的話，常覺刺耳。隨後又覺出姪兒趙仲穎小小年紀，說話也帶鋒芒，和老師劉熹口吻一樣，趙承佑就有點疑慮了。經暗中留神體察，漸漸看出：大姪兒趙孟，依然是書生本色；二姪兒趙仲穎可就性情變化，漸形偏激。按說十幾歲的少年人應該活潑的，讀書習劍之暇，自當開懷尋樂才對。可是趙仲穎近兩年竟像成年人一般，不喜兒童遊戲，專好訪探人間不平事，又好探聽新朝的虐政。這就不大相宜。而且神情意趣，也似過於沉默嚴冷。

趙承佑漸漸不放心。遂暗地向家人打聽，又把姪兒叫來，幾次屏人私談，拿話引誘他。終於斷定二姪兒受了劉熹的感染太深；而劉熹的思想，實在是禍害。

趙承佑為了保全身家，保全姪兒，反覆籌思多日，終於決計，要把劉熹解聘，心中又有些疑難。可是劉熹似乎十分機警，這一方稍露疑思，那一方見機而作，不等主人開口，自己先行告退了。

告退的日子，恰好五整年零四個月。這天，劉熹拜見宅主，說道：「晚生在府上叨擾五六年了，深蒙禮待，至深感激。現在，晚生要回故鄉看看去。」趙承佑一聽，正中下懷，不覺面帶欣容，忙答道：「劉師爺想回家看看麼？好極了……」劉熹趕緊表明這不是暫時請假，實是永遠解聘，不再回來了。趙承佑大喜過望，求之不得，連忙厚贈川資，盛筵餞行。

血蠍子劉熹一面打點行李，一面向學生話別。師生戀戀難捨，趙仲穎很慘淡地說：「老師走了，何日再來？」劉熹卻說：「山高水長，後會有日。」

終於血蠍子劉熹悄然離開潛山山莊，悄然遠行了。臨行以前，劉熹祕密和趙仲穎說了許多話，又贈給仲穎一個外號，叫做「鐵面趙」；還留下幾本書，趙仲穎珍藏起來。教師雖走，學生自己仍然用功自修。

於是日月跳丸，光陰似箭，趙孟十九歲了。趙承佑忙於給趙孟成婚；這還是趙孟的父親殉職前，給訂的婚事，乃是吳興管禮部的女兒。大亂之後，兩家親戚隔絕，現在甫通音訊。管禮部已經死了，現在只剩下管夫人和一子一女；逃避鄉間，苦度歲月。兩家親戚互通消息之後，那位管夫人便催男親家定期速娶；趙承佑這才攜帶長姪趙孟，前往親迎。

這位管小姐，年已十八歲，比趙子昂（孟）小一歲，是一個才媛，生得秀美溫文，而且知書識字，稱得起掃眉才子，和趙子昂正是一對璧人。過門以後，和趙子昂恩愛非常，父事叔父，子撫幼弟，全家稱讚她賢淑。這時叔父趙承佑已然鰥居，此日欣得賢媳婦，代主中饋，趙承佑更為寬慰，便漸漸將家事交給姪婦了。

趙仲穎和哥哥趙子昂，天生性情不同。一個年幼而倔強，一個年長而柔雅，手足間感情並不融洽。趙仲穎年紀雖小，卻看不起哥哥的脾氣隨和；哥哥又不滿意弟弟的風骨強傲，以為小小年紀，自作聰明，不肯聽大人的話，又不喜讀書，未免有隳詩書家風；為此做哥哥的每每規勸胞弟。偏偏這胞弟胸有主心骨，私自抱定主意，最不喜人勸誡。而且哥倆年紀差不多，縱不打架，也常常拌嘴，好像誰也不服誰，誰也不讓誰。等到這新嫂嫂娶進門來，她卻是個很有耐性的女子；居然拿出做主婦的身分，一面勸阻丈夫，一面哄慰小叔；不但替丈夫兄弟之間，消弭了多少爭辯，還把他們兄弟之間的感情，調和得很好。趙季顯年歲小，兩個兄長都肯容讓他。趙仲穎卻有時犯起牛性，叔父責打不改，哥哥規勸不聽；單靠這位嫂嫂很溫柔地規勸他，他多少還能依從幾句。因此叔嫂之間感情很好，居然引得兄弟之間感情也好起來了。這樣做，只一年的工夫，全家上下，莫不稱讚新少奶奶的賢惠。

叔父趙承佑本是百劫餘生，行年整六，料理家務，事必躬親，免不了憂勞致疾，坐下病根。趙子昂成婚後，忽一年殘冬，趙承佑因受了感冒，引起哮喘舊疾。住在山莊，沒有良醫；等到病重，請來醫師；可是他大限已到。到底醫藥無效，漸致不起了。前後臥病兩個多月，趙承佑自知鐘漏將歇，來日無多，便將兩個姪兒，一個姪婦，和自己的一個兒子，全喚在病榻之前，掩上臥室門，屏人祕語。把自家已往身世，細說了一回，如何兄嫂城破殉國，如何自己撫孤逃亡，埋頭創業，喘息著都說了；姪兒姪婦揮淚敬聽。

趙承佑又道：「我埋頭荒村，已經將近十年；從來未曾細談過往事。現在已經快不行了，我將要到地下，去見你們死去的父母；我們家的事，不能不說一說了。我這些年來，自問撫孤課姪，煞費苦心，就是因為我家系出貴胄，富有資財；自從經過時變，變賣祖產，出走逃難，弄得消耗很多。及至重新經營，掙扎了十年，方才得到萬貫家產。沒能給你們兄弟多留一點，這是我心中歉然的一件事。從今以後，我希望你們和睦同居，勤學守業。說到將來的出路，我有兩句話，對你們說。你們要是想保家免害，也不妨出仕新朝，在元廷做官；但是如要明恥立節，便該閉戶讀書，管理奴僕，耕田種地，做個亡宋遺民；那就隨你們自己的志願了。但是孟，你的性格過於柔懦，應努力堅拔一點。仲穎，你性格太嫌偏激，應該往諧和一點做去；這是我對你兄弟的遺訓。新婦是一個好孩子，不用我多囑咐了。」又特囑自己的兒子趙季顯：「務必聽從長兄長嫂的話，千萬不要析居。萬一你們兄弟異趣，實在不能同居呢，也就不必勉強慪氣，那就把遺產分為三份，孟、仲穎、季顯，你們人各一份。」

說到這裡，趙季顯揮淚應諾。自誓今後定必遵從遺言，和兩個同堂哥哥，好好同度日月。趙孟夫婦和趙仲穎都很悽慘地哭著說：「叔父放心，我們一定和季顯兄弟好好相處。至於產業，這全是叔父創出來的，我們願意分作兩份，我弟兄當共分一份；季顯弟弟當獨分一份。因為我們本是兩房，當然該折作兩份的。況且我兄弟，若不是叔父捨死忘生，負救逃難，我們兄弟兩個早就死了，我們焉能忍心和季顯兄弟平分遺產呢。」

管小姐也再三地說，將來就有妯娌，也絕不分家，萬一折產，也須教三弟多得。

趙承佑點點頭道：「這個，由你們自己去辦吧，我管不了許多了。只是仲穎至今還未訂婚，孟你應該替他物色。還有老家人趙祿曾在患難中背負你們兄弟，越城逃跑，很是不易，他的子孫，你們要好好看待他。」一番叮囑，語多氣虛，又復昏迷過去。延至次夜，竟爾逝世。兄弟叔嫂四人撫屍痛哭，遵禮成服。

趙氏祖塋遠在吳興，趙子昂設法把叔父的靈柩，用車運回故鄉宗塋安葬。從此趙孟，管小姐，便以長兄長嫂的身分，主持趙宅全家大計；服滿之後，因三弟季顯年紀小，學業未成，子昂仍給他延請一位塾師，每天在家授課。子昂因自己居長，又須料理家務。便不再上學，只自己研讀。卻是趙仲穎年歲比自己小，又沒有娶妻，孟做兄長的意思，很願這二弟和三弟做伴，一塊兒念書。不意趙仲穎此時已然志不在此，再不肯抱書本，鎮日咿唔咕嗶了。大哥趙子昂對他說了幾次，他搖頭峻拒。嫂子管小姐也曾用好言語，探問他，勸誘他；他只哈哈嘻嘻地笑。再問急了，便道：「念那些書，做什麼？叔父臨死的意思。埋首荒村，長為農夫，以歿一世。我不打算應考，又不打算出仕，念那些詩云子曰，倒害得人氣短膽小。」

趙仲穎的話只是微露鋒芒罷了，但就這樣，已說得趙子昂很懸心。趙子昂就要擺出長兄的譜來，規誡胞弟。管小姐比較聰明，急急勸住丈夫。夜間閨房無人時，她向丈夫說：「我看二叔為人豪氣英風，與眾不同；他不願念書，你就不要強逼他了。你們是手足，你還沒看出他那脾氣，識順不識強，你越勉強他，他越拒抗。」

趙孟聽妻子這樣勸說，就深喟一聲道：「你哪裡知道，二弟性情倔強，從小不喜念書，這個還是小事。我只擔心他終日遊閒無事，好似野馬一樣。我深恐濫交惡朋，淪入歧途。他的拳技練得很不錯了，萬一被匪類勾了去，恐將為家門之禍。我不是真勸他上學。我只是想把他拘束在家中，免得浪游惹禍。」

管小姐聽了這話，低頭尋思良久，抬頭說道：「二叔的脾性，一來好武，二來好交，的確是容易招惹是非。但是你要想化解隱患，卻不能強按他頭皮，逼他念書。我有一法，二叔今年十七八歲了，我們何不給他物色一個淑女？不管他性情有多麼野，年輕人沒有不慕少女的，給他娶一個豔妻，他就貪戀閨房，不致出門惹禍了。」

趙子昂道：「這話很是。不過二弟從小不喜讀書，他的學問太沒有根底；我實在盼望他跟三弟好好地再念幾年書。他已經十八歲了，可是他只念過論語，孟子，左氏春秋，而且是粗通大義，不能成誦；詩經書經並沒念完，別的他只胡亂翻過十七史和六朝雜著。我的意思，很願他把五經都念過才好。至於詩詞韻文，行書楷隸，他也素欠研究。」管小姐笑道：「你不要希望二叔和三叔一塊兒進書房，這是絕辦不到的事。他志不在此，你不要勉強他。古人說：『父子不責善。』你們是兄弟，更不可逼勒他太甚，還是由著他自己的性子為妙。據我想，二叔已經成丁，你還是趕快給他說親吧。」

趙子昂依言託人物色淑女，可惜他們乃是避地隱居潛山的，與老親舊鄰多半隔絕，因此為胞弟提親，也很不易。他們是書香門第，自然要聘娶舊家閨秀，無如他們現時住在山村，這裡只有農家獵戶。經半年多的物色，才提到一家老秀才魏明經的幼女。據說這女子才十六歲，品貌頗佳，針黹精巧，只是不認識字。她的父親，是個老儒，家道也很平常。經女眷相親之後，大致總算相配，趙子昂便要給仲穎放定，管小姐連忙攔阻道：「使不得，你必須問問二叔，萬一他不樂意，將來豈不為難了？」趙子昂便在內宅，親向仲穎提說，把這女子如何貞順賢淑，家庭如何知禮守法，盛讚了一回。問仲穎意思怎樣？

果不出管小姐之所料，趙仲穎沒等聽完，就臉皮一紅，詰問道：「哥哥說的不是魏明經的姑娘麼？」趙孟答：「正是他家。」趙仲穎搖了搖頭，再叮問時，他便說：「哥哥常讀古書，難道不曉得男子年未三十，不應受室麼？我是不要成家的，哥哥千萬不要給我胡亂提親吧。」趙子昂再三提說，趙仲穎再三推卻，又背地向嫂嫂透露心思，請嫂嫂千萬攔住哥哥，暗含著表示：哥哥倘或冒昧給他成家，他就要棄家出走。

管小姐忙問：「二叔可是嫌這魏明經家的女兒不好麼？」趙仲穎點了點頭道：「魏老頭冬烘極了，他的女兒一定是個糊塗女子。大概這個女孩子，一個字也不認識，我不要不認識字的女人，魏老頭也不配跟我們攀親。」管小姐笑了笑，忙又叮問：「二叔若嫌魏家的女兒不好，我可以告訴你哥哥，另外給你物色知書識字，門當戶對的女子。可是二叔若依你之見，到底你要什麼樣的妻室，才算可心呢？」

趙仲穎依然是臉紅紅的，只說不要不要。管小姐笑著說：「比方新娘子若是像我這樣子的人，或者比我還強，你可喜歡要不？」趙仲穎也笑了，當下不好置答，愣了半晌，才說：「女子像嫂嫂這樣的能有幾個呢？不過，我並不想成家。」管小姐道：「為什麼呢？」趙仲穎道：「大丈夫志在四方，匈奴未滅，何以家為？」

這「匈奴未滅，何以家為」八個字，把管小姐嚇了一跳。

管小姐乃是才女，聽了小叔這句話，秋波盈盈，凝睇不已，很驚懼地問道：「二叔，二叔，你說什麼？」

趙仲穎道：「我沒有說什麼，我不過說，我年歲還輕，沒有到成家的時候。」

然而管小姐又害怕，又著急，又不敢告訴趙子昂，她素來知道趙子昂比她還小膽的。但是趙仲穎這句話實在教人懸心，她又不敢明勸，只得用好言語，委婉哄慰小叔；諷示他漢祚已盡，死灰難燃，天命佑胡，虜運方張。因勸仲穎做個保家延嗣之子，不要做復宋抗元之士，說著說著，幾乎急下淚來。趙仲穎唯唯諾諾地聽著，見嫂嫂過於害怕，他便撰辭解說道：「嫂嫂放心，我只是不想老早地成家，我不會在外面惹出滅門之禍。我在外面不過跟幾位好武技的朋友，一塊兒遊戲罷了，其實沒有什麼事。」管小姐越聽他這樣說，越是著急。她是個賢明的女子，知道口頭勸解，勸得了浮面，勸不了內心；現在還是只有那一法，就是趕快給仲穎物色一個極美麗、極聰慧，知書識字，既有學問，更有權謀，難夠拴住丈夫野心的女子。而且要使得這個豪放不羈的小叔，從心眼兒裡愛戀他的那個妻子，如此方能把他絆住。管小姐暗暗對丈夫說了，魏明經女兒的婚事作罷，另外託人尋求別的閨秀，務必要做到「賢賢易色」的反面，拿著古人「愛玩豔妻」的柔情，去打消趙仲穎的「偕交報仇」的豪氣俠腸。

只可惜趙子昂、管夫人的主意想得遲了。此日趙仲穎，似乎羽翼已豐，再不受羈勒。常常獨自策馬出遊，經旬不返，問他：「上哪裡去了？」他說：「遊山逛景去了。」不知怎的，他的話竟教人不敢置信。而且他忽然狂歌極樂，忽然緘口沉默，也教人測不透，他的一雙眸子，更是深沉得可怕。有時候，他獨自一人，在家中對燈枯坐，支頤冥想，一坐坐到天快亮。這使得做賢父兄的趙子昂夫妻，萬分的惶惑擔憂。而且，不管你怎麼問他，再也問不出他的實話來。他只是說：「出去玩玩，出去遛遛，沒有同著朋友，是獨自一個。」

趙子昂很悲戚地對妻子說：「二弟簡直把我急瘋了，他……他到底裝著一肚子什麼打算？小小的年經，比壯年人還沉默，莫非真要弄出滅門的大禍來不成？」

趙子昂沒有別法，只有百般攔阻趙仲穎的遊興。但是趙仲穎究竟已是成丁的人了。做兄長的到底與嚴父不同，何況他二人年歲相差無多。並且趙仲穎畢竟是男子漢，不是閨女，你也不能整年整月，把他拘在家中。管夫人再三警告丈夫：「對二叔只能以好換好，千萬不可強行家法，硬來禁制他。禁制他太緊，他是要飛的。」

趙仲穎還是這樣遊蕩，累得兄嫂擔心，他卻滿不在意。

後來管夫人想了一法，趙仲穎如果出遊，夫妻倆雙雙地在家恭候遊人。趙仲穎如果遲歸，兄嫂便挑燈坐待；弟弟回來，問茶，問飯，伺候完了，看得遊人登榻安枕，這兩口子方才回臥室就寢。弟弟不歸，兄嫂坐耗到天亮。若是趙仲穎流連在外，一連數日不歸，趙子昂就丟下一切正事，滿處尋找二弟。

找著二弟，絕不抱怨詰責，只是做出欣然安心，如釋重負的樣子，給仲穎看。似乎說：「我可找著你了，我可放心了。」再不談別的話，邀著弟弟一同回家。到了內宅，嫂嫂管夫人早經督飭奴僕，給二爺預備飲食，茶點；溫情慰藉，宛如慈母。這種純以恩情感動的辦法，行之既久，趙仲穎可就招抵不上了。從此，迫不得已，他只得稍稍斂跡，不太遠遊了。但是他心中依然另有他的打算。

這時候，朝野大局早已大變。元世祖忽必烈入主中原，奠定蒙古帝國大業；宗姓大將分封各地，橫跨歐亞，建了許多藩封屬國，兵威武力，銳不可當。許多的亡宋孤臣遺老，試圖死灰復燃，捨死忘生，前僕後繼，在長江沿海一帶，幾次糾眾起兵，倡起匡復之號，打起驅胡之旗，宛如以卵擊石。明知送死，義士們好像打定主意，要殺身成仁。但是人心儘管熾熱，終不敵大元鐵騎，弓馬精熟，能征慣戰。這些股頑到後來一個個剿的剿，殺的殺，死的死，囚的囚，降的降，亡命的亡命。

不知有多少志士，眼見元人混一四海，心懷奇憤；然而避秦無地，驅胡無方，有的酒醉貪杯，縱慾自戕，有的隱姓更名，出家為黃冠緇流。這自是仁人志士，委離抱痛，甘心趨死。至於一般流俗，覺得皇天不佑大宋，胡運正在興隆，又聽那些降臣所輔導的：「四夷全是炎黃胄，天下南北是一家」的大道理，相信蒙古即匈奴，「匈奴乃夏後氏之苗裔也」。這句話明明白白寫在司馬遷的史記匈奴傳上，絕沒有錯。都是同胞，誰算君主，誰算臣奴呢？只不過蒙古貴人，到底是有貴相的。各地老百姓漸漸心悅誠服，納稅效忠了。大元帝國又有好些降奴，代做謀主，一面開科取士，收拾人心；一面大張撻伐，屠戮叛逆。文武之道齊施，德刑之政並布。這樣做，不拘中原的漢人，南方的蠻子，漸漸地，慢慢地，老老實實地做了大元的順民。

當趙孟、趙仲穎昆仲，學成文武藝之日，也就正是中外人心畏威懷德，一體歸元，甘為胡奴，再無叛志的時候。

趙仲穎和哥哥趙子昂年紀相差無多，可是性情如此懸殊。

第一，趙仲穎脾氣倔強，根於天性，又生得面貌微黑，大眼長眉，嘴角下掩，不怒似怒。而趙子昂生來柔媚，頗富女性美，他和他的愛妻管夫人，風姿都那麼俊俏，宛如玉樹雙輝。試看他的字，就可以看出他的為人。第二，趙子昂受教的那位塾師，乃是屢試不第的老秀才，裝了一肚子經詩策論，詩文作得非常當行出色，可惜筆慢，不得志於考場，慚恨生平沒得掇巍科，入翰院，登朝堂，做高官。他既坎坷半生，痛怨筆硯無靈，可就把滿腹經綸，都教給學生。希望這得意弟子趙子昂，能繼師志，實現師門「學而優則仕，仕而優則學」的大抱負。

偏生趙仲穎所遇的拳師血皦子劉熹，與這冬烘老夫子大大相反。小學生當然尊信師父的話，老師的話比聖旨還靈，結果這一對胞兄弟，被兩個教師帶得背道而馳，差得很遠很遠了。

那拳師劉熹竟把門弟子推心置腹，教得合盜跖夷齊為一人。趙仲穎不食周粟，可是欲食胡肉。

那塾師竟也把門弟子傾囊倒篋，教得合佳人才子為一體。

趙子昂不但才高學優，還要練達世情。工於揣摩，拿著迎合考官的精神，來博人歡心，善事公卿。大抵獵取功名，必須投機討好，趙子昂十年寒窗，竟學會了這一套。

於是，在叔父趙承佑逝世的五年後，趙子昂真要馳逐名場，獵取科名了。趙子昂似乎是自恃奇才，不甘埋沒荒野，與木石同朽，利祿之心未斷，名心勃勃，不可遏止了。

第六章　才子求榮為免辱

在潛山山莊鄰近，有著一個遁世閉戶，讀書務農的世家。

這世家也是南朝名宦，亡國後才攜眷避難遷來的；埋首隱名，山居很久，素日和鄰家不通慶吊。但因與趙家門閥相當，臭味相投；當趙承佑生前，曾以一個偶然的機會，兩家有了來往。

這宅主自稱姓周，也是擁有農田多頃，素常以詩酒自娛。這周員外也有一個愛子，也請著專館教師，在家讀書，後來和趙府成了通家至好，兩姓子弟也時常共學共游。周公子名叫周章武，性情卻很文弱；年歲、門閥、學識，和趙子昂非常相類，兩個少年會文課詩，性情相近，不久成了莫逆之交。

周員外資性堅僻，因抱亡國之病，看不慣新朝左衽的胡服，聽不慣都魯多羅的新朝國語，更弄不來請安打千的胡禮，他比趙承佑還頑固。不但謝絕交遊，不肯進縣城，簡直國亡後，連家門也不願出。把自己囚在鬥室內，日日酒杯不離手，向故紙堆中鑽研排遣，一方是「一醉解千愁」，一方是「諷古以亡今」，他有他的苦處。在他以亡國遺民自居，他的令郎周章武公子，可就不然了；少年矜才，不甘肥遁。抱著「學成文武藝，貨賣帝王家」的志趣，這少年不肯伏處草莽，虛度一生，總想懷才一試，要爭功名於朝堂。他的父親要把他拘在山村曠宅之內，他早已不堪寂寞。他是活潑的少年熱衷人物，做隱士本來不成。西漢末年劉向劉歆，父子異志，周章武公子跟他父親，也是這樣。等到他父親一死，他可就脫穎而出了。他要獻身大元帝國，以才能自見，給漢人爭一口氣。

而且他們這種人打算出仕，也還有一種不得已的苦處。大元帝國最賤視南人，各地的蒙古縣令，徵兵抓夫，又專坑害沒有勢力的老百姓。周宅、趙宅既不曾出任新朝，又沒有蒙古親貴來往，可算是道地的良懦之家，因此抓夫徵財，很受貪官酷隸的剝削苛擾。周公子的一塊山田，出了瓷土，可以制瓷器，地價變貴，就被佃戶們勾結縣衙門的譯員隸役，硬找出冒名的原業主，拿原地價的五成，硬給買回去。還有周公子的另一家佃戶，叔姪二人，忽被地方官強抓了去，既不知罪名，又不知下落。佃戶的母親媳婦，驟失當家人，斷了生路，至今還歸周家代養著，鎮日啼哭，情形很慘。周員外當時曾因此氣了一場病，竟由這病臥床不起，纏綿半年，旋即下世。周公子辦完喪事，也看透這步棋，想結納一兩個蒙古貴人，或漢籍的翻譯員，借他的勢力，保護自己的產業。

周公子這樣存心，並不是一定要攀高結貴，更不想狐假虎威，只於在異族統治下，做個「順民」，求個「順氣」罷了。

可是那些為貧而仕的頭一期的新朝降臣，早對這些擁財肥遁的遺民，懷著妒意。以為你們有錢，你們愛國愛得起；我們窮極，當了漢奸，你們瞧不起我們。到了今天，你們骨子裡拿我們不當人，表面上又想借我們的勢力，你們也太清高了吧！

於是很有些遺民結新貴，反被新貴倒咬一口，再不然也被拖下渾水。至於尋常老百姓，巴結蒙古小吏和譯員的，也常常得不到真的庇護，反害得引狼入室，使自己的妻女受了意外的汙辱。又有一些遺民，起初懷念尊王大義，誓不食周粟，甘心埋沒荒郊，做個殷頑。卻是這般人多半是念書的人。念書人一向自視加人一等。士農工商，士流本居四民之首，免不了有優越感。等到做了亡國奴，當然優越不起來了。蒙古人又偏偏拿念書人不當人。這一來，有的地方，越激起遺民之憤，有的時候，也竟迫得這些伯夷叔齊，在首陽山受不住了。譬如鄉村一個種地的，無故挨了打，人都不理會。若在大庭廣眾中，有一個儒生，因言語不通，平白挨了蒙古駐軍一個耳光，別人看著，自己覺著，好像比挨餓挨刀更難堪。這怎麼辦呢？亡國奴無他法，自然是躲避。但為衣食所累，躲避不開呢？可就有些念書的人慢慢地變了心，國亡既已恢復無望，不覺動了出仕之念。他們這出仕，非為「干祿」，只為「免辱」罷了。當降奴，非為升官發財，只為不受氣，苟活逃死，這也就很可憐。但是當降奴，也須有階梯。這時候，恰值大元帝國開科取士，南人北人一體得興考試。若頭場考中，連捷上去，也可以揚眉吐氣，不再受新朝走卒下吏的欺凌了。於是，為了這出仕免辱一念，為了這不甘寂寞，使得周章武公子，一旦變節，同時把趙子昂也拖下水去了。

他們倆本是好友，周章武進城買試卷，竟買了兩本，回來就告訴了趙子昂，講了好些道理，勸他應試。兩個人都很年輕，又都有才學，都不甘沉埋荒丘，虛度一生，而且他們兩家都受過新朝下吏走卒的嚇詐，周章武是決計要應試了，勸趙子昂和他同去。屏人說道：「趙仁兄，你就不肯出仕，何妨去應試呢？不登仕版，只索取一個功名，也可以鎮壓狗腿子們，免受挫辱。」

這話不為無理。趙子昂點點頭道：「是的。」

於是兩個人結伴聯袂，進城赴試。周趙二人都是富有文才的人，潛山縣又是文風固陋的僻邑，兩個人應考，居然高列前茅，一個第二，一個第一。蒙古縣官當然不通文，他卻請著文筆很優的幕府師爺；這個師爺向縣官道賀，說：「東翁大喜，現在你這縣治內，出現兩個大才子了。」蒙古縣官說：「誰是才子？」師爺盛誇周趙二人的才華；這二人的試卷，淹貫經史，富麗典雅，實是罕見的兩個奇才。因說道：「夫文章足以華國，而薦士實為美政。」這師爺盡量的一拍馬。蒙古縣官也就欣然得意道：「哦，這兩個才子，叫他們來，我見見。」

周章武、趙子昂，到了這個地步，可就順水行舟，順流而下了。這一天，兩人衣冠楚楚，進縣衙門投刺，拜見了部民的父母，門士的恩師。兩人相貌都夠雍容華貴，絕不帶潛山縣山民鄙樸之氣；蒙古縣官看著順眼，很拿兩個人當人，兩個人也就很順氣。從此兩個亡國貴公子，竟馳騁於名場，欲罷而不能了。兩個人都成了茂才異等，縣官也保送，府官也保舉。旋到行省鄉試，又復高高的中上。

這時候，元世祖採納了降臣的忠謀祕議，正在開館招賢，努力蒐羅江南的人才。為的是收拾人，使天下豪杰盡入彀中；免得他們毫無出路，伏處草莽，圖謀不軌。於是降旨封疆大吏和藩邦屬國，一體薦舉賢才。訪求隱逸；苟有鉛刀一技之長，不吝高官顯爵之賞。江南蒙古大吏更受到密旨，務必盡量搜羅亡宋失職的官吏和有才能的遺老遺少。大吏遵旨，就把趙子昂、周章武，還有別的人，全都保舉上去。別的中書行省也滿處搜舉賢才，總不似江南鬧得厲害。這樣一鬧，許多遺民隱士，追蹤夷齊，發誓不仕新朝的，到了這時，也有窮極餓不起的，也有受辱耐不住的，也有不甘寂寞的，也有名高望重的學者名流，被當地官府，指名挖出來。像逼寡婦改嫁，催他們上道應試，美其名曰：「安車蒲輪，優禮賢良」，被舉的也算是征君了。可是如果不去，那就是抗旨，抗旨是要砍頭的。許許多多亡宋的舊吏遺臣，借這「征君」的美名，避這砍頭的大罪，紛紛出山了。

趙子昂和周章武，因為年紀輕，名頭小，還不算征君，只算是茂才。兩位茂才被架弄到燕京，禮部赴試，金殿對策。結果，周章武名附榜尾，趙子昂高捷探花郎；尤其是他一筆軟軟的媚在骨子裡的小楷，使試官愛不忍釋。就是蒙古萬歲皇爺，見了那篇文，雖不懂得，見了那筆字，也覺得很不壞。於是周章武謀幹了一個小京官，趙子昂居然入了翰林院。若不是他姓趙，考官大臣都有點顧忌。倘換個別的姓，更要大闊了。

然而這一來，卻給他的胞弟趙仲穎一個很重的打擊。當趙子昂初應縣試時，原本說好，身為一家之長，為免受奸隸惡卒的勒索敲詐，不得已，且去弄個小小功名。趙仲穎也曾勸阻，也向嫂嫂管夫人說：「新朝吏卒如禽獸，越躲遠他們越好，哥哥為什麼倒接近他們？」管夫人皺眉說：「二叔，你哪裡知道，你不管家裡田產的事，自然不曉得你哥哥受的那些閒氣。縣城裡的胥吏隸卒，個個比虎狼遠凶，每來收地租，征車徵夫，動不動就逼著你哥哥親自去當役。又說二叔你夠了歲數了，要征你去當官差。遇上這種事，便賠多少好話，花多少冤錢，才能把他們打發走了。這就因為咱們家只有錢，沒有勢力，所以才落得受他們的氣。你哥哥被逼沒法子，這才打算和周公子一同去應試。好歹得一點功名，無非是鎮壓這些惡奴。二叔你心上海闊天空，不雜一點俗事。你哪裡知道居家過日子，頂門戶的苦處！縣吏和保正把咱們欺負得太厲害了！」

管夫人這樣解說，趙仲穎方不言語，卻是心中仍不以為然。哪想趙子昂一帆風順，一路連捷上去，竟做了京官。趙仲穎這一怒，非同小可，從灊山一直追到燕京，面見胞兄，逼他棄官回家，隱居耕讀。趙子昂到了這地步，已經撮上火爐，欲罷不能。他這人頗富才華，元朝君臣雖然酷待南人，卻很優禮他。那蒙古大臣，蒙古宰相，都對他異常刮目，又好像見他姓趙，曉得他是前朝的遺冑，反而特別寵任他，用以傾動故宋遺臣，隱消草野異謀。像這樣，趙子昂在新朝，可以說意氣發舒，名動朝堂了。他就忘其所以，以齊桓公的仲父管夷吾，秦苻堅的權相王猛自命。他確乎是變節了，他有他的理由，是民命為重，宗社次之，個人的名節更次之。好像他屈節做了蒙古大夫，完全是為了濟物利民。

倔強峻傲的趙仲穎，對胞兄應試就不悅，對胞兄出仕更齒冷，一口氣北上，趕到趙子昂京城寓廬，屏人苦諫。說了許多激昂慷慨的話，勸哥哥立刻掛冠回家；趙子昂只是淡然一笑，對弟弟道：「你說的全是孩子話。」長本大套，講出了一番柳下惠玩世，伊尹用世的道理。

仲穎又瞪著眼說：「怎麼是孩子話？達則兼善天下，窮則獨善其身；哥哥，今日虎狼當道，豈是你兼善世界的時光？況我們亡國之餘，幸未覆家，賴叔父之力，薄有田產，不愁凍餒；我們又是大宋宗室，固然是支子疏族，並非金枝玉葉，但父母抗胡殉國，你我兄弟縱不能誓志報韓，也不該靦顏忍恥，臣事世仇。」

趙子昂臉一紅，說道：「天生我才必有用，我豈能埋首蓬蒿，沒沒至死？古人貶節出仕，惠濟天下，正自有他們的苦心。孔子並不菲薄管夷吾啊！」趙仲穎忙道：「管夷吾他是尊王攘夷的，哥哥難道不曉得齊侯小白也是華夏之君，是宗周的甥舅之國啊！哥哥沒聽說父親的老朋友謝疊山先生，為了拒聘新朝，情甘餓死，你怎麼不學他？漢朝的中行說，甘心做胡奴，他不過是個閹寺小人，焉有堂堂士大夫輩，效顰賤奴的？」

趙子昂變了色，忍受不住了，站起來關上房門，手指著趙仲穎，恨恨地說：「不許你胡說亂道！小小年紀，任什麼不懂，讀幾句死書，膽敢妄議時政！王猛智士，怎的肯做苻秦的宰相？狄仁杰賢臣，怎的肯奉事女主？士各有志，當不恤小節，以成大業。佛說我不入地獄，誰入地獄？你從小就縱恣偏激，單往狂狷一路上走；往後不許你蕩處亂路，信口亂道！濫交些江湖匪類，自此任俠，其實是宵小。看你這樣子，早晚弄成滅門大禍來，後悔也遲了！」

更進一步，做出威嚇的樣子道：「可恨就是你這張嘴，再這麼胡講，我的性命斷送在你身上。蝮蛇螫手，壯士斷腕，那時節，我為了保全身家，也就顧不得手足之情了。手足到底是手足，我不能一味姑息你，害了趙氏滿門性命。我限你明天，就給我滾回家去，不許在這裡惹禍！」

趙子昂惱了，趙仲穎也惱了。哥哥瞪著他，他也瞪著哥哥，毫不遜讓，半晌冷笑道：「好好好，我這才明白，兄弟是手足，手足之情斷斷抵不住功名利祿！看你的意思，你一定做官，不肯回家了。那也好，我是好交匪類的，也許連累了哥哥。這樣做罷，你是新朝攀龍貴臣，我是亡國下流種子，正是士各有志，我們趁早析居另度。往後我做了砍頭的事，也省得害了你這個闊人順民。」仰面自語道：「中行說是強逼出使，恚憤叛漢，李陵是力盡援絕，兵敗降胡，都是被激迫，現在你們可是甘心自樂，你還嫌我，我卻不願跟胡奴同炊共活。」

趙仲穎說罷，趙子昂大怒，罵道：「好蠢材，倒罵起我來了，越怕你說胡虜，你偏說，便是找死……」不覺舉起手掌，又似來打趙仲穎，又似要堵趙仲穎的嘴。趙仲穎竟誤會了，抬手把這趙子昂一推，直推得倒退數步，跌倒在椅子裡了。

趙子昂大叫：「好弟弟，你竟敢毆打胞兄！……」幾乎氣昏過去。

趙仲穎竟說道：「什麼弟兄，你少跟我論弟兄！我沒有弟兄！」開了房門，氣憤憤地走出來，策馬出離燕京，順路訪友不遇，旋即遣返潛山隱居的山村。

回到山村，面見嫂嫂管夫人，泣訴情由，便要立刻析產。

管夫人愛弟心重，知他弟兄鬩牆，且不論誰是誰非，只如哄小孩似的，反覆地勸慰仲穎，趙仲穎只是含慍不聽。管夫人心中為難，也哭起來，唏噓地說道：「二叔，你哥哥貶節出仕，我也勸阻過他許多次。只是他一生受病的地方，便是名心太重，總不肯埋首田野，這跟二叔你太好漫遊濫交，都是一樣的毛病，那有什麼方法呢？你知嫂嫂的心，析產是小事，如果我放你走，從此使你弟兄分離，再也不能見面，你哥哥回來，豈不惱我，我又於心何忍呢？況且你哥哥做的雖然不對，他可是你的胞兄啊。況且他這出仕，不盡是為利祿所誘，實在也有貶節自汙，保家護產的意思。他的苦處，你也要原諒一點，他難道一點也不疼你麼？」說到委曲處，便將絲巾掩面號啕。

她這一流眼淚，把趙仲穎急得在屋裡直打轉，沒辦法了。

強按住心頭火，央告嫂嫂道：「嫂嫂別哭，我先不走，等哥哥回來我再走。」管夫人道：「就是你哥哥回來，你也走不得。就讓他在朝內爭名，我卻不願意離開家遠去，正靠著二叔支持門戶，理家務農。你弟兄倆一個在朝，一個在野，豈不正好？你怎麼能拔腳就走？」趙仲穎想了想道：「這個，那麼就這樣吧。」

便出了嫂嫂的閨房，回到自己的臥室，躺在床上默想。

過了一會兒，管夫人扶著使女過來，安慰趙仲穎。多方譬解，很談了一會兒，便教內廚房給二爺預備晚飯，又道：二爺好喝酒，把那四壇陳酒，快開一封來，趙仲穎也不攔阻，任聽嫂嫂擺布。飯後管夫人還不放心，二次又到書房探問，趙仲穎故意藏在紗帳裡，說道：「嫂嫂，小弟躺下了，跑了這幾天，很乏累。」把管夫人騙回內宅。

到了夜半，鼓打三更，趙仲穎側耳細聽，四面人聲靜寂。

便悄悄地起床，先掩窗篝燈，磨墨拂箋，寫了兩三頁信，擲筆長嘆了一聲，然後熄燈，和衣臥在床上。過了一會兒，忽又一躍而起，換了全身短衣，攜帶兜包，開門出來。轉身虛掩門扇，下臺階，徑奔內院。卻不開屏門，越牆而過，登上正房檐，向四面打一照。用倒捲簾勢，探身下垂，先將堂屋門撬開，一躍入內。輕輕踱過儲藏室，找開銀櫃，將赤金錠取出一半，白銀取了八封。

旋又一轉念，把金條放回一小半，白銀放回四封，其餘的做兩包包好帶起。這才合櫃加鎖，出離堂屋，一躍上屋；從內院跳到天井。剛要折至前院，忽覺腦後一陣冷氣吹來，彷彿是金刃劈風。趙仲穎是個會家，心疑有人暗算自己，並不敢回頭爭看，急俯身向旁猛然一竄。躲開了這一劈，又縱出數步，停住身形，這才回頭仔細察看。

黑影中，只見一個身形魁梧的人，渾身穿著一色的青短衣褲，左手倒持著明晃晃的一把刀，驟然把右手一揚。仲穎此時手無寸鐵，只小包中，有著一尺八寸長的一把短劍。匆遽中，曉得是暗器打到，連忙側身閃開，一躍登房。不知來人是到自家辦案的捕快，還是到自家行搶的強盜；心想總是把他調出本宅，才免得驚嚇著嫂嫂和三弟。也是趙仲穎年輕氣壯，毫無恐懼，便向懷中揣好金錠，手提著銀包，抽出短劍，口打著血蠍子教他的江湖人所常用的呼哨，悄向來人叫道：「來來來！」連躥帶跳，奔出本宅。

且跑且回頭，直奔到一處叢林曠野，趙仲穎方才止步，拔劍出鞘。但見那人一聲不響，也似一陣旋風似的趕來。直追到雙方對面，方才聽那人喝道：「什麼大膽的狂賊，竟敢到鐵面趙仲穎家中行竊！趁早把偷的東西，給我如數留下，饒你不死。」

趙仲穎這才一塊石頭落地，哈哈一笑道：「你是什麼人，可是血蠍子打發來的麼？」趙仲穎此時完全省悟，「鐵面」二字的綽號，乃是師父血蠍子劉熹臨行時所贈，除了那山中隱居的三個獵人，別人再不曉得。那來人按刀止步，暗中打量趙仲穎，仍有點不放心，還問一句道：「到底你是誰？你跑到鐵面趙府上，登梯爬高，要做什麼？」趙仲穎笑道：「我就是鐵面趙仲穎，朋友貴姓尊名？一定是我師傅血蠍子劉熹叫你來的。你找我有什麼事情？」

那人哦一聲，側著臉不住端詳趙仲穎，口中說道：「聞名勝似見面，見面勝似聞名。你就是鐵面趙三弟，你可曉得金面是誰？玉面是誰？」趙仲穎道：「金面彭鐵珊，玉面許漢沖，是我二位師兄。」來人立刻插刀大笑道：「我便是金面彭鐵珊。」

趙仲穎道：「可了不得，大師兄來了，失迎失迎。」就在荒郊，趕忙行禮。兩人平磕了頭，都站起身來。

趙仲穎道：「師兄多早晚來的？你這是怎麼一回事？冒冷子給我一刀。」金面彭鐵珊笑答道：「對不起，老弟多多原諒，我來了四天了。頭天剛到，我就去找你。你們那個看門的長工，頗有衙門司閽的派頭，拿眼翻了我一陣子，說你不在家。問你上哪裡去了？多早晚回來？回答說是出遠門去了，沒有準日子回來。前天我又去探聽，那長工一臉的不耐煩，還是說沒在家，沒回來；再問不答，把臉揚起來，架子好大。昨天我又去，貴門房還是那句話，直衝著一個小當差的齜牙咧嘴地搗鬼。使得我不由得犯了疑心，怕他們把我當了求幫告助的，不肯往裡回話，熬到昨夜，我可就不客氣，施展夜行術，竟到你的府上，偷偷窺探了一回。我又不認識你，只蒙著偷看，覺得沒有看見像你這模樣的人。今天夜裡，我是第四次再登貴宅訪友，想不到竟瞥見你穿一身短打，穿房開櫃。我只當你家鬧賊了，冒冒失失砍你一刀，打你一箭，真真對不起你。老弟，你恕個罪吧！」

趙仲穎忙道：「師兄越說越遠了，你這是護衛我家，我應該感謝你。」金面彭鐵珊道：「老弟，我可不該問，你剛才鬼鬼祟祟，在自己家裡，躥房越脊，翻箱倒櫃，你那是要幹什麼？」

趙仲穎浩嘆一聲，沉吟不語。彭鐵珊非常疑惑，忍不住透出冷譏的口聲道：「大概你是在外荒唐，錢不夠花的，你家裡的人又禁制著你，所以就偷著鼓搗家裡的錢。你多半在外頭，有了女相好吧！」

這話一逼，趙仲穎不由得紅了臉，抗聲道：「師兄大概沒聽師傅說過小弟的為人，我何至於無賴到那種地步。我只是……咳，家醜不足外揚。我只是為了士各有志，不打算濫竽官場，和家兄鬧了一場彆扭。我要棄家出走，所以瞞著嫂嫂，我們家裡的黃白物，取攜出一點。」

他這樣解說，彭鐵珊還是不明白，還是有點看不起他。年輕人最怕的是人家鄙視自己，趙仲穎無可如何，方才把骨肉異志，胞兄變節，自己要拋家遠避，溷跡江湖，嫂氏挽留，只得潛行出走，所有的前因後果，都無遺地說了出來。又說：自己由燕京回來，曾到師尊住處訪候，竟沒遇見師尊。此時自己便要拿這金錠和銀塊，打點行李，潛行離家。仍要找到老師面前，向他討教一個將來安身立命的出處門徑。因說道：「我今年才二十一歲，我不能隨隨便便白活下去。我總得找一條明路。」

金面彭鐵珊聽罷，不禁嗟訝，手拍趙仲穎肩膀，稱讚道：「老弟，你真有兩下子。你一個縉紳子弟，家資富有，竟抱著這等氣節，怨不得老師一提起你，便讚不絕口。實對你說吧！那天你等老師，沒有遇上；等到老師回來以後，知道你來找他，料定必有緣故，所以特意打發我來見你。老師現在正在謀幹著一點事業，正要請你去，你去了最好不過。老弟，你跟我走吧！」

趙仲穎道：「跟你上哪裡去？」彭鐵珊道：「跟我找老師去。」趙仲穎道：「他現在哪裡？」彭鐵珊道：「你不用問，反正不是韃子衙門，那個地方沒有我們老師，我們老師是在山上。」

趙仲穎道：「什麼山？現在謀幹的是什麼？」彭鐵珊笑道：「就是漢高祖斬白蛇起義的芒碭山，老師要在那裡占山為王，要造反，你敢去麼？」

此刻趙仲穎懷著兩個念頭，一個是獨善其身，拼著虛度半生，浪游不仕，不家居，不娶妻，踏遍天下，嘯傲湖山。另一個念頭，是仗一身武功，走向坎坷世途，做一個不平人，遊俠仗義，在異族統制下，做一個朱家郭解。他是再也沒想到起義造反，因為他年紀還輕，沒有這種魄力。並且大元帝國的國運方張，橫亙歐亞的大帝國，一統華夷，歐洲的俄奧，亞洲的印度，都做了忽必烈大帝的藩屬。正好像元朝威武，炙手可熱；故宋積弱，尚且不敵，匹夫起義，簡直不能夢想。趙仲穎身在草莽，並不清楚朝廷的動靜，更不知元朝此時已到了強弩之末。然而血蠍子劉熹，卻是耳目最靈，並且姜桂之性越老越辣，他此刻果然正在祕密鼓搗著。於是年輕而有血性，不耐煩而有魄力的趙仲穎，終被血蠍子牽引到另外一條道上去了。

這一夜，趙仲穎仍回本宅，師兄彭鐵珊替他巡風，在外面等候。趙仲穎潛入內宅，把留給嫂嫂的信，放在嫂嫂所住堂屋的桌上，用鎮尺壓上。暗暗嘆息一聲，覺得不忍離別，眼淚也流了下來。又到自己臥房，收拾了一個行囊，在宅內徘徊良久，不勝淒戀。還是彭鐵珊進來催他，他這才一狠心，跟師兄彭鐵珊，跳牆出來。兩個人背著行囊，一口氣走出數十里地，方才覓店住宿。次晨兩人改裝遄行，徑奔湖州城。

第七章　壯士棄家試北遊

這湖州城，是江浙中書行省的一路，地面很繁華，距離趙氏舊家鄉，不過百十里路程。趙子昂應試通籍時，所寫的鄉貫，就是湖州吳興縣。兩個人緊走了十多天，到了這地方，方才住腳，歇息了兩天。在路上，趙仲穎再三請問師兄：「到底老師現在何處？是不是仍然隱居天臺山？他到底營幹什麼事情？真是要招兵買馬，落草為王麼？」金面彭鐵珊直是笑，說道：「老弟，你不是很信服老師麼？你不是不甘心做降臣麼？

老師再不會領你走死路，也不會引你走瞎道，反正他是看得起你，有一條明路。要指示你的。」趙仲穎心中依然疑問，又說：「師兄帶我跑到這裡來，莫非老師離開了天臺山，就在此地落腳麼？」彭鐵珊道：「老師早不在天臺山了，也沒有住在這個地方。」趙仲穎道：「真跑到芒碭山去了不成？」

金面彭鐵珊看著這個年才弱冠的師弟，點頭微笑。趙仲穎神色上，只有疑悶，並沒有驚慮，倒是個鐵打的少年壯漢。彭鐵珊因道：「師弟不要問了，你只跟我走，自然見得著老師，老師就在此地不遠。現在我且領你到一個好地方去，讓你先開開眼。」

兩個相偕出離店房，行囊不帶，就留在店中。在湖州街中走了一轉，旋即穿通衢，走小巷，進了一個小弄。靠小弄中間路南，有一所宅院，黑漆大門，銅環石階，很是排場，門扇悄悄交掩。門框右上首，釘著一個銅牌，上寫：「世傳儒醫馬承華寄廬」，左首另貼了一張紅紙籤，寫著一行楷書字，是：「本宅馬郎中應徵赴杭出診，每日門診暫停。」彭鐵珊走到這裡，站住了，扭頭來看趙仲穎。

趙仲穎心中不解，也低頭看看彭鐵珊。彭鐵珊很低聲地對趙仲穎說：「賢弟，你到弄口站一站，要是有人走過來，你咳嗽一聲。」趙仲穎道：「叫我巡風麼？」彭鐵珊笑道：「不錯。」

把趙仲穎遣開，他自己竟到馬郎中宅門前，並不叩門環，往四面一望，俯身拾起三塊碎磚石，又往四面看了一眼，恰好沒有行人；他便探懷取出一張黃紙，這是剛才買的。隨手扯作三塊，把碎磚石全包了；就欠身揚手，輕輕投入馬郎中院內。

趙仲穎站在那邊弄口，目力所及，已經看到了，不禁猜疑道：「這是幹什麼？」

隔了片刻，馬郎中的街門，呼隆一聲大開。只見一個穿藍衫的瘦漢子，探頭向外望了一眼，側身一讓，和彭鐵珊一同走進去了。呼隆一聲，門又關上。趙仲穎暗想：「這是怎麼講？莫非師兄前來看病？郎中又出門了，莫非是探望朋友來麼？怎麼又往院內投磚頭？」尤其可怪的是，彭鐵珊邀他一同來，可是並不往院裡讓他。

趙仲穎把眼睛睜得大大地看著，經過了好半晌，方見金面彭鐵珊出來，手中纍纍墜墜，提了好幾個包裹。彭鐵珊前腳邁出大門，緊跟著後腳人家就把大門關上，而且隱隱聽見上門，更不見主人出來送客。

彭鐵珊也不回頭，提了包，匆匆地走出小弄。會著了趙仲穎，把手中的包，分出幾個來，教趙仲穎替他分攜。趙仲穎接取過來，掂了掂，份量奇重，絕不像衣飾。心想莫非是買來的藥，郎中也有賣自己祕製的丹藥的。趙仲穎不由得伸手去摸，兩個包冰涼，挺硬，一個包柔軟，飄輕。趙仲穎道：「這是什麼東西？莫非是銅錢？銀錠？鈔子？不像不像，咦，硬的倒像是鐵箭鏃，軟的像點心包。」心中亂猜，嘴邊也不禁發出疑問聲來。彭鐵珊直衝他使眼色，又連連搖頭。趙仲穎忙往四周看了一瞥，已到大街，人來人往，便閉了口；可是暗暗稱奇，肚裡也有幾分明白了。當下目不斜視，眼看彭鐵珊，低頭提包慢走。

不多一會兒，又到了一個地方，是另外一家門口。金面彭鐵珊照樣拾磚裹紙，拋磚叩門。照樣煩趙仲穎巡風。這一回耗時不久，彭鐵珊才進去，便出來，手上又增多了一個大褡褳，俗名又名馬捎子，份量彷彿更沉重。出了這家門，伴同趙仲穎，走出一小段路，找一僻靜地方，把小包都索回去。從褡褳中取出一塊方袱，將所有小包，全打在一個方袱內；自己提了提，單教趙仲穎，代他扛那笨重的褡褳。口中輕輕說道：「小夥子，肩膀上能吃力麼？」仲穎接來，往肩上一扛，硬邦邦足有六七十斤重，也像是銅鐵器。兩個人提的提，扛的扛，回轉店房，把東西放在店房床鋪上。趙仲穎生平沒有負過重，覺得肩頭火辣辣的，忍不住又要問。彭鐵珊悄聲說：「等吃過晚飯，就打開給你看。我要求你幫忙呢，必須借仗著你的長才，我方能把這些東西運出城外，然後我們才算正經上道。現在我們可以睡個午覺，今晚我們必須走黑道，爬城牆。我們要好好地冒個大險哩。老弟，你估量著怎麼樣？這可是犯罪的事。」

趙仲穎雙眸凝定，沉吟答道：「只要不是殺人行搶，我全敢來一下。爬城牆，只怕我的功夫不夠。別的事情我不怕，尤其是師兄若想招惹韃子兵，小弟願意告奮勇。」彭鐵珊答道：「老弟夠聰明的，我們先睡一下吧。」

兩人和衣臥在床上，彭鐵珊是老江湖，此刻只能閉目養神。趙仲穎倒滿不介意，耳朵一挨枕頭，安然睡著了。

等到掌燈時分，金面彭鐵珊叫醒了趙仲穎。這十幾天，兩個人總是下飯館，從不在店中用飯的；今天改了樣，彭鐵珊叫了兩份飯菜，一斤白酒。兩人飽食暢飲，飯後喫茶閒談。直耗到二更天，彭鐵珊起來，掩門上閂，驗看紙窗。窗上沒有破洞，這才橫身遮住燈光，把包袱打開了。

趙仲穎疑悶了好半天，因為他出身貴胄，保持著縉紳氣派。師兄不願解說，他就不肯再問；師兄不解包裹，他就不肯翻驗。師兄打開包，他反而躲在一邊。彭鐵珊回頭看了他一眼，笑了，向他招手，低叫：「師弟，你來瞧瞧。」趙仲穎這才挨過來一看。從那郎中家裡拿出來的包，果然是許多鐵箭鏃和袖箭、鋼鏢等物，每類打成一包或兩包，每一包都夠千數。另外一包，又是各類丸散膏藥，趙仲穎越發驚奇，手摸鐵箭鏃，要拿起來驗看。彭鐵珊忙道：「你要小心，最好墊著手巾拿，這些鐵箭鏃，全是餵了毒的。」又說：「袖箭和鏢也都有毒，毒性很烈，見血立死的。」

趙仲穎依言墊布，很在意地拿起一把箭鏃，就燈下驗看。果然在很鋒銳的鏃尖上，鑲有一道槽，槽上塗著黃蠟。趙仲穎倒有點明白了，槽道上一定塗有毒藥，用黃蠟封住。這箭射人人體，蠟見熱一化，毒就灌入血液。看罷，忙問師兄：「這些毒藥鏢箭，做什麼用的，竟這麼歹毒？」彭鐵珊道：「自然有大用。」又問：「是師傅定製的麼？」答道：「你猜著了。」

趙仲穎想了想，又看那另外的藥包。是大包包著中包，中包又包著小包，也有用瓦瓶、木盒，紙盒裝著的。都標著藥名，差不多全是刀創藥、暑藥、凍藥、避瘟丹、化毒散之類。

都有紙單寫著服法，敷法，種種文字說明。另外有幾個很珍貴的錦盒，外面各畫著很奇怪的圖畫，是什麼狐鹿麟羊等獸，雁鴉鳳雉等鳥，既沒有標出藥名，也沒有寫著用法，味道卻有一種奇香。趙仲穎又道：「這是什麼藥？」彭鐵珊先看了看紙窗，然後附耳低說：「是蒙汗藥，薰香藥粉，和類乎這一類的藥。」

趙仲穎大詫道：「師傅乃武林名士，怎麼他還採買這種害人的東西呢？」彭鐵珊道：「師弟，你年輕，你乍看這些事不倫不類。但是你該明白，水火二物足以成災，也足以利物濟世。你只看誰用它，和怎麼用它。」

師兄彭鐵珊雖然這麼解說，趙仲穎心中總有點悵然：以為正人君子，不該用薰香蒙汗藥害人。當下也不好說什麼，把藥盒放下了。彭鐵珊又將那褡褳裡的東西，掏出數件來，給仲穎看；果然是整封的銀子成塊的金錠，和當時名為「交子」的紙幣。金銀算到一塊，足值三四千金。彭鐵珊一面給仲穎看，一面教他幫忙改包。從自己的行囊裡，拿出四個背包，把黃白藥和丸散膏丹，攤勻了，分別裝在背包之內。又加上兩人的行李，足有二三百斤之數，彭鐵珊試了試，覺得堆堆太大太多。

兩個空身人，只憑肩背之力，無論如何，也運不出去。於是坐下來，皺眉盤算乘夜越城之法。趙仲穎也跟著坐下來，拿眼望著師兄。彭鐵珊起來坐下好幾次，趙仲穎忍不住追問道：「這些金銀，都是誰的?莫非老師和師兄,給人保鏢代運麼?」鐵珊瞠目答道:「是的,哦,不是的,是師傅自己的,教我順便代取。」趙仲穎道:「東西這麼多,明早何不雇兩輛車,運出城去?」彭鐵珊笑道:「老弟,你難道不曉得這些東西犯禁麼?管保一到湖州城門,便被蒙古防營,連人帶貨全扣留下。這是兵器呀,元朝國法,是不准我們南人私藏甲兵刀劍的。」

趙仲穎恍然,其實他早已瞧科,他不過是再叮問一下罷了。彭鐵珊還在籌劃越城的法子,趙仲穎心中沸沸騰騰的,卻在揣思今後自己的出處。師兄、師傅不用說,是干了不堪告人的越軌勾當了。我怎麼樣呢?我本來要投奔師傅,請教自己今後的生路,偏生師傅打發師兄先找我來,分明是要我加入他圖謀的祕幫裡去。我現在恰處在禍福關頭,今天就是我決定出處大節的時候了。我……怎麼樣呢?」

趙仲穎不僅是一勇之夫,他是故宋宗室後裔,他固然心恨胞兄,不合變節出仕新朝;也正因為他是貴胄宦家,他實在也不願作奸犯科,以致當強盜,做草寇。他總是書香門第,伏處草莽,做遊俠則可,做盜俠,總覺低辱了身分門風。

他心上難過,師兄在那裡枯坐深思,他坐在這邊,也是枯坐瞑想。他誠恐一失足成千古恨,盜寇二字實在擔受不起。而且師兄在路上,本來用開玩笑的口吻說過:師傅要占山為王。

占山為王,豈不就是當草寇?

過了一會兒,他深思默慮,忽然打定主意:「我何妨先跟了師兄去,到師傅那裡,先看一看動止情形。把師門所作所為,小心考核一下,再定去取?」想罷,自己點了點頭道:「不錯,應該慎重!」

這時彭鐵珊也把主意打定了。站起來對趙仲穎說:「我只想今夜一下子連人帶物,一起運出湖州城，如今越思索越不行，我們只好勻兩天辦。並且，僅只我們倆，人頭也不夠用。

我還得找馬郎中，煩他撥一兩個人，幫我們的忙。」趙仲穎道：「這馬郎中是個什麼樣的人物？莫非也是師傅的同黨麼？」彭鐵珊道：「當然是同黨，實則他還是故宋的一位御史哩。跟我們老師志同道合，交情很深；若不然豈肯把這犯法害人的藥，私自配製，賣給我們江湖人物？」

趙仲穎道：「你說什麼？馬郎中是什麼御史？」彭鐵珊道：「告訴你吧，他不姓馬，實在姓馮。就是趙宋先皇帝駕下的一位御史。和文丞相還是同榜同年。現在他都六十多歲了，國變後，更名改姓，在這裡當醫師，他卻眷念故國，很給我們幫忙。這些藥便是師傅籌來的許多錢，交給他祕密配造的。你要曉得，這種藥是沒有地方可以買得到的。」

趙仲穎聽了這話，頗受感動。馬郎中乃是前朝的御史，竟肯幫助師傅的忙，替他祕製毒藥兵器，那麼馬郎中一定很讚許師傅血蠍子的策謀了。御史本是清貴之官，居然折節給江湖上不軌之徒，情甘做下手，這個江湖人走的道路，一定不會大錯。如此推想，趙仲穎心頭一轉，向師兄說：「這個馮御史想必很有學問，小弟如果要想見見他，不曉得他肯賜接見不？」

彭鐵珊微微一笑道：「他一向不見新朝官吏的，卻對江湖畸零人，很肯另眼看待。比如說，令兄翰林登門求見，他一定拒絕。若是老弟你求見，他必要歡然延納的。」

趙仲穎道：「哦，我明白了。這樣的人物，我很想見見。」

彭鐵珊把大拇指挑一挑道：「老弟，你真是把好手，可稱得起有識有膽，又有準主意，又有真聰明，愚兄不勝欽佩。現在我可以陪你去見他。」

趙仲穎道：「他不是正上杭州行醫去了麼？」彭鐵珊道：「他實在家裡，正給我們趕製毒箭，故此把門診暫停了，我們此刻就可以去訪他。只有一節，我們這些東西，很擔沉重，必須有人留店看守才好，你等我設法吧。反正我們二人分派不開，索性多耽擱兩天，馮御史為人，是年老的儒者，可是慷慨激昂，比年輕人還剛強。此人年高德劭，頗識大勢，單替老弟設想，也不可不見他。」遂留趙仲穎在店中看守，自己改裝出去，工夫不大，同著一個商人模樣的漢子回來。即留這人在店房內看守，彭鐵珊穿上直綴，與趙仲穎打著燈籠出店，兩人一徑來到馬郎中醫寓，趙仲穎要仿效前法，包紙投磚，彭鐵珊將他攔住，先將燈籠熄滅，把長衣掖起，教趙仲穎也照樣。兩人溜到馬郎中住宅側首，深更僻巷，四望無人，彭鐵珊道：「上房！」一伏身，躍上了短牆。趙仲穎心想道：「噢！」也提襟一躍登高。後院漆黑，兩人很快地躥到前院，院內彷彿只有像書房的三間屋，還點著燈亮。彭鐵珊往下一指，即提一口氣，跳到院內，真是身輕似葉，落地無聲。趙仲穎也跟蹤一跳，卻免不了咕噔一聲。

就這一響，書房中燈光驟滅。彭鐵珊道：「不好！」忙叫仲穎留神，他自己搶先來到書房前，低聲發話道：「喂，北風吹來了，黃花落地了。」這時隱隱聽到書房中發出雜亂的響動，一個人澀聲叫道：「什麼時候起的風？」彭鐵珊忙道：「八月二十三。」又問道：「什麼時候花落地？」答道：「也是八月二十三。」又問：「什麼時候花再開？」回答道：「南風起時自然開。」問道：「什麼時候南風起？」答道：「自然是過了八月又九月，頭可斷，刀可斬，丹心浩氣驚河岳。」

這時書房的燈燦然重明，書房的門豁然大開，出來一個戴儒巾的人，張眼四尋。望見了金面彭鐵珊，忙道：「可是彭打鐵麼？」彭鐵珊道：「馬二老爺麼，不錯是我，買藥來了。」

那個戴儒巾的書生低聲說道：「你可嚇死我了，你們來了多少位？」彭鐵珊笑道：「我們一共兩個。」黑影中，書生略一拱手道：「請進來吧。」彭鐵珊同趙仲穎相偕走進書房。

剛邁進書房門檻，頓嗅得一種辛辣的焦味，刺鼻穿腦，原來屋中正在煮藥。一個白鬚老人，正從藥鼎中，取出煎得的藥，往立櫃中收藏。屋內桌上、凳上，滿是製藥之器，白鬚老人好像是在忙著掩匿，抬頭一見彭鐵珊，不由得笑道：「彭打鐵，我猜是你去而復返。果然是你，卻把我師徒嚇了一跳。」

彭鐵珊賠笑道：「老前輩，晚生太覺對不住，沒有妨礙你老的事麼？」老人道：「還好，藥幸而沒有碰灑。」

賓主遜坐，白鬚老人雙目炯炯，打量趙仲穎。彭鐵珊忙給介紹道：「老前輩，我給你引見一人，這一位是大宋宗室末冑趙仲穎趙公子。雖然年輕，卻是我輩中最有來頭的人……這一位就是我在店裡對你說的馮允中馮學士，道號就是孤塵子，是我們大群中，主持另一角落的先進老夫子。」

孤塵子馮允中把趙仲穎看了一眼，略略拱手道：「原來是趙公子。」態度很淡漠，又說道：「請坐，餘生再泡茶來。打鐵兄，你倆夤夜再度越牆而來，必有緊急事務……」說罷看看彭鐵珊又看趙仲穎。彭鐵珊道：「老先生，我們也沒有什麼緊急的事情，只是這位趙公子很敬仰老先生的高節，特地登門修謁。這位趙公子，便是在襄陽殉國的趙承佐太守的次子，他的令兄便是以畫馬蜚聲藝苑的趙子昂公。」

孤塵子頓時鬚眉一動道：「原來是趙府君的令郎，令尊襄陽府趙君，我聽說奮守孤城，把叛將呂文煥牽制了三年，方才投降。臨到呂某叛國的那一天，還妄想勸降令尊，令尊襄陽公卻很慷慨罵賊，自殺殉國了，實際情形可是這樣的麼？」

趙仲穎立起來，恭敬答道：「先公殉國時，晚生還小，大致情形就是這樣。」孤塵子嘆息道：「卻喜忠臣有後，但是……」

忽然話頭一變，綽須對彭鐵珊道：「我聽江湖傳言，藝苑杰才趙子昂，已然出仕燕都，頗邀新朝榮寵，這話可是真的麼？」

趙仲穎閉口不能答，彭鐵珊道：「這也是實在的。」

孤塵子道：「那麼……」話沒往下說，臉上神氣卻透出嚴冷。彭鐵珊心中明白，忙道：「老前輩要知道他們親手足，如今已變成路人；他們就在這一月，方才訣別。這位仲穎公子，是晚生引進來的，老前輩不要想錯了。」

孤塵子點頭一笑，忽又搖頭道：「打鐵兄，你跟我來。」把彭鐵珊引到別室，問了一個明明白白，這才放了心。又出了許多主見，方才重會趙仲穎，禮貌上很是謙和了，趕著和趙仲穎攀談，誇他是有作為的青年。

趙仲穎竟被孤塵子留下，兩人聯床夜話，傾吐肺腑。孤塵子反覆設辭，探問趙仲穎的志趣操守，並略略諷示血蠍子一行人的密謀真相。總而言之，趙仲穎暗地被人考驗了，他自己也有些覺察。

彭鐵珊也臨時變計，因為孤塵子手下，沒有做私販的人才；他另在別處邀人幫忙，把黃白物和私造的兵器，偷運出城。直到一切辦置完竣，方才到孤塵子那裡，請趙仲穎回店一同登程。卻又背著趙仲穎，跟孤塵子私談。孤塵子先向彭鐵珊拱手道賀，說道：「你們物色的這個故國王孫，實在太好了，你們從哪裡搜訪來的？」彭鐵珊道：「哦，據你老法眼看來，我這師弟，到底人品如何？可以推戴為領袖不？」孤塵子道：「趙王孫這個人，一來年富力強，前程遠大；二來是故國宗室，易於號召；三來聽他談吐，他為人滿腔熱血，抱著雄心。你們若能精選幾個妥當的師保，隨時啟迪他、誘掖他，只消二三年功夫，定可把他養成一個偉大的開國元首。昨晚我和他通夜深談，覺得他既有項羽之驍勇，又有劉邦之豁達，實在可以奉為領袖，所差者，只怕他年輕氣盛，能『為』而不能『守』，能『守』而不能『耐』耳。這全在你們師徒好好輔翼他就是了。」

彭鐵珊聽了大喜道：「我老師血蠍子，常自誇巨眼，能識英雄，再不會看錯人的；現在你老先生又這麼說，我們這位趙師弟，只怕真是我們的真主了。我們一定要歃血為盟，共推他為大宋新主。」孤塵子道：「你們不要忙，你們還是假托暗中還有領袖，表面上只請趙王孫加盟入夥，做一個小頭目。因為他太年輕，驟然推他為首，他也許受寵若驚，張皇失措，也許居高臨下，傲兀自驕。推尊的事，還是留在日後。」彭鐵珊道：「你老先生穩健的做法，一定錯不了；我回去一定告訴家師，請他慎重從事。」

一番議論之後，次日告別登程。金面彭鐵珊對待趙仲穎，越發敬重，無形中已將他看作幼主，不再拿他師弟待承了。趙仲穎滿不理會，在路上只打聽孤塵子的為人，和血蠍子的淵源。這孤塵子和血蠍子的關係很深。劉熹得在趙府寄居西席，就是孤塵子推薦給蒲衣居士，蒲衣居士又推薦給趙宅。彭鐵珊不便細講，只告訴趙仲穎：「他們二老，從前大概是文武同僚，交情很深，等你到了地方，師傅對你一定細講的。」

當下兩個人坐著一輛車，離開湖州。走出一站地，忽遇見另一輛貨車，車上堆著許多貨物。由兩個客商，一個車伕，停在路口等候。見了彭鐵珊，那客商悄悄打了一個招呼，便押車在前趲行。從此這輛貨車不即不離，忽前忽後，總跟著彭趙二人的車子走，住店一同住店，登程一同登程。趙仲穎已然覺察出來，彼此雖然不通話，像是搭夥的同路人。第二天住店時，這輛貨車的客人，又與趙仲穎、彭鐵珊同住在一排房。趙仲穎低問彭鐵珊道：「這貨車上的客人，恐怕是我們的夥伴吧？」彭鐵珊笑道：「這話怎麼講？」趙仲穎笑道：「那天從孤塵子那裡，取來的毒箭毒鏢，師兄沒有攜帶上路，一定裝在這輛車上了。所以我疑心這押貨客人，必定是師兄的同黨。」

彭鐵珊含笑點頭道：「師弟真聰明，什麼事也瞞不過你。」

仲穎道：「其實把那些東西，都放在我們這輛車上，豈不省一份人力？」彭鐵珊搖頭道：「那可不行，這是孤塵子的主謀，他是不肯讓師弟為這點小事涉險的。」趙仲穎道：「這怎麼講？莫非嫌我年輕，看我膽小？」彭鐵珊道：「不是不是，乃是因為師弟身分很重，所以不讓你冒這險。」趙仲穎道：「咳，我怎的身分重？」彭鐵珊道：「因為你……這總得你到了地方，見了師傅，咱們師徒四人開誠布公，核議好了。那時你才稱是我輩中人，那時才能煩你幹那違禁犯科的事。現時你還是一個貴客，我們總不肯讓你跟著我們，做這偷運軍器的砍頭把戲。」說時見趙仲穎面帶不悅，彭鐵珊說道：「卻是我們都曉得師弟武功絕倫，故此邀你同行，無形中是請你給我們保鏢。陽關大道，倘若遇見了關卡防營，就由押車的人去答對。山徑小路，倘或遇上了綠林豪客，那就請師弟你一試身手了。師弟，你明白了麼？」

趙仲穎微笑道：「我還不大明白，我覺得你們是臨時變卦。起初師兄是要邀著我，一同運送這些毒箭金鏢，隨後你又變了主意，想必是聽了孤塵子的話，以為小弟年幼，不足以擔當大事罷了。」彭鐵珊笑道：「嚇，師弟，你不要誤會我們！你且放心跟我走，等到了前途忽要遇上枝節，你就明白我們把運私貨的人和邀請來的能人分作兩撥的作用了。」

於是這兩輛車，忽先忽後，一同上道，照例在路上互不通問。走了許多天，果然在第四天，遇上了地面關吏的搜查。幸而他們躲著要路走，被阻的地方，乃是一個較小的關卡，由押運人把搜檢的胥吏，預先調在一邊，行了賄賂。等到過步時，假裝一搜，輕輕地放過去了。倒把趙仲穎、彭鐵珊坐的這輛空車，搜了又搜，盤了又盤。

等到闖過這一道卡子，彭鐵珊私告趙仲穎道：「你看剛才的情形，夠多麼嚴厲？多虧我們這二位押貨的朋友，都是做私商的大行家，他很有辦法，所以容容易易地對付過去了。若換你我二人，全是外行，就是花錢行賄，也怕花不到刀口上，一準弄砸。這輛車只要認真一搜，準保貨被扣，人被押。」趙仲穎其實早替他們暗捏一把汗，至此點頭道：「對付他們這些酷吏惡奴，我真沒有辦法，只有拔劍一招。」彭鐵珊也笑了，說道：「孤塵子真有先見之明，他本來說你少年氣盛。」

貨車繼續前行，接連又遇上了綠林劫盜。這時河南河北群盜蜂起，大夥上百，小夥數十人、十數人，水旱都有。這天貨車前行，走到一座山下，猝然遇上了數十名大盜，押貨同伴答對不下來，金面彭鐵珊連忙上前，按照鏢客借路的規矩，很費了許多唇舌，那個赤面盜魁才準放行。緊接著渡過了江，又遇上一撥翦徑賊，約有十多個人，由押貨的人上前說唇典借道，翦徑賊橫目不答。彭鐵珊忙又跳下車，過去答話。這一撥翦徑賊，來去不明，提起了血蠍子，他們不認識，講起江湖話，他們滿不懂。彭鐵珊往四面一看，恰是曠野荒林，招呼趙仲穎一齊拔劍硬闖，那兩個押貨的同伴也從車墊底下，抽出兵刃；那趕車的車伕，原來也會點練功，一齊幫著護車奪路。

那為首強盜，提一把砍刀，一面站在土崗上瞭高，一面招呼盜夥開搶。彭鐵珊喊一聲：「師弟，上！」趙仲穎道：「來了！」趙仲穎這一回是初試身手，提劍奔過去，要跟為首盜動手。群賊拿著木棍、長槍，蜂擁而上；第一步，拋開了護車人，竟來刺那駕車的牲口。那車伕大呼，急忙攔阻；趙仲穎忙提劍奔回來救車，正和一個高大的強盜相遇。強盜挑槍迎面刺來，趙仲穎一閃身，躲開了槍鋒，劃劍往上邁進一步，斜切藕式，唰的一削，出乎意外，那賊狂吠一聲，栽身跌倒。

趙仲穎這劍竟砍得很快、很準、很重，賊人的肩胛噴出鮮血，反把初次臨陣的趙仲穎嚇了一跳。就在他微微一愣神之際，忽聽背後同伴連喊，急回頭看時，一個賊高舉著刀鋒，一個賊順托著花槍，正衝著自己攻來。趙仲穎著急，忙回劍招架。那持刀的賊驟然一聲怪叫，踉踉蹌蹌，退出多遠；那持槍的賊也不覺一怔。這就給趙仲穎緩出工夫來了。趙仲穎初次殺人見血，活潑的一個人，被自己一劍砍倒，未免心中不忍。多虧了師兄彭鐵珊，一面邀賊護車，一面照顧著師弟，趁空發了一毒鏢，才把襲擊趙仲穎的賊，打退一個，嚇住一個。趙仲穎倒吃了一驚，覺得驟有一股熱氣，從丹田往上一撞，頓時二目圓睜，大呼尋敵，和那持槍的賊鬥起來。

師兄彭鐵珊久經大敵，心神穩定，展開了純熟的劍法，一面當先開路，一面指揮同伴，結陣護車。車在當中，人在兩旁。且打且走，銳不可當，轉眼間衝開了一條血路，就要越過高崗。

這時為首盜魁，立在高崗，正指揮群寇，殺牲口，掠貨車，只想攔路，無意傷人。卻不料遇上了勁敵，部下落敗，頓時大吼一聲，他自己跳下高崗，急急揮刀來鬥彭鐵珊。趙仲穎恰好掄劍進迫，殺退了持槍的賊；持槍的賊逃向高崗後，趙仲穎追過去，恰與盜首相對，立刻短劍與單刀鬥在一起。趙仲穎猛勇進搏，只十數合，把盜首砍得手忙腳亂。彭鐵珊已經闖過高崗，回頭瞥見，忙揮劍奔回助戰。只揚手一鏢，正打在盜首的右臂上。盜首大叫，副賊顧不得截車，急急奔來援救首領，把趙仲穎邀住，盜首按住傷口，抽空退下來，伸手一拔那鏢，流出黑色的血，頓覺創口奇痛如灼，叫道：「不好，我中了毒鏢了。」先前中鏢的那賊，也連聲喊叫，群賊大驚。盜首發出暗號，群賊立即吹起呼哨來，背起受傷的人，大罵著逃入林中。

群賊已退，金面彭鐵珊忙招呼眾人，不要追趕，快快驅車，快快逃跑。料此地還有賊窟，怕他們勾了同黨，再來報復。趙仲穎拭去了劍上的血，依然有點目眩神搖；彭鐵珊急忙催他上車。兩輛車很快地奔逃下去。一直逃出十數里地，前面有了鎮甸。金面彭鐵珊方才放了心。於是驅車進鎮，落店住宿。

兩輛車本是裝著互不相識，現在驟脫虎口，也不再掩飾了，都聚在一處，共談禦賊之事。連稱好險，好險；又一一稱讚趙仲穎初次臨陣，竟這麼沉著勇敢。趙仲穎道：「慚愧！慚愧！」那喬扮客商的兩個同伴，又說：「賊黨人數多過一倍，反而落敗受傷，猜想他們必不甘心，必來窮追尋仇，哪知他們竟認輸了。」趙仲穎也很納悶，十多個賊反被六個旅客打跑，覺得賊人太怯。殊不知金面彭鐵珊發出去的，乃是毒鏢，賊首中鏢毒發，群賊忙著救治，顧不得尋仇了。只派出兩個小夥計，盯著他們入店，暗暗刺探他們的來路和去向，以備後圖罷了。

兩輛車居然平安登程，也算僥倖。

次日上道，兩輛車又走了幾天，到達徐州境界。徐州城內有一家三義鏢店，派出兩個鏢師，趕出一站地來，迎接他們。

金面彭鐵珊不認識這兩位鏢師，這兩位鏢師卻認識彭鐵珊，可是雙方不放心，照例用隱語，互相盤詰。等到說開了，又拿出信物來，這才欣然敘禮，開誠相見。又引見趙仲穎，與二鏢師相會：「這就是趙王孫，家師的得意門生，我的三師弟。」二鏢師一聽趙王孫三字，肅然改容，深深下拜道：「原來是趙王孫。」很恭敬地給自己報名道：「小人叫解良材，小人叫郭少熙。今後願聽趙王孫的驅策，赴湯蹈火，萬死不辭。」這一番客氣話，把趙仲穎聽愣了。

彭鐵珊又把押車二客，給兩鏢客引見了，兩鏢師也草草周旋一下，隨即屏人對彭鐵珊道：「近日城防很緊，外客進城，頗多不便。我看彭仁兄督運的貨物，就在此地交割我們吧，不必進城了。」彭鐵珊連聲說好，又道：「但是我必須和總鏢頭見上一面。」解郭二人道：「那當然，而且我們總鏢頭也久仰趙王孫的大名，也渴想一見的。他若早知王孫已經邀到，他就早來迎接了。」又含笑低聲道：「我總覺王孫年輕家當，未必一請就肯出山，哪知真請出來了。今日識荊，仰見英雄氣概，與眾不同，足見我黨有幸，得此……」正要往下講，彭鐵珊忙大聲笑道：「我們這位師弟是英雄，我們老師早說他一請準到的。」藉著笑聲，把話岔開了。

旋即商定，貨物交給郭、解二位鏢師，由二鏢師將毒箭、武器，悄悄運在城外一個機密地方。金銀數千兩，化整為零，散運進徐州城。另將祕字回覆文書寫好，交給押車二客，另外還帶去一車藥料。

二客領了，坐原車回轉湖州，仍交給隱醫孤塵子，代為淬毒密制刀劍箭鏑。他們忙著收藏貨、發貨、起貨，金面彭鐵珊卻與趙仲穎，先行進城，偕訪三義鏢店的總鏢頭雌雄鏢神手杜倫。

這個雌雄鏢神手杜倫，面黃體瘦，恍如病夫，年約四十餘歲，舉止文雅，沉默寡言。只看外表，很不像個武林中夙負威名的人物；只有他那兩隻眼，黑白分明，顧盼之際，炯炯驚人。和趙仲穎在鏢局相見，禮貌十分敬重。卻也沒有許多話，只向仲穎說：「小人杜倫，久仰公子大名，今天相見，足慰生平。我和令師血蠍子劉熹，乃是二十多年的患難至交，我常聽他說到公子的壯志豪情。今日幸會，即成至交；以後公子如有什麼事情，請儘管告訴我。我這小小鏢局，倒聚集著幾十位武林壯士，足供公子差遣的。」

趙仲穎摸不清路數，聽了這些話，只可說：「不敢當，不敢當。」杜鏢頭又在當晚設宴，給趙仲穎接風，把鏢局中的武師，選邀了幾位作陪，也一一指名引見了。這些武師對待趙仲穎，也是非常恭敬的。好像把仲穎這個少年公子，當作舊主看待。在徐州酬酢兩日，彭鐵珊跟杜倫，又領來當地幾位知名人物，一一和趙仲穎見面，都很謙抑。有的人過分恭敬，拱手側坐，陪著仲穎，應對諾諾，有如小吏拜見貴官。趙仲穎略感驚異，卻也猜不出緣故來。

到第三天，金面彭鐵珊、鏢頭杜倫，陪同趙仲穎，辭別徐州人士，徑行出城。由銅山城西，走出六七十里地，到一座小村，名叫白馬屯地方。彭鐵珊請趙、杜二人在路邊稍候，他獨自進村。過了一會兒出來，皺眉向趙、杜說道：「引路人不在，我們不能立刻上道，只可在此地暫歇一宵了。」三人一同進村，在很僻的一條小巷內，有一座小院。門前有一個村學究模樣的人，在那裡等候，悄悄地把三人引進院內。

這小院好像是座村塾，卻只有三五個村童；村學究讓客到上房，立刻把學生放了。彭鐵珊告訴趙仲穎：「這位是呂宜謙呂先生，國變後在此隱居，躬耕課讀，雖然是局外人，處處很給我們幫忙。」轉身向村學究呂先生說：「這位就是趙王孫，是我由灊山邀來的。」呂宜謙道：「哦！久仰王孫的大名！」趕緊行禮，很注意地打量趙仲穎，讓到上首坐，旋向鏢頭杜倫拱了拱手，似乎彼此很廝熟。

賓主落座，遜茶之後，呂先生說：「彭壯士遠道邀賢，一路辛苦；杜鏢頭莫非也要陪同入山麼？」杜倫道：「是的，我必須親走一次。」呂先生道：「不過今天走不得了，近來山上很緊，江南中書行省撥派大軍，剿捕鹽梟，山林中的朋友也遭波及。故此他們在山麓山徑，都加了卡子；沒有人做嚮導，就是熟人，也不易進山，進了山，也找不著人。可惜我們的嚮導蘇五，前天剛剛過去，你們三位只可在這裡等候。」彭鐵珊道：「我下山的時候，還沒有這麼緊；想不到隔過一月，局面又有小變。莫非山中的舉動，已被官人覺察了麼？」

呂先生道：「聽蘇五說，我們的底細，大概韃子還不知道。我們山上的事，經九峰先生調度，做得很機密，還不至於招風引浪。」

當晚三個人就在村塾，進膳住宿。彭鐵珊悄悄告訴趙仲穎：「這呂宜謙為人縝密，和師傅血蠍子劉熹，也是患難至交。

時常給師傅代傳消息，師傅也常在這裡歇腳。」趙仲穎一路辛苦，連日和這些詭祕人物交接，頗感心神擾動；臥在塾中，輾轉不能入睡。荒村沒有更鑼，也不知夜到何時；忽然間聽見響動，睜眼一看，熄滅的小燈業已重明；彭鐵珊、杜倫兩人，雄糾糾的，穿好了行裝，低叫仲穎，起來上道。趙仲穎翻身坐起，彭鐵珊對他說：「嚮導已來，我們趁著夜深，正好入山。」

仲穎揉了揉眼，見一個中年男子，穿一身急緊裝，手持弓鞭，正很匆忙地跟居停主人呂宜謙低聲談話。這中年男子便是山中嚮導，眾人管他叫做流星蘇五。

這流星蘇五由彭鐵珊引見，給仲穎見禮，旋即啞著嗓子說話：「這兩天風聲很惡，呂先生最好多加小心，我們暫時不上這裡來了。」轉身又問彭鐵珊：「要走，我們現在就該動身，趙王孫走黑路行麼？」彭鐵珊道：「行！」立刻討來熱水，教仲穎擦了一把臉，穿好長衣。由呂先生挑燈開門，連同鏢頭杜倫，一齊出離村塾。

村塾門前，拴了三匹馬，黑影中有兩個短衣人，在那裡持韁佇候。彭鐵珊道：「只有三匹馬，我們四個人怎麼走？呂先生能打近鄰，再借一匹麼？」呂宜謙說道：「借倒可以借，只是……」嚮導蘇五忙悄聲說：「那絕使不得！我可教他們兩人步下趕，請趙王孫和彭、杜三位騎馬，我步行引路。」彭鐵珊道：「那如何使得？」蘇五道：「不相干，誰不知我流星蘇五腳下來得？」即刻三人上馬，蘇五當先奪步先路。那兩夥伴，不肯留在塾中，催呂先生回去，掩上街門，兩人也慌忙拔步跟追下來。

當下三個人騎馬，三個人步下走，擇小站，乘夜而行。金面彭鐵珊唯恐蘇五勞乏，提韁徐行，不肯放馬。走了半裡地，蘇五著急道：「這麼走，何時能到山頭？我們這些人未免太扎眼；最好是不等天亮，就趕到地方。彭爺、杜爺不要客氣；你還不知道我麼？我腳下管保釘得住。我可要放腳腿了，你們只管撒韁吧！」

嚮導蘇五立即一抖精神，展開了夜行術，順小路飛馳下去。趙仲穎、杜倫、彭鐵珊只好放開馬韁；那兩個夥伴卻不濟，不大功夫，跑得直喘。蘇五回頭說：「你們兩位不必緊跟我們了，我知道你們不願在呂先生家尋宿，你們兩位只管慢慢地走。我把三位送入山中，回頭再來接你們。」

兩個夥伴應聲道：「你們走你們的吧，我們倆試著勁來。」

於是蘇五遄行，三騎緊綴，轉眼間奔出五六里路。彭鐵珊向杜倫說：「蘇五這傢伙自恃飛毛腿，不要把他累壞了。我們三個人莫如替換著騎馬，這一回我先下去走一程。」教蘇五接過馬去。蘇五起初拒絕，彭鐵珊怒道：「你不要逞強，沒有人跟你賽腿，我不過是怕誤了事，你快上馬吧。你可以騎了馬，在前引路，我在後面跟著。我們一站一站地替換，全不至於累。」

蘇五這才依言上馬，仍舊在前引導。金面彭鐵珊展開夜行術，一口氣走出六七里地；鏢頭杜倫慌忙下了馬，改為步行，把馬讓給彭鐵珊。

如此每行六七里，便替換一回，仗著三人武功都好，居然快得多。趙仲穎見狀，不甘獨自落後，輪到這一班，他也要下馬步行。杜倫、彭鐵珊、蘇五，一齊勸阻他，不肯讓他步行。

趙仲穎年輕好勝，再不肯依，一定也要下馬走一程。彭鐵珊勸不住他，鏢頭杜倫說道：「趙王孫，不是我們對你客氣，也不是怕你氣力不夠，武功不行。實在是山中同伴，仰慕你的威名；正有許多人物要歡迎你，和你周旋。你必須留些精神，進了山再用。我不能叫你跑冤枉路，累得精神不振呢！」趙仲穎道：「怎麼，山中不止我老師一人哪？還有許多什麼人？」杜倫笑道：「山中的人物，還有別樣人物麼？自然是山林人物了。」

杜倫的話稍涉含混，趙仲穎自到徐州，便已蓄疑甚深。到此忍不住詰問彭鐵珊道：「師兄，到底山中都有什麼人？請你明白告訴我。」彭鐵珊道：「少時便到，你一見面，自然明白了。」趙仲穎暗暗不悅，說道：「等一等！師兄，我不是疑心你，我也不是膽小。先在湖州，師兄祕運武器，原說是順路代運，與老師無干。自到徐州以來，你向我引見這一個人，介紹那一個人，把我當稀罕物一般擺布給許多人看。那許多人對我，又似乎另眼看待，不知把我當作什麼人了。我原和師兄講得明白，我此行決定今後出處大節，所以才遠道來找師傅。我有我的打算，我卻不想溷跡綠林。師兄對我說，絕不強我所難；我要求見師傅，才跟你到這裡。現在我可以預先約定一句，我只是要見師傅，我不願淪入江湖。老師如果不在山中，或此山中盡是別人，那麼我就不必進山了。」說罷勒馬不前，黑影中看不見面目，單聽語言，顯然很不痛快。

鏢頭杜倫忙說：「趙王孫休要多疑，我是鏢客，我能陪伴王孫一同進山，山中絕不是尋常盜匪。」趙仲穎道：「尋常毛賊，我當然不願跟他相見；就是非常大盜，我也不想和他往來。我可是決定不打算置身綠林。這一點，彭師兄你要對我說個明白，如若不然，我們此刻便當分手。」

趙仲穎這番話，把杜倫說得發愣。據彭鐵珊暗地關照，趙王孫懷念故國，發憤抗胡，意氣本來很堅定。而且曾因胞兄出仕胡元，弄得手足反目；現在行將引他入山加盟，竟中途止步。忽然信念動搖了，到底是什麼緣故呢？可是他膽小變計？

杜倫固然很納罕，彭鐵珊也更覺得狼狽失措。譬如同舟共濟，船行中流，忽然一個人變卦要下船，未免叫人無法應付，杜、彭二人都覺得尷尬。

這是杜、彭兩個武夫，不能深切瞭解人性之過了。趙仲穎確乎是痛恨胡虜，可是他出身貴胄，世代書香，他到底是個紳士，多少看不起江湖良人，也跟這等人不習慣。至於作奸犯科，更一向深惡痛絕，斥為匪類。他這回棄家北遊，跟了師兄來，只是他從小受過血蠍子劉熹的薰陶。他又傾倒師傅血蠍子的為人，他想師傅為人正直，斷不會走邪道的。師兄既然是奉師命而來，當然也不會是越軌玩法的歹人。可是一路同行，眼見師兄有許多詭祕行動，又交結著許多武林強梁之士，趙仲穎不禁犯了疑心，並且他已經隱忍了這些天了。

總而言之，他的思想還是受著家風家教的影響，糾眾抗胡則可，做強盜不行。然而當時的局面，如要糾眾抗胡，必須是自貶身價，潛入山林，結納跳梁之士，嘯聚不軌之徒。然後揭竿而起，北伐中原。斷不能書生造反，關在門裡唱高調的。而且招兵買馬，聚草囤糧，也必須擺出強盜的面目，潛做反叛的舉動，才不致為當道所察覺。趙仲穎畢竟年輕，不能深思時限，通權達變，驟聞這「嘯聚山林」四字，頓覺刺耳：「我堂堂宋室遺胄，若果與盜為伍，豈不是有玷門楣？」當下他便與師兄彭鐵珊支吾起來了。幸而金面彭鐵珊和趙仲穎一路同行，略能體認出他的脾性。就對症下藥，辯解了一陣，勸勉了一番；趙仲穎依然不屑與山林賊寇為伍。可是彭鐵珊看出這個師弟，最信愛老師劉熹，現在只好把他引到老師面前，由老師激勸。彭鐵珊因就這一點，極力轉圜道：「我明白了，師弟狷潔之性，貴胄之裔，唯恐跟我們江湖人物結交，把人品玷汙了。現在我也不必多說，我也不用保證這些山林之士。好在師傅就在此山中，我只引你去見他，一切你和師傅面談好了。」又嘆了一口氣道：「實在講起來，山中這些位朋友，既不能稱是強盜，也不能稱是良民。你若拋開世俗之見，但從國仇家難，大處著想，那麼對於這幫人，見仁見智，當然又有一種看法。我們以為這些人物，在元朝貴官眼中看去，當然是反叛、是強盜；轉過頭來，若拿你我大宋遺民的眼力辨認，這些不法之徒，豈不正是忠臣義士，有所為而為？師弟請不要多疑，也不要把愚兄看得太壞了；我先把老師請出來，你和他老人家剖心露膽，仔細談一回，合則留，不合則去，何必半路上打退堂鼓？」

趙仲穎沉吟良久，見鏢頭杜倫、嚮導蘇五，都屏息看著他；到底他年輕臉熱，嘆道：「我有我的苦衷！也罷，既來之，則安之，我現在好比跳火坑，欲罷不能了。且等見過老師，聽他怎樣講？我要當面請問：他老人家邀我，究竟為了是什麼？作奸犯科，我絕不行！」

金面彭鐵珊捏了一把汗，這才策馬又往前走。五更時分，來到了芒碭山谷。亂山叢莽，空曠無人，卻在山回路轉處，突然發現了拾柴的、打獵的。這正是山中人的卡子，看似一個人，暗中還有埋伏，草中藏者弓箭刀矛。生人若一聲不響往前走，拾柴打獵的人會忽然變成攔路賊，陡然發出響箭，陡然拋出鏢槍，反正不教生人登上山中的祕道。

嚮導蘇五至此改為騎馬，當先開路；鏢頭杜倫在後掩護。

趙仲穎居中，師兄彭鐵珊步下走，給他牽著馬韁，做了臨時馬童。趙仲穎自然不敢當，彭鐵珊告訴他說：「這不是客氣，乃是小心。」這時候朝日甫上，山風冷冽；流星蘇五一直往前走。

剛進谷口的時候，山坡發現兩個獵戶。一個獵戶張弓扣箭，一個獵戶走下山坡，一言不發，把手一舉，伸出三個指頭，大指和食指捏成環形。流星蘇五且不下馬，也把手一揚，握緊了拳頭，做出搗擊的樣子。經過這一番動作，雙方湊近，一問一答，如流水一般快。於是盤詰無訛，兩個獵戶抱拳道：「請！」

把路讓開了，卻將彭、趙、杜三人，再三打量了一陣，忽然說：「你們短一匹馬，這多麼不便，我給你們找一匹如何？」蘇五道：「不用了，前面第四柵也許有馬。」獵戶道：「有。」

獵戶慢慢走上山坡。沒入叢林不見了。流星蘇五按轡徐行，彭、趙、杜三人兩騎跟蹤徐隨，進入山谷。

趙仲穎佯裝不理會，側耳傾聽獵戶和蘇五的問答，窺察雙方的舉動，無奈相隔稍遠，雙方對答的話很快，他一字也沒聽清。他不肯放鬆，仍在暗暗留神；對人察言觀色，對這山谷觀望形勢。彭鐵珊知他動了疑，也不說破，只很快地往前蹭行。

第八章　盗跖行徑夷齊心

入山谷漸深，情形越緊。江北的山多半闢為山田，築有村舍。唯獨芒碭山，一片荒涼。谷中有一望無際的野草，峰巒間又叢林茂密，亂石嵯峨，顯得十分險峻。更兼多年來，為山寇所盤踞，連山麓也絕無人跡。血蠍子一行人，偏擇此處隱居，他們的企圖可想而知了。趙仲穎被他這個素未謀面的師兄引領著，潛投荒山，尋師問計，恍惚覺得身陷虎口一般，被無形中的詭祕氣象所包圍，心中未免有些懍然。

透過山谷，連連發現埋伏。曠林崗坡環帶中，人行古道，忽地從這邊閃出一個人影。經蘇五迎頭髮出暗號，遞過隱語，這樣答對過去，人影忽然不見了。再往前走，忽然又從那邊冒出入蹤。不是獵戶打扮，便是樵夫模樣，三三兩兩，人數多寡不定。走了數里路，越過了空穀草原，便投入狹窄山徑，將要登山了；山坡傾斜，棧道逼窄，像磨盤似的回轉著。四個人全都改為步行，牽著三匹馬，悄然躑躅其間；只聽見履聲踏踏。

蹄聲得得，發出回聲，兩旁是峭壁懸崖。趙仲穎仰面四望，宛如身臨絕地，人若從兩旁崖上，潛施暗算，只消推墜山石，便把他們四個人全都砸死。又加登山漸高，山風漸猛；一陣陣風吹來，使得人毛骨悚然。山木被風，時發奇嘯。越往深入走，越覺得景物陰森可怖。趙仲穎雖然年輕膽壯，此時也有點面無人色了，覺得身上十分寒冷。

金面彭鐵珊頭一個看出趙仲穎的神情有異，忙向蘇五低聲說：「蘇五兄，慢走吧。我們必須找個地方，設法搪一搪寒氣。我們師弟穿的衣服單薄，你看他，入山漸深，有點支持不住。」

杜倫道：「我也有些打熬不得了，這裡真冷。」其實杜倫衣服輕暖，說這個話，不過替趙仲穎解嘲。流星蘇五說道：「既然害冷，好吧，我們可以找個地方打尖。」

頓時改走斜徑，拂草旁行。走不多遠，望見山坎上，有一座團焦窩鋪。蘇五喊了一聲，從窩鋪裡鑽出一個人。只看外表，這個人很像個莊稼的佃戶，手裡提著一支木棒，見來的人很多，面露驚詫；站在窩鋪面前，大聲問道：「你們是幹什麼的？可是打聽路的麼？」流星蘇五忙說道：「對了，我們是打聽路的。借光二哥，我們打聽路，往黃葉村，該是怎樣走法？」

借光二哥乃是山東土語，流星蘇五卻是江南人，說出來聲調很奇。

那農戶聽了，似乎神色一動，重問道：「哦，要上黃花屯，你們幾個人全上黃花屯麼？」

回答道：「是的。我們全要上黃花屯。」

又問道：「上黃花屯，天黃黃，地黃黃……要找哪一家？」

答道：「天黃黃，地黃黃，史家有個趙兒郎，要找東京朝奉黃，我們全是給他送地租錢來的。」

佃戶說道：「你們全上黃花屯，前些日子，八月十五中秋節，有人要上黃花屯，也是這麼走，走錯了路。你們是打哪裡來的？有何貴幹？」

答道：「我們是打前邊來的，我倒聽說八月十五慶中秋，有人走到十字路，果然走錯了方向，又退回來，只是往後邊走，走了三七二十一天，到底也來到黃花屯；若不是朋友多，幾乎回不去家。」

那農戶似乎聽懂了，立刻抱拳走來，賠笑說道：「我家主人就姓黃，你貴姓？」

流星蘇五道：「我姓秦漢唐，我有一個街坊，名字叫流星蘇五。是他打發我們來，叫我找一個蠍子，九個頭。」

那農戶滿面笑容道：「好吧！我知道找蠍子，請到我們這裡歇歇腿。有什麼話，都可以對我講，我能替你轉達。你們要是打算自己去，回來我再指給你一條明路。」

這一番雙方對答，聲音較大，措辭支離；趙仲穎都聽見了，曉得其中頗有隱語，只是意思不能明了。流星蘇五也看出趙仲穎注意的神氣，衝他笑了笑，隨即向眾人招手。趙仲穎跟彭鐵珊，鏢頭杜倫一齊過來。蘇五問農戶道：「這三匹馬怎麼辦？」農戶換了一種平常說話的口氣，道：「四位不用管了，可以交給我。」隨即捏唇吹哨，連吹數聲，又從林中鑽出一個中年人，獵戶打扮，手執弓箭。這中年獵戶一露面，就衝著蘇五等人說：「你們是打聽路的麼？可是要上黃葉村，黃花屯的麼？」蘇五道：「正是。借光二哥，我們都向街坊交代過了，我姓秦漢唐，拜訪朝奉黃，要找趙兒郎……」那個佃戶忙插言道：「借光二哥，不要問了，這位是流星蘇五，那三位全是街坊。自己朋友，要找九頭蠍子的。你過來，替他們四位照管住這三匹馬。」

獵戶打扮的人，收拾起弓箭，過來代牽牲口。笑一笑說道：「我原來認識蘇五兄，不過照例的話不能不問，九峰再三吩咐過我們。」遂將馬牽到林後去了。農戶打扮的人，就引領流星蘇五一行，進了團焦窩鋪。

流星蘇五以居停主人自居，取乾柴枯葉，生了一把火，請趙仲穎取暖。他便對農戶說：「這一位便是彭大哥，奉蠍子之命，把要請的人請來了，現在要立刻和蠍子見一面，你可曉得蠍公現在何處？」佃戶道：「你不曉得麼？九峰山人來了，和血蠍子劉公正商議要事。據說最近有人剛打上京來，近日朝廷正鬧著奪嫡爭位的把戲。九峰山人說，他們大都地方的朝貴，難免開仗。我們若要動手，正是時候；只可惜我們一切都沒有預備好，恐怕坐失良機。所以九峰老人家連夜渡江趕來，特意來問問血蠍子，此間布置的情形究竟怎樣？據九峰講，他們那邊人心不齊，差得太多；無論人力、物力，全都不夠格。他心上很著急，盼望蠍公這邊能夠有進步；只是蠍公這兒跟他也是一樣，八字還沒有一撇，很好的機會恐怕又錯過去了。吳會的人心，現下確很浮動，也因我們人少力薄，不能乘時利用。九峰山人在目下唯一的盼望，是聽聽河北山東的動靜。如果我們把河北山東的群雄能夠拉攏住，九峰講，那就可以冒險一試了。」

蘇五聽了，說道：「這些消息，你怎麼知道的？我卻一點也沒有聽見。」農戶道：「這是昨夜的話，他們把我傳去了，問了我半天，我今早剛回來，當然我是曉得的了。這是昨晚的密會，最近的情報。」

鏢頭杜倫立刻接聲道：「既然如此。」對彭鐵珊道：「我們趕緊進山，和九峰山人、血蠍子到裡面談一切，豈不是很好的機會？」彭鐵珊道：「我也是這樣想。」對農戶說：「現在我就要見家師一面，煩你費心領導我們去。」

這農戶盤算道：「七星岩離這裡不遠，不過我在這裡，本是奉命等候一個要緊的人。萬一我帶你們去了，我邀的那個人來到，竟撲了空，可就貽誤時機不小。我有點分不開身，這便怎好？」

彭鐵珊道：「你那位夥計，難道不能替你麼？你邀的是誰？」農戶道：「說出來，你也未必認識，他叫談岳華。」鏢頭杜倫道：「我卻知道這個人，這人是個書呆子，你們等他做什麼？」農戶道：「我是奉命而行，他這人膽小，我也不知道九峰山人請他做什麼。聽血蠍子劉公講，是九峰山人出的主意，要請這位岳華先生，編造三部什麼經典；要拿著經典，表面替佛勸善，暗地糾黨勸盟。詳情我說不清，只聽說經典叫什麼『濟世伏魔寶籙』，還有什麼『真經』、『寶誥』，說只有這位岳華先生會造，因為這位書呆子學過佛，也入過道教。」

這幾人匆匆聚談，趙仲穎聽了，很不耐煩。金面彭鐵珊和蘇五，仍是堅請這農戶打扮的人引路。農戶仍然遲疑，怕耽誤自己的正經事體。後來彭鐵珊急了，就指著趙仲穎說：「我告訴你吧，寶岱兄！」這寶岱兄三字，自然是這農戶的名字了。

彭鐵珊道：「我此刻一定要煩你引路，領這位朋友面見家師。因為這位朋友不是別個，那是家師的得意弟子趙王孫，也就是我的師弟，他急急地要和我們老師見一面，不然，不肯入山……」

不等彭鐵珊說完，這個農戶寶岱一聽趙王孫三字，頓時改容道：「原來這位就是趙王孫，你怎麼不早說？」肅然起敬，向趙仲穎行禮，更自己報名道：「小人名叫湯寶岱，在血蠍子劉公面前，久聞王孫大名；今後小人願聽王孫驅遣，萬死不辭。」

行罷禮，說完話，站起來道：「我就領四位去，九峰和蠍子就在近處，不過他不許我往外說。既然王孫大駕光臨，我一定拋開別的事，先引王孫去見九峰和蠍公去。」

這個農戶湯寶岱立即答應給趙仲穎帶路，彭鐵珊說：「寶岱兄你可有多餘的衣服，借給趙王孫一穿麼？他從南方北上，衣服單薄。這一登山，有點受不住。」湯寶岱忙說：「有有有，恰好這裡有一件狐裘，穿著上山，最好不過。」立刻找出來，獻給趙仲穎。一面笑著說道：「你們打算先見羅寨主，那就可以上山，若是只打算找蠍公，還得下山，現在他們二位全在黃花屯呢。」

彭鐵珊忙道：「我們不見羅寨主，我們跟他沒有事情。杜鏢頭，我們還是徑投黃花屯吧。」杜倫道：「如此說，我們還得下山。」湯寶岱道：「正是，得翻回頭，再往山下走。」

這個湯寶岱出離團焦，重複吹哨，把那個獵戶喚回。囑咐了幾句話，把三匹馬接過來，陪同四人另走捷徑。曲折行來，穿過林崗，降下山谷，斜穿過一帶密林，在一道山澗旁，發現了小小一座山莊。

這山莊就用本山岩石所築，依山面水，被叢莽掩遮著，驟看恍似高阜。這便是血蠍子劉熹，最近才弄到手的一個潛居祕窟。地形險阻，草木豐長，這地方自兵燹以來，與世隔絕，已有十多年。原來住著一位隱士，因國變攜眷逃到這裡，自耕自食，埋首避秦。暫與草木同朽，不再出世。不料近因山大王羅應龍，由魯南竄到江北，占據了這座芒碭山的西高峰，打劫行旅，氣焰橫絕。伯夷叔齊不肯與盜跖結鄰，這位隱士無可奈何，又攜眷避盜，航海移到他鄉，這座山莊便空廢了。

後來血蠍子劉熹，得遇九峰山人，二人同心，文武合謀，竟開始訂盟糾眾，興宋滅元。血蠍子劉熹第一步做法，便將這山大王羅應龍說服，改為同黨。這羅應龍原是中原的一戶大財主的少爺，不幸財大燒身，被貪官汙吏所害，才一怒殺官亡命，流為強盜。人在壯年，饒有血性，起初只是唱著「殺賊官，除惡霸」的綠林口號罷了；旋被劉熹說破了時艱：「你的家禍，實在由於國難。」詳細地一解說，這羅應龍竟率夥盜一百餘名，加入血蠍子的祕盟。血蠍子需要一個隱祕藏身所在，羅應龍發現了這座山莊，本來要用作盜幫的一道卡子，不久便贈送給血蠍子。血蠍子把這地方，作為自己的祕窟，至今不過一年。又給這山莊製造了一個祕密的名稱，叫做「黃花屯」，那條小山澗叫做「殺胡川」，那土崗叫做「殺胡崗」；其實是同黨的暗號，民間並不曉得，也不叫民間曉得。

假農戶湯寶岱，把趙仲穎一行，引到殺胡川和殺胡崗之前。湯寶岱由山澗旁，亂草葦叢中間，尋著小小一具木筏，一次只能引渡一人，費了很大的事，才將眾人挨個擺渡過去。這時候山莊的祕密瞭望臺，已然瞥見他們了，頓時迎出來三個壯士。流星蘇五和農戶湯寶岱，不等盤詰，搶先答話，彼此雖然認識，照樣說了一套隱語，三壯士這才當先引路，把眾人延入山莊。

山莊的建築宛如碉堡，內有更道，外有護水濠。房舍前不太高，護水濠卻很深闊。金面彭鐵珊到了這個地方，顯得很熟習，不像入山時，那麼生疏。因為環山一帶，向歸山大王羅應龍督眾戒備的，這山莊卻由血蠍子主事。金面彭鐵珊一進莊院，也就拿出主人的態度，把眾人讓到客舍。請趙仲穎、杜倫、蘇五等人坐下；他自己匆匆進去，逕到上房。

上房五間，二間通敞，血蠍子劉熹正與九峰山人和各路同黨數人聚談。彭鐵珊一進房，血蠍子欣然道：「你回來了？可見著趙公子沒有？」彭鐵珊道：「不但見著，而且邀來了。」九峰山人等一齊大喜，急問：「趙公子在何處？」彭鐵珊道：「現在客舍。」血蠍子劉熹很得意地向著眾人說：「我的眼力還好，居然沒看錯他，他居然一請就來。鐵珊你把他請進來，九峰先生你可以看一看他的人物。」

彭鐵珊道：「但是，老師，這卻有點疑難。」血蠍子道：「他人已經來了，還有什麼疑難？」答道：「他為人雖然英銳，大概不脫貴冑脾氣，他看不起綠林，又不屑於加盟結社。」遂到師傅面前，附耳低語。把趙仲穎最恨強盜的意思說出：「現在他雖然來了，卻只想和師傅見一見面，談上一談，似乎還要走，他不願跟我們走一條路。」

血蠍子聽了一愣道：「這是何故？他不肯加盟，請了他來，也沒有用啊？你沒有把底細全告訴他麼？」答道：「他為人過於清高，有些話沒等我說，他的傲兀神色，把我的話噤住了。」

血蠍子頓時不悅道：「這是書生惡習，不足以成大事。既然如此，他不屑於幹這個，就教他幹他的去吧。唯同志始能同謀；現在，道不同，不相為謀，把他打發了吧。」

九峰山人在旁聽了半晌，忽然點點頭，笑道：「我明白了，趙公子這個人乃是年輕的貴冑，多少總有書生門風，紈絝習氣；他看不起綠林，正可以想見他的人品志節。這不要緊，我可以跟他談談。」遂對血蠍子劉熹祕囑了許多話；血蠍子點頭會意，當下把聚會也散了。各山人物一一避開，單留下九峰山人和血蠍子劉熹，然後血蠍子劉熹親自迎出。

趙仲穎和鏢頭杜倫在客舍坐候；流星蘇五、湯寶岱等，已被莊中人引走。過了好一會兒，又來了一個人，把杜倫也邀走了。只剩下趙仲穎一個人。枯坐無聊，心中疑悶，站起來往門外看。全莊院寂靜幽清，渾如僧廟，一個人影也沒有。過了好一會兒，才見師兄彭鐵珊，引領師傅血蠍子劉熹，從上房走出來。剛一見面，老師血蠍子就大叫道：「趙賢弟，你真來了，你想找我了。我聽說你找了我一趟，又聽說你弟兄不和，好教我疑悶不安。我又整日窮忙，不能到你府上來，所以我打發你師兄找了你去。只不過打聽打聽你，找我究竟為何事？想不到你師兄把你折騰來了，可算是陰錯陽差，小題大做。」

老師血蠍子劉熹，聽言談，看外表，還像當年那樣熱誠，滿面歡容，直奔過來；趙仲穎方要施禮，竟被劉熹雙手捉住肩膀，十分懇摯地說：「老弟，你還好！你很壯實，你們令兄可好？你成了家沒有？」

趙仲穎依師生之禮，要給劉熹叩頭；劉熹堅決攔住，一味大說大笑。又對仲穎講：「仲穎，我想念你不止一天了。你來了，好極了，你可以在我舍下，多住幾天。趕等到你住膩了，我再打發你二師兄送你回去。」

趙仲穎聽了老師這番話，頗以為奇，這好像是平常的師生交際，並不是邀弟子加盟起義。血蠍子劉熹滔滔敘舊，等到詞鋒稍斂，趙仲穎忙問道：「我聽師兄說，老師現在正有些營幹的事，所以把我喚來。」血蠍子笑道：「你聽他胡說，我有什麼營幹！你不知道麼？你老師是『老夫耄矣』，壯志已摧，我好容易找了這麼一塊隱遁地方，再不想出去掙扎了。我不過很記念你，你兄弟失和的事，我也聽說了；我猜你找我，定是向我要主意，所以我把你找來。我是一點野心希望也沒有了，我卻永遠忘不了你們趙家待我的隆情厚意。是的，我一輩子也不能忘了你們趙家的。」

說到「趙家」二字，語涉雙關，面容一整。趙仲穎張著嘴，要說話，總不得機會，血蠍子劉熹的話滔滔不絕。正說著，突然站起來，拉著趙仲穎道：「咱們上裡面談吧，你也見見你的新師娘。」又笑道：「你還不曉得吧，我前頭那個老伴兒死了，如今又娶了個後老伴，年紀很輕，我只怕……」呵呵地笑起來，扯著仲穎往正房走，且走且說：「你來看看你的老師家……」又向空發論道：「你們親弟兄鬥嘴了，生氣了，哦，這是何苦呢？常言說：『兄弟鬩於牆，外禦其侮。』你老師是個武夫，不懂詩曰子雲，但是你要明白，我們今日的處境，是什麼光景？人家拿我們漢人不當人，我們自己再吵家窩子，斤斤計較雞蟲得失，豈不叫人家大元貴族越發笑掉大牙麼？」

血蠍子劉熹把趙仲穎讓到內室，見過了師娘、師妹。師娘很年輕，說是新娶的，兩隻大眼睛很精神；師妹只十幾歲。這是初會，趙仲穎忙掏出一錠銀子，送給師妹。師妹不肯收，血蠍子笑道：「你師哥給你錢花，你怎麼不要？快接著，謝謝！」

一番酬酢之後，血蠍子對這師娘師妹說：「仲穎大遠地來了，你們娘倆快給打點酒食，我們師生好好地喝兩杯，談一談。」

師娘師妹領諾，到後邊去了。屋中只剩下血蠍子劉熹和彭鐵珊，趙仲穎。血蠍子劉熹又叫彭鐵珊，到前邊照應流星蘇五、鏢頭杜倫去。於是彭鐵珊也離開了。屋中僅僅剩下兩個人，酒都擺上來了，血蠍子劉熹，就叫仲穎坐下吃酒，並且笑著說：「咱們倆一面喝，一面談，咱們又恢復當年在你府上的情況了！」

劉熹親自斟了一杯酒，遞給趙仲穎。仲穎急忙站起來，接了，又回敬老師一杯；看了看四面，請師母入座。血蠍子劉熹道：「她不會喝酒。」趙仲穎又讓師兄彭鐵珊，血蠍子劉熹道：「他們忙著呢，他和杜倫鏢頭，跟我這裡的居停主人有事。你坐下來吧，老實說，現在就是你我二人，我們正好徹頭徹尾地談一談。」

趙仲穎明白了，笑著點了點頭，坐下來；師傅讓他酒，他就喝了，同時還敬劉熹。正是酒過數巡，趙仲穎再不能耐，單刀直入地問道：「老師，你住的這座莊院，究竟是怎樣的一個地方？為什麼沿道都設著卡子，戒備這樣森嚴？弟子乍到來時，如同置身山寨一般。師傅你老可以切切實實地告訴我，究竟是怎麼一回事？」又將師兄彭鐵珊在沿路所說的話，所做的事，一一提出質問。

血蠍子聽了，衝仲穎一笑道：「我知道你犯了疑心。你師兄已經告訴我了。趙賢弟，你我師徒相處有年，你總該相信，老師不能指點邪道教你走。賢弟，你該明白，你老師是怎樣的器重你，盼望你，盼望你將來轟轟烈烈。你的身世，我不是不熟悉；你的志氣，我不是不明了。從你小時，我就看出來，你是個有心的人。你老師就算暮年墮落，也不肯把你引入歧途，教你為非作歹，做出黃巾賊、黃巢方臘一類的強盜行為，玷汙了你們趙氏家門的清白啊，你想！」

血蠍子劉熹說了開場白，頓了一頓，又講：「黃巢、朱溫、方臘之流，乃是匹夫，所謂強盜行徑，史冊上永留汙名，你老師一生最看不起他們。但是陸放翁有句詩：『身後是非誰管得？滿村聽說蔡中郎。』東晉大司馬桓溫也說：『『大丈夫不能流芳千古，亦當遺臭萬年。』這句話怎麼講呢？……」

劉熹凝望著趙仲穎，半晌才說：「我近來認識了一個奇人，名叫九峰山人，聽他講今論古，頗說出許多非常異義，可怪之論。據他講，桓溫這句話很有意思。晉人南渡之後，新亭對泣，國運陵夷。唯有大司馬桓溫，滅蜀辟疆，勵志北伐，驅除胡虜，匡復中原，實有尊王攘夷的碩志。可是當時朝臣王謝之流，卻把桓溫看小了，以為北伐成功，功臣將不可制，恐不免近效王敦，上效晉祖，霸業開創了王基。朝臣王謝之流因此處處防制著桓溫，破壞他的北伐大業。桓溫大司馬為此怒極、恨極，這才陡發遺臭萬年之嘆，把個光復英雄激成跋扈將軍了。假使當時的人看開了，以攘夷復土為第一義，以尊王防篡為第二義。桓大司馬必不致臣節不終。因為他一生志願，就在立功驅胡，光復中夏，並不甘心做司馬氏一姓家奴啊。」

趙仲穎聽了，說道：「這卻是創見。」劉熹笑道：「九峰先生的讀史創見多得很呢。他還說過，英雄立功立事，必須持恤大體，無小節。他說漢高祖斬蛇起義，實在曾在我們住的這座芒碭山，聚眾做過強盜。」

趙仲穎道：「什麼，劉邦當過強盜麼？」劉熹斟了一杯酒，飲下去，說道：「這也是九峰山人的話，他說史記上明明記載著，劉邦以亭長奉令，中沛縣押解罪徒赴咸陽。中途徒犯多逃，自度到了地方，必致逃盡，劉邦乃將餘犯掃數放走。說是：『公等皆去，吾亦逝矣！』逝到哪裡去呢？便是逃亡在芒碭山，《史記》說，有十幾個壯士，跟著他一塊去了。他妻呂后日常給他送飯。兩口子合謀造謠，說劉季頭上常有雲。劉季頭上有雲，別人看不見，只有呂后看得見，當然還是詭詞愚眾了。後來陳涉揭竿舉義，天下土崩，沛縣令也要應時叛秦。縣吏蕭何、曹參以為不邀外助，不足以威眾，勸縣令勾結劉邦。《史記》上明明說，是劉邦已有眾數十百人矣。請問這數十百人是甚樣人，躲在芒碭山做甚？難道喝西北風麼？可見漢高祖創業，乃是先在芒碭山嘯聚為群盜的了。」

劉熹又道：「等到西漢末年，王莽篡位，劉秀起兵，赤眉、綠林、新市、平林，全是強盜。而且後漢書明明說，當時人稱光武為銅馬皇帝。銅馬便是群盜的一個大幫。光武的哥哥劉縯起兵時，自號柱天都部，這跟梁山上的及時雨、托塔天王，又有什麼不同？」

劉熹泛論古人，稱述了許多大事，都說是：「這全是九峰先生對我講的。」跟著便眼望趙王孫，察看他臉上的神氣。趙仲穎也凝眸不語，口角上微露笑容，心中說：「老師這是對我說法！」

血蠍子劉熹停了一停，又說：「《史記》上的《伯夷列傳》和《論語》上的伯夷、叔齊，史家和孔子把他說成殷商之際的恥遁的隱士，九峰先生卻偏偏說不是。他說伯夷、叔齊，乃是殷商的忠臣，實欲夾扇商朝餘燼，助紂子武庚復殷抗周，乃是兩位勤王英雄。不幸事敗，才被周人放逐在首陽山，歸晉國監管，活活餓死。二人既死，韓非子說，周人以將軍之禮葬他二人於首陽山下。韓非子以為太滑稽了，哪知是真事，《尚書．大傳》說得更明白。九峰先生說，尊王攘夷是人生第一義，大丈夫做事，當為其大者、要者，不須斤斤計較小節。拘守小節，只是民間的愚昧寡婦之行。」

血蠍子劉熹就這樣講今比古，稱述了許多故事，歸結前後，全是九峰先生讀史的獨見。劉熹還記得當年在趙家做西席時，每有稱說，立能抓住學生的信心，學生兩眼一張一張地看著他的嘴，神氣上很被打動。現在他想，他當然還有這樣的口才，卻不料今日的學生不是小孩子了。他的話好像沒有十分打動趙仲穎，在筵間，趙仲穎只是隨便敷衍一兩句。劉熹覺得自己對於這個學生，已經喪失了吸力。

這卻怨不得趙仲穎，這全是金面彭鐵珊的失策，他的詭祕不測的舉動，惹起趙公子的疑心來了。劉熹在席上，雖說了好些話，趙仲穎只是唯唯諾諾地答應著。抽空還是盤問血蠍子：現在到底做些什麼事業？是否落草為寇？仲穎又說：「自己治史不熟，漢高祖、漢光武，究竟當過強盜沒有，我卻摸不清。就算是這兩位明皇聖帝，當真做過綠林生涯，聖帝則可，我們庸人卻使不得。」血蠍子講今比古，暗勸趙仲穎；趙仲穎就講今比古，暗暗拒絕。若問仲穎的本意，他正徘徊歧途，他現在正是順口答音地抬槓，這只是他少年倔強性格的表現罷了。

血蠍子直談到掌燈，舌敝唇焦，趙仲穎還是不搭碴兒。劉熹倦怠了，把大弟子彭鐵珊喚來，陪伴趙仲穎，他自己打九峰山人問計。鏢頭杜倫、流星蘇五，和別位英雄都很著急。有人說：「這位趙王孫既然打不定主意，我們何不另邀別人？難道非他不可？」九峰山人皺眉道：「別人不如他，我們最要緊的是要找一個真正姓趙的。」杜倫道：「假的不行麼？」九峰道：「冒名遲早敗露的，所以劉項起兵，必尋楚懷王孫心，正有不得已的苦心。」眾人默默無計，九峰山人想了想，對劉熹說道：「你不要心急，我們慢慢地設法勸誘，今晚教他自己尋思一夜；明天晚上，請你引見我和他相見，由我破釜沉舟的再下一次說辭。」

當下商定。九峰、杜倫、劉熹，三人分頭辦事。趙仲穎就留在黃花屯劉熹家內，由師傅劉熹陪伴，只是閒談，再不談論別事。等到第二夜，劉熹特給騰了一間精舍，請趙仲穎獨自宿在屋中。只由劉熹的女兒劉岫青小姐，來給預備茶水。屋中很雅潔，陳列著幾部書，趙仲穎信手拿過幾套書來，打開了看，原來是《相臺五經》和《金陀粹編》，另有幾部寫本，是文文山丞相《指南錄》和《謝山集》。孤燈獨榻，悶居無聊，他的老師是躲開了，他便不知不覺，取過這幾部寫本，任意瀏覽。

這文天祥的《指南錄》卻是看不得的，人只一看，字裡行間，立刻有一股忠憤之氣，刺人心脾。又有一部書，未題撰人姓名，書名叫《猾夏紀聞》，打開一看，罵的正是韃虜新朝的虐政。怎樣慘殺南人，怎樣在河北中原地方，強迫漢人剃髮，怎樣推行「收繼」惡俗，激迫得貞婦自殺，都是血淋淋的實事，看了令人毛髮悚然發怒。趙仲穎翻了幾頁，氣憤憤丟在一邊了。仍拿起《指南錄》來看。這裡面很有許多好詩，越看越不忍釋，不覺看入了迷，尤其是文丞相自己，述到如何孤忠獨抱，仗義南奔，如何反招得同胞疑忌，幾乎以漢奸嫌疑被殺的事，看了更令人扼腕。

趙仲穎雖是詩書世家，這種書卻沒讀過，讀罷冥思，嘆恨交迸，不覺失起眠來……就在這工夫，忽然聽見隔壁有人談論。側耳一聽，似有五六個人在鄰室祕議，語聲很低，然而他正好聽得見。他正在懷疑，不覺欠身起來聽，這一聽，卻獲得聞所未聞的事。他哪裡知道，這隔壁戲，實是九峰山人故意排演的呢。

隔壁的六七個人，聽口音當然是各地草莽豪杰，他們正議論如何滅元扶宋。六七個人此一言彼一言的對話，把這些話總括起來，是：現在有這一等人，囊劍攜椎，北赴虜廷，要效張良搏浪沙，圖刺元酋忽必烈。現在這夥人已然登程，路費似乎不大充足，恐不能在北廷久羈，刺客技能也怕沒有十分把握，恐遇上事不足以了事。商量著要追派能人，攜資財北上，相機應援刺客。這是一件密謀。

現在又有一等人，嘯聚山林，化名糾眾為盜，卻不是恭候招安，乃是看不慣胡人衣冠，不肯稱臣於虜廷，迫不得已，方才落草，權為群盜，以示不臣。說話時，便有一人建議：「我們可以和他們通消息。他們雖然是土匪，卻有良心，我們可以跟他們勾結起來，串通一氣，蓄為後圖。」——這又是一件密謀。

又有一等人，流浪江湖，到處結納英豪，勾結煽惑，專給蒙古、防營、降奴官府搗亂。——這也是一件密謀。

又有一些人，溷跡市井，做著屠狗賣漿的職業，實則是亡宋遺臣，一面匿名避禍，一面暗地窺伺異族行動。——自然也是一種不軌之謀。

最厲害的是另一種人，乃是亡宋的敗殘兵馬，抗敵的將校，亡國後逃竄在山林僻鄉，照樣打著大宋旗號，不時出來襲擊新朝的城鎮。現在這類人物，在吳越山險地帶，和山東地方，濱海之區，多有出沒，也不時出來，向民間借糧，叫做打草谷。行為介在強盜和「忠義」之間。(註：「忠義」二字，乃是兩宋當時的義勇軍的專名，不能依字面解。北宋時梁山泊群寇也曾盜用「忠義」的美名，實際卻做打家劫舍的盜行。)這種人都有著精良的武器，嚴密的軍紀，人數既多如牛毛，又散在各處，出沒不常，元駐軍屢次清鄉也沒有把他們消滅；因為他們變成了流寇，說跑就跑。這股人應該設法拉攏過來，足可以張大聲勢。——隔壁密議，大約六七個人，高一聲低一聲的講論，語音南北都有，似是由打各地趕來聚義的，趁著深夜，在此接頭，互換消息。他們一致的口吻，是請血蠍子劉熹，轉向九峰山人請教意見，並索討軍餉接濟。

趙公子失眠靜聽，心情聳動。過了一會兒，聽見隔壁發出紛亂的聲音，似乎在座群雄哄然起立，互相轉告道：「九峰先生來了，九峰先生到了！」一番遜座寒暄之後，旋聽見一個蒼老沉重的口音，說出許多計畫。大概的話，是說芒碭山一帶，如今差不多布置已妥，只少一個號召群倫的領袖。這個領袖必須趕快推定，方足以號召大眾，結大眾，舉大事，乃至於成大功。

那個九峰先生很沉痛地說：「諸君！丈夫做事，絕不應該與草木同朽，尤不應該與仇敵同活。北狄犬種，非我族類，炎黃貴胄豈得坐視神明陸沉！」

九峰這一席慷慨誓眾之詞，被趙王孫熱辣辣地聽了，心上十分感動。旋聽見九峰先生對在座群雄，說了許多密謀，直到破曉時分，方才散去。趙王孫這才就枕，就翻來覆去，不能成寐。直到午飯時才起，師傅血蠍子劉熹親來請他吃飯，便在筵上會見九峰山人。

趙王孫畢竟是有血性的少年，一見這九峰山人，頓覺傾心。這九峰山人年約五十餘歲，面瘦髯長，二目炯炯有光，志趣亢爽，是文人而有武人氣概，是老年人而有少年人的魄力。

尤其說話毫不吞吐，斬釘截鐵般，率陳心志，把趙王孫當作舊主看待，自稱是亡國老臣，說了許多亡國後的慘象。親問趙王孫：「我們漢族的父老兄弟，死在蒙古鐵蹄之下的，不可勝數；我們的諸姓姊妹，被胡人降奴殘殺淫辱的，更不可勝計。我們堂堂炎黃遺胄，做了俎上之肉！王孫請看今日的域中，成何景象，王孫就不為社稷血食奮起，難道還不為斯民請命麼？」

在筵席上引杯傾談之後，九峰又與仲穎聯榻共話。凡歷三晝夜，到底把趙仲穎說動了，於是擇日加盟，延見群雄；群推趙王孫為盟主，決計大舉驅胡復宋。九峰山人便做了謀主，血蠍子劉熹做了副帥。

十數年後，終於爆發了「八月十五殺韃子」的大舉，那便是九峰山人和趙王孫等人的密謀。在元末官書上所記載的韓山童、韓林兒，便是趙王孫後裔的偽名。

整理後記

《太湖一雁》是白羽在抗戰勝利後，辭去天津《新時報》總編輯，「重度淪陷生活，再擲錢鏢」的首批武俠小說之一。寫於1946年下半年，第始在報刊連載（報刊名未詳），1947年8月上海元昌印書館出版單行本，一冊，共八章。

《黃花劫》是白羽的第二部武俠小說，1932年在天津《中華畫報》與劉雲若的名作《小揚州志》相鄰連載。1949年4月，上海百新書店改名《橫江一窩蜂》出版單行本，一冊，共八章。此為出版商亂改名。「橫江一窩蜂」為白羽《摩雲手》第三十至四十二章中登場人物，與《黃花劫》全不相干。1992年8月北嶽文藝出版社版《橫江一窩蜂》沿用百新書店版書名，本次出版，予以改正。

《太湖一雁》根據1947年8月元昌印書館出版、上海正氣書局總經售的版本校訂；《黃花劫》根據1949年4月上海百新書店出版的版本校訂。

太湖一雁・黃花劫：

不與草木同朽，不與仇敵同活

作　　者：白羽
發 行 人：黃振庭
出 版 者：崧燁文化事業有限公司
發 行 者：崧燁文化事業有限公司
E-mail：sonbookservice@gmail.com
粉 絲 頁：https://www.facebook.com/sonbookss/
網　　址：https://sonbook.net/
地　　址：台北市中正區重慶南路一段六十一號八樓 815 室
Rm. 815, 8F., No.61, Sec. 1, Chongqing S. Rd., Zhongzheng Dist., Taipei City 100, Taiwan
電　　話：(02)2370-3310
傳　　真：(02)2388-1990
印　　刷：京峯數位服務有限公司
律師顧問：廣華律師事務所 張珮琦律師

定　　價：350 元
發行日期：2024 年 04 月第一版
◎本書以 POD 印製

國家圖書館出版品預行編目資料

太湖一雁．黃花劫：不與草木同朽，不與仇敵同活 / 白羽 著 . -- 第一版 . -- 臺北市：崧燁文化事業有限公司 , 2024.04
面；　公分
POD 版
ISBN 978-626-394-103-8(平裝)
857.9　　113002724

電子書購買

臉書

爽讀 APP